TONI ROBERTS

HINTER DEM WELTENRAND

Roman

4. BAND - WALDLAND

Originalausgabe
Copyright © by Robert Schmidt
Herstellung: Books on Demand GmbH
ISBN 3-8311-1862-0

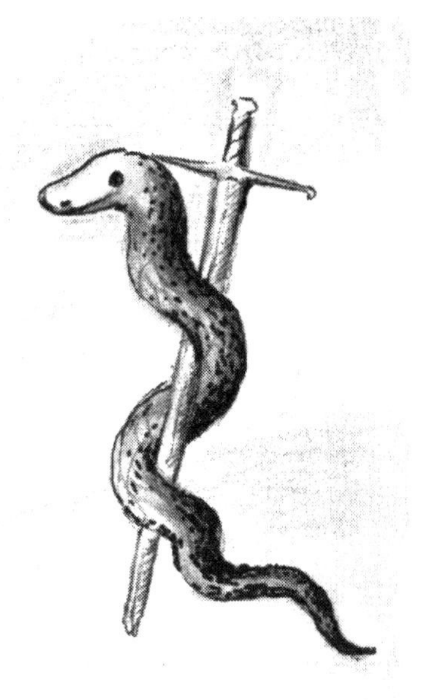

Die Entdeckung Amerikas durch Christoph Kolumbus - sie hat die Welt verändert. Doch es ist mittlerweile bekannt, daß er nicht der Erste war. Der Wikinger Leif Erikson betrat 400 Jahre früher den Kontinent. Seitdem lebte in den Völkern des nördlichen Europas der Mythos von jenem sagenumwobenen waldreichen Land.

Immer wieder versuchten die Grönländer und Isländer in den folgenden Jahrhunderten, dort Fuß zu fassen. Dabei stießen sie auf erbitterten Widerstand der Ureinwohner. Schließlich fuhren ihre Langschiffe nur noch hinüber, um das Holz an den Küsten zu schlagen. Im übrigen Abendland gerieten ihre Entdeckungen in Vergessenheit.

Im 14. Jahrhundert veränderten sich die Kräfteverhältnisse der alten Welt. Der Türkensturm erschwerte zunehmend den Orienthandel. Die Preise für Waren aus Persien und Indien stiegen ins Unermeßliche, so daß sich die christlichen Seefahrernationen ernsthaft mit dem Gedanken trugen, neue See- und Handelswege zu suchen.

Außerdem stieg die Zahl derer, die die schrecklichste Ausgeburt der Kirche - die Inquisition - mit dem Tode bedroht. Ihnen blieb nur der offene Kampf oder die Flucht. Aber selbst in den entlegensten Ländern der Christenheit konnten sie vor ihr nie ganz sicher sein. So auch in Schottland.

Dort wächst um die Mitte des 14. Jahrhunderts der Adlige Henry Sinclair heran. Viele junge Menschen an den Küsten rund um Edinburgh teilen mit ihm den selben Traum - den von der Seefahrt. Erzogen von in Schottland untergetauchten Tempelrittern macht Sinclair deren Ziele zu seinen eigenen. Der Orden sinnt darauf, Land auf der anderen Seite des Weltenmeeres zu finden, um somit dem drohenden Scheiterhaufen zu entgehen. Sinclair, der spätere Earl der Orkneys, ist ihre größte Sicherheit.

Unter seiner Herrschaft erleben die Inseln ihr goldenes Zeitalter. Sinclair versteht es, Männer um sich zu scharen, die aus unterschiedlichsten Motiven das gleiche Ziel haben - das Waldland der Wikinger finden. So endet das, was einst ein Jugendtraum war, nach über dreißig Jahren in den Wäldern Amerikas.

HINTER DEM WELTENRAND

IV. WALDLAND

1391 - 1404

Zeit und Orte der Handlung:

1391 -1404

Grönland - Orkney - England - Irland -
Großer Abendländischer Ozean - Waldland (Drogeo)

Die Venezianer

Wohin ihre Augen schauten, nichts als Eis und Schnee. Die Karavelle fuhr nun schon seit vier Tagen westwärts die Küste entlang, um auf die Siedlungen der letzten Wikinger zu stoßen. Doch nirgends war eine Spur menschlichen Lebens zu entdecken.

„Ich zweifle langsam daran, ob wir überhaupt jemanden finden", sagte ein weißblonder Hüne, der neben dem Kapitän der Karavelle stand. Nicolo Zeno beachtete nicht, was er sagte, denn er war gerade dabei, einige Notizen in sein Tagebuch einzutragen; hauptsächlich Positionswerte, die er zuvor auf einen Zettel gekritzelt hatte. Sie sollten nachher in der Kajüte seine selbst gezeichnete Portolankarte vervollständigen."

Ingvar Bardson, der Norweger, der die Karavelle seit Bergen begleitete, sprach indes weiter. „Hier müßte irgendwo die große Ostsiedlung, genannt Österbygden, liegen." Plötzlich reckte er seinen kantigen Kopf und wies zum Land hinüber. „Dort drüben erkennt ihr diesen schwarzen Punkt, Sir?" Nicolo Zeno horchte auf. Der Norweger könnte Recht haben. Sollten das etwa die alten Siedlungsplätze der Wikinger sein? Wie konnten sie nur in dieser öden Wildnis überleben?

„Wir werden sehen, ob wir dort überhaupt noch ein paar lebendige Seelen antreffen. Bernardo soll den Ausguck besetzen. Der Junge hat die besten Augen", entschied der Kapitän. Gewandt hangelte sich der fünfzehnjährige Bernardo in den Wanten nach oben.

„Es scheint so, als haben wir sie endlich gefunden", sagte Ricardo, ein Seemann aus Neapel, zu Nicolo. „Ich glaube das Elend, das uns dort erwartet, wird sich unseren Vorstellungskräften entziehen", meinte Ingvar Bardson mit ernster Miene zu den beiden Venezianern.

„Es ist eine menschliche Ansiedlung", rief der Junge vom Ausguck herab. „Ich kann deutlich die Spitze einer großen Kirche erkennen und auch einige größere Langhäuser." Daraufhin drängelten sich immer mehr Männer auf Deck, auch die, die sich vorher in ihren Kojen in warmen Fellsäcken von ihrer Wache erholt hatten. Alberto Petrone, ein guter Steuermann mit scharfen Augen, bestätigte Bernardos Worte. Augenblicklich korrigierte er sein Ruder. Es war ihnen tatsächlich gelungen, Österbygden zu finden.

Die Küste kam näher und näher. Einige der Häuser hinterließen einen bedauernswerten Eindruck bei den Seefahrern aus Venedig. Vielleicht standen sie schon leer und verlassen. Aus anderen kamen dicke Schwaden aus den Schornsteinen, sicherlich von Torffeuern stammend. Die Behausungen bestanden zumeist aus Stein und waren von Erdwällen umgeben.

Der Norweger Ingvar Bardson meinte, dies wäre der Bischofssitz Gardar und wies auf die große, steinerne Kirche. „Da seht doch", rief Guiseppe. „Das dort hinten sieht aus wie ein großer Uferwall, an dem mehrere Langboote liegen. Dies muß der Hafen von Gardar sein."

Die anderen stimmten ihm zu. Es gab also doch noch Leben im Land des Todes. Obwohl es allen rätselhaft erschien, wie es den Menschen gelang, sich in diesem öden und menschenfeindlichen Landstrich zu ernähren. Viele der rauhen Schiffsmänner an Bord der Karavelle - sie hatten wirklich schon jede Menge Leid und Elend in ihrem Leben gesehen - waren durch diesen Anblick tief im Herzen gerührt. Einige erblickten jetzt am Ufer die ersten Gestalten, die sich in Richtung des Hafenbeckens bewegten. Sie schienen mit den Armen zu winken.

„Machen wir uns auf einen herzlichen Empfang gefaßt, Männer", sagte Kapitän Zeno zu seiner Mannschaft. Nicht lange darauf glitt die „El Draco" an den Kai aus großen gemauerten Steinen. Dort hatte sich schon eine beträchtliche Menschenmenge versammelt. Die Einheimischen machten ohne jede Frage einen bedauernswerten Eindruck. Nichts war von den ehemals so stolzen Wikingern des Westens geblieben. Klein, gedrungen, schlecht ernährt sahen sie aus. Die Männer trugen wilde, lange, strubbelige Bärte. Fast alle waren in Robbenfelle gehüllt mit langen Kapuzen. Die eingefallenen blassen Gesichter sprachen Bände über den vorherrschenden Gesundheitszustand auf Grönland.

Nicolo Zeno schritt als erster den Holzsteg hinunter, dicht gefolgt von Ingvar Bardson. An die zehn Männer verließen fürs erste die El Draco. Die Seefahrer wurden umringt und angegafft wie Kinder einer anderen Welt. Schwachsinniges, greisenhaftes Lächeln huschte so manchem aus Gardar über das Antlitz. Ingvar, der als einziger das seltsame Altnordisch, das die Grönlandwikinger sprachen, verstand, redete als erster.

„Wir freuen uns, endlich in Österbygden gelandet zu sein und meine nordischen Brüder gefunden zu haben. Doch wisset, diese Schiffe und ihre Mannschaften kommen nicht aus Wikingerlanden. Ich hoffe, wir sind euch trotzdem willkommen." Danach hielt der Norweger inne und sein Blick glitt prüfend über die vor ihm stehende Menge.

„Ganz egal, woher ihr stammt. Ihr seid willkommen, bei Gott", dröhnte eine dunkle Stimme. Aus der zweiten Reihe löste sich ein Mann. Er trug einen langen weißen Bart und langes strähniges weißes Haupthaar, was auf ein ansehnliches Alter hindeutete. Seine würdige Erscheinung und eine lange Kette mit dem Kruzifix deuteten darauf, daß er ein heiliger Mann war.

„Als Bischof John von Österbygden begrüße ich euch in der Ostsiedlung Grönlands. Ihr habt euch zu der letzten Zuflucht der Nachfahren des roten Erik verirrt." Er schritt auf Ingvar zu und nahm ihn in seine Arme.

Nun flogen die Worte hin und her. Doch Nicolos Männer verstanden herzlich wenig von dem, was die Menschen ihnen zuriefen. „Wir sind Venezianer. Außer Ingvar versteht niemand von meinen Leuten eure Sprache."

„Daran soll's nicht fehlen", entgegnete der Bischof in gebrochenem Latein. „Doch sagt, kommt ihr von Island?"

„Fast drei Wochen sind es her, daß wir die Insel Thule verlassen haben. In Hafnarfjördur erklärte man uns für verrückt, als wir in den Schenken erzählten, daß wir nach Gardar aufbrechen wollen. Der Weg hierher ist tatsächlich beschwerlich, denn immer wieder muß man auf heimtückische Treibeisschollen achten. Es war jedenfalls mein Glück, daß

Ingvar in Bergen an Bord kam. Er fand immer einen sicheren Weg durch das Eis, sonst wären wir wohl jetzt nicht hier. Und ich muß sagen: ich bin beeindruckt. Und das, obwohl wir einige Tage gesucht haben, ehe wir euch in einem der vielen Fjorde aufspürten."

„Nun seid ihr hier, Mann aus dem Süden. Das ist die Hauptsache für mich. Aber ich glaube, wir sollten hier nicht mehr zu lange herumstehen. Es ist nämlich nicht gerade angenehm. Da können einem leicht die Zehen anfrieren." „Welch weiser Spruch", erwiderte der Kapitän der „El Draco."

Bischof John lud daraufhin die Männer in die große Halle des Nordens ein, um sich - wenn auch mit einem kargen Mahl - von ihm bewirten zu lassen. Inzwischen war die Karavelle sicher vertäut und einige Schiffsmänner rollten auf Befehl ihres Kapitäns Fässer mit Lebensmitteln auf die Docks. Bischof John ordnete an, sie ebenfalls in die Halle zu bringen. Langsam setzte sich der Zug in Bewegung, vorbei an den kärglichen Steinhäusern in Richtung der großen Halle direkt neben dem wohl nördlichsten Gotteshaus der Welt.

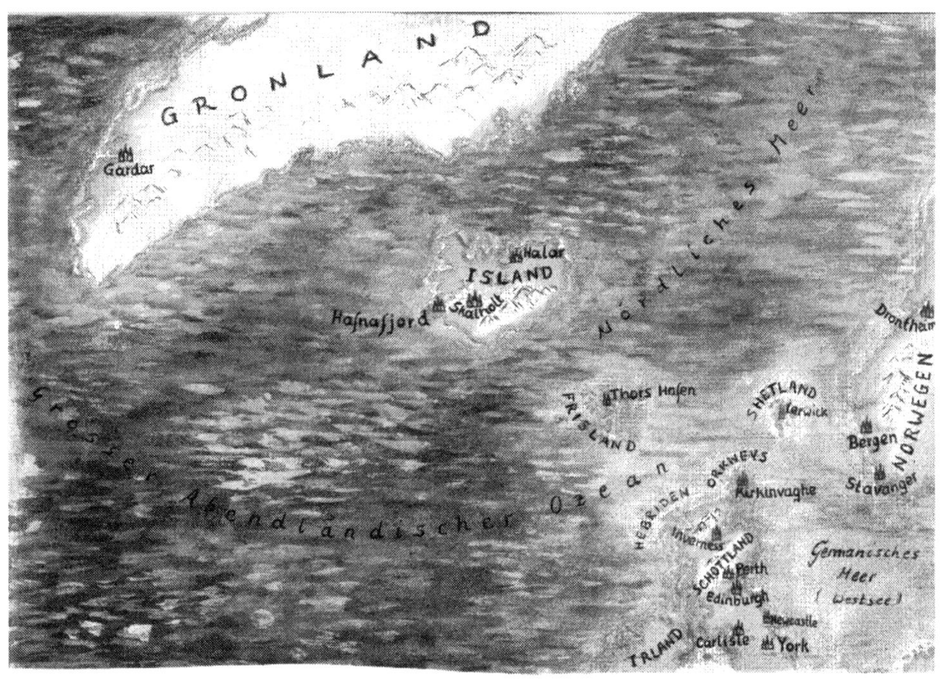

*

Schweres Stöhnen klang aus dem Dunkel. Erik zündete eine alte Funzel, die mit Robbenfett brannte, an und schritt in das Innere des Schuppens. Das trübe Licht erhellte nur schwach die Umrisse der Wände und der Gerätschaften, die hier herumstanden. Ein muffiger Gestank lag in der ohnehin schon sehr dünnen Luft. In der hinteren Ecke des Schuppens stand etwas, was man mit viel Phantasie als Bett bezeichnen konnte. Natürlich waren es nur alte Säcke, die mühsam zusammengestapelt waren.

Beim Nähertreten konnte man erkennen, daß auf ihnen eine dürre Gestalt lag, tief in Felle eingemummelt. Der grauenhafte Ausdruck dieses Menschen ließ vermuten, daß die Person mehr dem Tode als dem Leben nahe war. „Willkommen mein Sohn", würgte eine Stimme mühsam hervor. „Gott segne dich, mein Vater", begrüßte Erik den Kranken. „Ach, höre mir auf mit Gott. Ich glaube, dieser Teil der Welt ist von ihm verlassen." Der alte Mann winkte ab und hüstelte leise. Er wußte nicht, was Erik, sein Sohn, von ihm wollte, denn er hatte bereits damit aufgehört, sich um menschliche Belange Sorgen zu machen.

„Ich bringe euch gute Kunde." Erik setzte sich auf einen Haufen trockenen Torf. Es fiel dem Alten sichtbar schwer zu sprechen, aber er ahnte, daß der Kiel eines Schiffes sich ins Land des Todes verirrt hatte. „Wenn es noch etwas gibt, was uns auf dieser Welt erretten könnte, kann es sich nur noch um ein Schiff handeln." „Ihr sagt es", bestätigte sein Sohn. „Ach, Erik. Wie schön wäre es gewesen. Jedoch fürchte ich, es ist zu spät. Endgültig zu spät." Im Grunde wußten beide, daß der alte Wulflam am Ende einer kurzen und sehr fürchterlichen Krankheit stand. Schon um die anderen nicht zu gefährden, hatte ihn Erik hier in diesem Schuppen verborgen.

„Fahre du mit. Verlasse mich und diesen unglückseligen Ort." Die Stimme des Vaters klang leise und sehr heiser. Erik kämpfte mit den Tränen. „Aber soll ich euch hier zurücklassen. Am Ende töten euch die Skrälinger oder die weißen Wölfe." „Und wenn schon. Mein Leben ist ohnehin vorbei. Ein schneller Tod wäre für mich nur eine Erlösung." Der alte Mann bäumte sich noch einmal auf, wobei er seine ganze Kraft zusammen nahm. „Geht fort von hier. Versucht die Kranken und Schwachen hier zu lassen. Dann habt ihr eventuell eine Chance." Wulflam fiel aufs Lager zurück.

Der Sohn sagte dem Vater daraufhin, wie die Lage war. „Es ist ein Schiff, allerdings ein sehr großes. Trotzdem werden sie bei weitem nicht alle der Kolonie mitnehmen können. Die meisten werden wohl hierbleiben müssen."

„Du denkst doch nicht etwa daran hierzubleiben. Junge, versau dir deine Zukunft nicht. Du mußt mit auf das Schiff..." Mehr konnte der Kranke nicht sagen, denn ein schwerer Hustenanfall überfiel ihn. Er deutete seinem Sohn an, sich zu entfernen. Zu sehr hatte ihn schon das furchtbare Fieber in der Gewalt, so daß ihm die Sinne zu schwinden begannen. Mit einem gekühlten Lappen tupfte Erik seinem Vater noch einmal die Stirn ab, dann verließ er den Schuppen.

*

Inzwischen hatten sich in der großen Wikingerhalle aus Stein und Holz, erbaut in früheren und glücklicheren Tagen, als es noch welches gab, die Männer und Frauen von Gardar um die Seefahrer versammelt. An den großen Tischen ward Robbenfleisch mit beigemengten Wurzelknollen für die Gäste aufgetragen. Um die Knollen zu essen, mußte man schon ein kräftiges Gebiß haben, denn sie waren ungeheuer zäh. Als Getränk wurde Skyr gereicht, eine Art Dickmilch, die gesäuert und gesalzen haltbar gemacht wurde.

Alle waren darauf begierig, zu erfahren, welche Kunde es aus Island oder sogar vom Kontinent gäbe. Ingvar Bardson, der Norweger, erzählte ihnen Begebenheiten, die sich in den letzten Jahren in den Stammlanden der Wikinger zutrugen, von Margarethes Kampf mit den Deutschen, von einer bedrohlich anwachsenden Kaperflotte auf der Ost- und der Westsee, aber auch von der Angst der Norweger und Isländer, ihre Schiffe in die vom Treibeis übersäten Meere des Nordens zu lenken.

Schmerzlich riefen den Anwesenden aus Gardar seine letzten Worte in Erinnerung, wie stark sie darauf angewiesen waren, mit den Isländern und Norwegern zu handeln. Doch diese Zeiten schienen längst vorbei und auch die Pelze und Häute oder Zähne von Walroß und Narwal waren nicht mehr so begehrt wie früher.

Nur noch alle paar Jahre verirrte sich ein kleinerer Walfänger hierher. Außerdem bestand ja das Verbot von Königin Margarethe, die Kolonie überhaupt anzulaufen. Aber ohne äußere Hilfe waren sie hoffnungslos zum Untergang verurteilt. Mit den kleinen Booten, die einige noch besaßen, konnte man unmöglich bis nach Island gelangen. Und noch eine weitere Gefahr drohte ihnen.

Die Skrälinger, so nannten die Grönlandwikinger die wilden Menschen, die mit dieser Eiswüste verwurzelt schienen, attackierten sie immer häufiger mit gefährlichen Überfällen. Die Westsiedlung weiter nördlich hatten sie bereits ausgerottet.

Während Ingvar lebhaft mit Grönländern erzählte, nutzte Nicolo Zeno die Gelegenheit, dem neben ihm sitzenden Bischof etwas mitzuteilen, das ihm schon die ganze Zeit unter den Nägeln brannte. „Hochwürden", flüsterte er ihm zu. „Lange mußtet ihr hier ausharren. Unser aller oberster Vater in Rom, der eure entsetzliche Situation erkannt hat, sendet euch hiermit eine frohe Kunde. Es ist eure Abberufung und ich bin froh, daß ich es bin, der sie euch überreichen darf."

Bischof John schwieg bei Entgegennahme der Pergamentrolle. Ja, er las nicht einmal die Zeilen, die ihm Papst Bonifatius geschrieben hatte. „Wie habt ihr euch das vorgestellt, Kapitän?" Er sah den Venezianer mit großen Augen an. „Soll ich meine Landsleute im Stich lassen?"

„Seht ihr den jungen Mann dort drüben." Nicolo zeigte auf einen mit langer Kapuze bekleideten Mönch. „Glaubt ihr, er ist ein einfacher Schiffspriester?" „Gütiger Gott, wollt ihr dieses Kind in die Eiswüste schicken!" „Bengt Nielson ist ein Norweger und Bonifatius hat ihn kurz vor Beginn unserer Fahrt zum Bischof über Grönland berufen."

„Es scheint, als ob der Heilige Vater an alles gedacht hat. Aber im Ernst, Sir. Was soll ein unerfahrenes Mönchlein denn hier ausrichten. Es kommt einem Todesurteil gleich."

„Ich bin nur ein Bote des Heiligen Vaters, Hochwürden. Nur Bote", entgegnete der venezianische Kapitän. „Und was ist, wenn ich ablehne?" „In diesem Falle trifft euch die Strafe der Exkommunizierung. John, begreift. Ihr könnt nicht ablehnen."

Nicolo machte eine kleine Pause, so als wolle er sich vergewissern, daß ihrem Gespräch niemand lauschen würde. Doch die Grönländer starrten mit großen Augen auf Ingvar, der gerade eine seiner Geschichten zum Besten gab. So fuhr der Venezianer fort: „Und was den jungen Mann betrifft, John. Bengt ist ein Naturbursche, der von den Shetlandinseln stammt. So einer kennt den rauhen Wind des Nordens und ich glaube, er hätte auch einen guten Seemann abgegeben. Aber ihr wißt ja selbst, wie das ist."

„Ist er freiwillig nach Norden gegangen?" fragte der Bischof. „Nun ja. Er war dem Erzbischof von Drontheim unterstellt; wohl seine zweite Hand. Vielleicht bat er ja den Papst um seine Versetzung. Angeblich sollte er die Nachfolge des Bischofs der Orkneys antreten. Aber", der Kapitän hob die Achseln, „darüber haben wir nie geredet. Nun seid ihr dazu bestimmt, eure letzten Tage in Kirkinvaghe zu verbringen."

John sah dem Venezianer fest ins Auge. „Gut. Ich muß mich wohl der Weisung des Papstes fügen. Aber ich stelle eine Bedingung, Kapitän!" „Alles, was ihr wollt, Hochwürden", erwiderte Nicolo voreilig.

„Wie viele Frauen und Männer kann euer Schiff aufnehmen?"

Nicolo Zeno erschrak, faßte sich aber wieder schnell. „Ich habe geahnt, daß dies euer Preis sein wird. Sagen wir, mit Vorräten achtzig; maximal hundert." „Mit jedem, den ihr aus dieser Hölle errettet, macht ihr einen Schritt, der euch dem Himmelreich näher bringt."

„Es wird uns nicht viel bringen, wenn wir einen Eisberg rammen. Dankt mir in Thule, John", entgegnete Nicolo.

„Ihr nehmt doch den kürzesten Weg, Sir?" Der Venezianer schwieg. Er hatte ursprünglich vorgehabt, noch weiter westlich zu segeln, um das sagenhafte Drogeo zu finden. Der Bischof schien seine Gedanken zu erraten, doch er sagte zunächst nichts.

Ingvar hatte es sich inzwischen auf der Bank bequem gemacht - er lag lang ausgestreckt auf einem Eisbärenfell - und beantwortete die Fragen der Einheimischen. „Werdet ihr bald aufbrechen", wollte Einar Gustafson, ein kräftiger Mann, der eine Kette aus Bärenkrallen um den Hals trug, von ihm wissen. „Wenige von euch sind noch unter uns, die meisten auf den Schiffen geblieben."

Ingvar sah fragend zu seinem Kapitän hinüber. Nicolo war froh, daß die Grönländer von selbst auf dieses Thema lenkten. Nun würde er - im Angesicht des alten Bischofs - sein Versprechen diesem gegenüber einlösen können. Doch wie sollte er es anfangen? Wo sie doch nach Westen segeln wollten. Auch Ingvar wußte das.

Den Frauen und Männern von Gardar war sicherlich bewußt, daß - wenn er jemanden mitnähme -nicht alle das Glück hätten, diesen Ort verlassen zu können. Sollte der Norweger erst einmal sprechen. Er nickte Ingvar zu, der darauf das Wort ergriff.

„Wir können nicht lange hier bleiben, denn noch weit ist unser Weg. Das Schiff im Hafen wird Kurs in Richtung Westen nehmen. Wer weiß, wann wir nach Island zurückkehren."

Nach dieser Rede war es sichtlich stiller geworden im Saal. Viele, die bereits damit spekuliert hatten, in die Heimat ihrer Vorväter zurückzukehren, sahen jetzt alle ihre Hoffnungen schwinden. Einar war der erste gewesen, der die Fremden danach gefragt hatte. Ganze Kartenhäuser und Luftschlösser stürzten zusammen.

Ingvar trank einen Schluck Dickmilch und fuhr fort. „Ich weiß, wie euch jetzt zumute ist, aber wir haben euch nie irgendeine Hoffnung gemacht. Ihr wißt nun alle, daß wir das große Land im Westen suchen. Jeden Tag, den wir länger hier bleiben, gefährdet unser Unternehmen stärker. Denn mit jedem Tag schmelzen die Vorräte an Bord wie Butter in der Sonne dahin. Und eure ohnehin schon kargen Rationen können wir nicht aufzehren."

Der alte Thorwald Jensen, der sichtlich in hohem Ansehen stand bei seinen Landsleuten, begann vorsichtig eine Frage zu formulieren. „Nun, da uns allen klar geworden ist, daß ihr nicht nach Island zurückkehrt, müssen wir uns entweder mit dieser Situation abfinden oder euch um etwas bitten. In längst vergangenen Tagen sind von hier unsere Vorväter bereits Richtung Westen aufgebrochen. Obwohl sie Land fanden und einige von uns dort siedelten, ist es uns niemals gelungen, für längere Zeit feste Orte zu gründen. Stark war der Widerstand der Skrälinger, so daß wir letztendlich die Kolonie aufgeben mußten. Sicherlich ist es fruchtbares Land, bedeckt mit dichten Wäldern. Doch wisset, überall lauern auf euch dort Gefahren. Trotz dieser Gefahren und der Ungewißheit bitt ich euch. Laßt so viele, als ihr verkraften könnt, von unseren Leuten mit euch reisen. Hier reicht der karge Boden nicht mehr für alle und jeden Winter sterben mehr von uns. Es droht ein langsamer Hungertod in der letzten Grönlandsiedlung. Seht doch die Menschen an. Die meisten sind nur noch ein Schatten ihrer selbst. Und dabei ist Polarsommer. Wie sollen sie den nächsten Winter überstehen. Es ist egal, welchen Kurs euer Ruder weist, ihr seid unsere Chance.

Auch wenn es nicht ins Land der Vorväter geht, so könnten doch zumindest einige dieser Hölle entfliehen. Sicherlich werden auf eurer Mission viele unvorhergesehene Dinge eintreten. Denkt nur an die fürchterlichen Stürme auf dem großen Meer oder an die treffsicheren Pfeile der Wilden an Land. Doch wenn die Ungewißheit noch so groß ist, hier können wir ganz sicher sein, langsam dahinzusiechen.

Darum bitt ich euch, seid Willens, eine Auswahl von Männern, Frauen und Kindern mit an Bord zu nehmen. Seit Jahrhunderten ist das Wissen um den Westen und den Seeweg dorthin verlorengegangen. Aber allzuweit kann das gelobte Land nicht entfernt sein."

Thorwald ließ einen langen Seufzer von sich vernehmen. „Jedoch kann niemand von uns euch eine Vorschrift machen. Es ist letztlich eure Entscheidung, ob ihr einem verlorenen Volk helfen wollt oder nicht."

Eine lange Pause entstand. Ingvar und auch die anderen hatten ungefähr verstanden, was die Grönländer von ihnen wollten. Nicolo, der genau wußte, was die Stunde geschlagen hatte, sah stirnrunzelnd zu Bischof John. „Nun seht ihr, was mein Volk will", sagte dieser zu ihm auf lateinisch. „Es ist genau das, worum ich euch bat. Ich glaube, soviel habt ihr noch nie für euer Seelenheil tun können wie heute."

Der Venezianer stand auf und ging auf den Norweger zu, um mit diesem einige Sätze zu wechseln. Anschließend trat Ingvar Bardson vor, um Thorwald zu antworten. „Ehrlich gesagt, haben wir uns schon gedacht, daß ihr die Rede darauf lenken werdet. Es war sogar vorgesehen, einige von euch als Kundige für diese Regionen anzuwerben. Doch die Bitte, auch Frauen und Kinder bei uns aufzunehmen, irritiert uns etwas. Wir bitten daher, uns etwas Bedenkzeit zu geben. Morgen erhaltet ihr unsere Antwort."

Die erst so fröhliche Stimmung schien jetzt getrübt. Kaum flackerten hier und da noch Gespräche in der großen Halle auf. Um die Situation zu entkrampfen, lud Bischof John alle zu einer Messe des Dankes in die benachbarte Kirche ein.

Nicht nur aus der Halle, sondern auch aus dem Umland strömte viel Volk in den riesigen Steinbau. Laut läuteten die Glocken über die einzelnen Siedlungen von Österbygden. Im Innenraum war es duster. Wegen der entsetzlichen Kälte und des hier acht Monate andauernden Polarwinters hatte man die Fenster auf ein Minimum reduziert. An den Wänden der Seitenschiffe hingen große Fackeln, die mit Hilfe von ranzigem Fett und trangetränkten Fellresten brannten. Bei genauerem Hinsehen, konnten die Fremden erkennen, daß die Fackeln große Walfischknochen waren. Nur allzu verständlich, denn Holz gab es bereits seit über zweihundert Jahren nicht mehr auf Grönland. Die Diener des Bischofs entzündeten große Altarkerzen, die für ganz bestimmte Feiertage aufgespart wurden. Hinter dem Altar und der Kanzel stand einzig und allein noch ein großes Steinkreuz. Etwas Schlichteres hatten die Augen der Seefahrer selten gesehen. Der Mörtel bröckelte bereits an einigen Kanten zwischen den grob behauenen Steinen hervor. Doch wenn man den Blick von der Tür über die Decke des Mittelschiffs bis zum Altar kreisen ließ, hatte man den Eindruck, daß Maße und Proportionen sehr gut abgestimmt schienen.

Mittlerweile konnte man kaum noch treten, so eine Gedränge herrschte in der Kirche. Es dauerte eine geraume Zeit, bis endlich Ruhe zwischen den Mauern einkehrte. Ehe Bischof John seine Worte an die so zahlreich Versammelten richtete, erhob sich hinter ihm der Gesang eines Chores. Die fremden Seefahrer verstanden zwar nicht die gesungenen Worte, aber eine tiefe Traurigkeit, die aus der Melodie hervorging, teilte sich ihnen mit. Gegen Ende schien die Musik sich aus dieser Trauer zu erheben und wie ein Schimmer von Hoffnung klang es durch den hohen Raum. Und obwohl die Seefahrer harte Männer waren, rührte es doch so manch einen von ihnen. Nicolo Zeno, dem Kapitän der Karavelle, der in der vordersten Reihe stand, kamen fast die Tränen.

Nachdem der Hall des letzten Tones verklungen war, begann der Bischof mit der Messe. Damit ihn die Venezianer verstehen konnten, erklärte er das eine oder andere in Latein. Zuerst dankte er Gott und allen Heiligen für die Ankunft der Fremden. Er erzählte, wie schwer es in der Siedlung wurde, nachdem Königin Margarethe das Verbot erlassen hatte, Grönland anzulaufen. Mit Anfang des Jahrhunderts war es hier oben beständig kälter geworden. Die Äcker trugen stets weniger ein als im Vorjahr. Seit ungefähr zehn

Jahren gedieh kein einziger Halm Getreide mehr. Der Boden ermöglichte nur noch schwer genießbaren Wurzelknollen ein mageres Wachstum.

Auch die Viehbestände waren nur noch ein Schatten derer aus früheren Tagen. Ganz wenige Siedler hielten sich Rinder, die man mehr als Skelette bezeichnen konnte. Pferde gab es schon längst nicht mehr. Hauptsächlich waren es Schafe, Ziegen und Geflügel, die den Viehbestand der Grönlandwikinger ausmachten.

Der alte John schilderte den Fremden noch einmal drastisch, wie schlimm es um sein Volk bestellt war. Er nannte auch die Zahlen derer, die jeden Winter vor Hunger und Kälte starben. Sein Handeln war geschickt, denn etliche der Seefahrer gelangten immer mehr zu der Überzeugung, einen Akt der Nächstenliebe mit der Aufnahme einer gewissen Zahl dieser unglücklichen Menschen vollbringen zu müssen.

Freilich, die rund fünfhundert Menschen, die Österbygden noch beherbergte, würden sie nicht alle mitnehmen können. Das wußte auch der Bischof. So verkündete er, daß jeder es sich reiflich überlegen solle, ob er mit den Fremden gen Westen segeln wolle. Dorthin, wo zwar grünes üppiges Land gedeihe, wo aber auch tiefe Ungewißheit herrsche. John verglich die Entdeckungsreise der Fremden mit Gleichnissen aus der Bibel und betrachtete sie als heilige Mission. Aber er wurde noch deutlicher. „Nicht alle werden von dieser Fahrt lebend zurückkehren. Der Kurs ist in diesen Hallen nicht unbekannt. Denkt nur an unsere glorreichen Ahnen zurück, als die Wikinger zwar noch Heiden waren, aber weithin als die Schrecken der Meere galten. Schon zu Zeiten des großen Leif Erikson stießen unsere Männer auf harten Widerstand im sagenhaften Weinland." Der Bischof riet seinen Landsleuten, die Entscheidung gut abzuwägen und im Falle des Zweifels andere vorzulassen.

Ingvar, der Norweger, räusperte sich. Was hatte der Venezianer mit Bischof John da ausgehandelt? Es konnte gut, aber auch schlecht für sie sein. Sicher wäre jede Hand, die sie zusätzlich an Bord hatten, auch von Vorteil. Doch was wäre, wenn Krankheiten ausbrächen? Oder wenn die Wikinger meutern würden? Ingvar nahm sich vor, dem Kapitän seine Befürchtungen mitzuteilen.

Indessen gab der Bischof allen Anwesenden Kunde, daß ihn der Heilige Vater höchstpersönlich von seinem Amt entbunden hatte. Er bat den jungen Bengt Nielson, zu sich nach vorne und stellte ihn den anderen als seinen Nachfolger vor. Dann kam John auf die weitere Reise der Venezianer zu sprechen. Er erwähnte Nicolos Versprechen, achtzig bis hundert Siedler mit an Bord zu nehmen. Viel Zeit würde dem Venezianer für seine Suche nach Helluland, Markland und Weinland nicht zur Verfügung stehen, denn er müsse ihn, den Bischof, wohlbehalten auf die Orkneys bringen. Dort sollte er laut Papst Bonifatius das Bistum auf den Inseln übernehmen.

Die Worte des alten John waren gut gewählt und klangen für beide Seiten beschwichtigend. Die Botschaft wurde sehr wohl verstanden. Nicht nur Ingvar, sondern auch dem einen oder anderen Venezianer wurde damit eine gewisse Angst genommen.

Auf den alten John hörten die Grönländer und mit ihm war es sicherlich um etliches leichter, eventuelle aufkommende Konflikte an Bord zu entschärfen.

Auch die Grönländer wußten nun, daß die Fremden bereit waren, ihnen entgegenzukommen und daß der Bischof an Bord ihr Schutzherr sein würde. Trotzdem verließen viele die Kirche mit gemischten Gefühlen. Thorwald Jensen und der alte John vereinbarten mit Nicolo Zeno und Ingvar Bardson ein Treffen für den nächsten Tag in der großen Halle des Nordens. Dann sollte eine Entscheidung fallen. Die Seefahrer zogen sich daraufhin auf die Karavelle zur Beratung zurück.

Der Platz vor der Kirche wurde noch lange bis spät in den Abend von den Gesprächen der Grönländer beherrscht. Wortfetzen, vor allem der Männer, flogen hin und her. „Wir können nicht verlangen, daß sie uns überhaupt mit an Bord nehmen. Schließlich segeln sie nicht nach Island", meinte Björn Olafsen, einer, der eher skeptisch war, ob die Fremden sich diese Last aufbürden würden. „Aber sie haben es schließlich Bischof John versprochen", sagte ein anderer. „Ob sie wohl auch Frauen und Kinder mit an Bord nehmen?" wollte ein Familienvater wissen.

„Ich werde versuchen mitzukommen. Aber stellt euch die Fahrt nicht ruhig vor, wie hier auf unserem Fjord. Es ist ein Wunder, daß die Lateiner überhaupt bis hierher durchgekommen sind", sprach Leifur Haderson, ein stämmiger Mann mit grimmigem Blick und einer langen Narbe unterhalb des linken Auges. „Wieso?" fragte Björn verwundert.

„Draußen auf dem offenen Meer soll eine große Menge Treibeis schwimmen. Der alte Knut hat es erzählt", entgegnete Leifur. „Du hast es gut", meinte ein vierter zu ihm. „Du lebst als Junggeselle. Kaum einer wird sich gegen deinen Wunsch mitzusegeln stellen können." Darauf grinste Leifur nur, so daß seine Narbe sich seltsam verzerrte.

*

In der großen Halle des Nordens bat der Bischof am Abend Thorwald Jensen, ihn zu unterstützen. Er solle die Männer und Frauen bestimmen, die mit den Fremden in den Westen segeln würden. „Ich denke, sie werden sich für uns entscheiden, Thorwald", meinte er. „Wir sollten morgen mit der Auswahl beginnen. Jüngere sollten Vorrang vor Alten haben. Gesunde vor Kranken, einzelne Siedler vor festen Stammesverbänden, Entschlossene und Mutige vor Lethargischen und Hoffnungslosen. Die Wahl wirst du treffen, Thorwald." Der rüstige Wikinger mit dem scharf geschnittenen Gesicht, das von einem bereits ergrauten Bart umrahmt wurde, nickte. John hatte ihm soeben eine gewaltige Verantwortung übertragen.

Der alte Bischof murmelte kaum hörbar vor sich hin. „Ich weiß, ich verlange viel von dir. Aber es ist das beste, glaube mir. Schon sehr lange habe ich geahnt, daß, wenn überhaupt, es nur sehr wenigen von uns vergönnt sein wird, dem Fluch des kalten Nordens zu entfliehen. Denke nicht schlecht von mir, weil ich dem Befehl des Papstes gehorche. Doch tue ich es nicht, droht mir die Exkommunizierung. Das könnte bedeuten, daß dann vielleicht gar kein Schiff mehr nach Grönland kommt. So besteht immerhin noch Hoffnung. Der junge Bengt Nielson tut mir leid. Er wird wohl der letzte sein, der den Menschen, die im nördlichsten Winkel des Reiches Gottes auf Erden leben, Trost und Segen in ihrer Not spenden wird." „Dies ist sein Schicksal, John." Damit gingen die zwei Männer auseinander.

Zwei Tage nachdem die Karavelle der Venezianer in Gardar gelandet war, hatten sich viele Grönlandwikinger aus den naheliegenden Siedlungen in dem größten Ort von Österbygden eingefunden. Darunter befanden sich auch einige, die schon ihr ganzes Hab und Gut auf den Rücken trugen. In der großen Halle wurde nun über ihr Schicksal entschieden. Viele scheuten zurück, als sie von den gefährlichen Treibeisbergen hörten, die auf dem offenen Meer treiben sollten. Andere versuchten, mutig auf ihrer Chance zu bestehen. Streithähne, die gegeneinander handgreiflich wurden, warf Thorwald sofort wieder aus der Halle und schickte sie nach Hause.

*

Die wenigen Steinhäuser von Sveighirfjeld lagen gut drei bis vier Meilen von Gardar entfernt. Bis auf zwei Familien, die hier wohnten, lag der Ort recht einsam und verlassen. Gleich hinter den Häusern erhoben sich die Berge, über die sich bereits die Eisfelder und Gletscher heranschoben. Auf dem kargen Boden, der hier und da einige Grasbüschel gedeihen ließ, suchten ein paar klapperdürre Schafe nach Nahrung. Bis auf den alten halbblinden Jens und ein kleines Kind waren alle Bewohner von Sveighirfalls nach Gardar gezogen, um die gelandeten Seefahrer aus dem Süden zu sehen. Schnell drang die Kunde durch das Land von Österbygden.

Doch auch jemand anderes schien davon Wind bekommen zu haben, daß in Gardar etwas besonderes geschehen sein mußte. Und so friedlich die Szene wirkte, der Schein trog.

Zwei scharfe Augen betrachteten von den Bergen her das Anwesen. Obwohl es noch in den frühen Morgenstunden war, schien die Sonne schon hell und unerbittlich über den Schnee. Ihre Kraft reichte nicht, die Gletscher so wie früher vollständig abzutauen. Auf samtenen Pfoten schlich ein Polarfuchs zwischen den großen Felsbrocken langsam ins Tal hinab. Er witterte die leichte Beute. Doch plötzlich hielt er inne. Irgend etwas verunsicherte ihn.

Eine Tür knarrte. Aus einer fast eingestürzten Hütte trat ein alter Mann heraus, der sich vorsichtig zu einer Bank neben einem Stein tastete. Er trug Kleider aus dicken Fellen von Robbe und Eisbär. In der knochigen Hand hielt er ein kleines Gefäß.

Nachdem der halbblinde Jens, denn niemand anderes war jener Mann, Platz genommen hatte, kramte er aus seinen Tasche ein kleines Knochenmesser hervor. Dann öffnete er das kleine Gefäß, das Hammelfett mit Grieben und gegarte Wurzelknollen enthielt. Hier in der Sonne ließ sich das Frühstück genießen. Jens kratzte mit dem Messer einen besonders fetten Batzen heraus und führte ihn vorsichtig zum Mund. Krachend zermalmten seine Stummel eine fette Knolle. Hier in der Sonne zu sitzen, sich das

17

Gesicht und die gichtigen Hände wärmen zu lassen und dabei etwas zu essen, war eines der letzten Vergnügen, das er an seinem Lebensabend sich noch leisten konnte.

Gerade wollte er wieder mit dem Messer ins Hammelfett eintauchen, als von irgendwoher ein gefiedertes langes spitzes und todbringendes Geschoß herannahte. Fein säuberlich durchbohrte es den Alten direkt unterm Herzen. Jens fiel sofort das kleine lederbespannte Gefäß aus der Hand. Das Frühstück rollte hinunter auf die steinige Erde. Jäh zuckte es durch das Gehirn des Alten. Schnell lief in seinem Geist sein ganzen Leben noch einmal vor ihm ab, bis das herrlich weiße Licht kam.

Nun flogen auch Pfeile gegen die Hütten. Doch nichts rührte sich. Über die Schneefelder aus kam eine Gruppe von vielleicht einem Dutzend Männern herangelaufen. Auch sie waren von oben bis unten in Felle gekleidet, doch deutlich unterschied sich ihr Ausehen von dem der Grönlandwikinger. Ihre Gesichter bezeugten einen starken asiatischen Einschlag. Einige trugen Schneebrillen über den Augen. Die Nachfahren Erik des Roten gaben ihnen den Namen „Skrälinger“. Sich selbst nannte dieses Volk aber „Inuit“. Sie waren Nomaden, stets auf der Suche nach Eßbarem, ernährten sie sich hauptsächlich von Fleisch, das sie roh verzehrten. Außerdem besaßen sie einen gewaltigen Vorteil gegenüber den seßhaften Siedlern von Österbygden.

Ihr Volk lebte schon über tausende von Jahren hier am Rand des ewigen Eises. Optimal schienen sie an diese Hölle angepaßt zu sein, im Gegensatz zu ihren Feinden. Da jedoch nur Gruppen bis zwanzig Mann über Land zogen, wagten sie nur kleinere oder halbverlassene Siedlungen der Grönländer anzugreifen.

Die Skrälinger, die die Siedlung mittlerweile erreichten, stürmten mit ihren Speeren die Steinhäuser. Der ganze Überfall dauerte nur kurze Zeit und alles war wieder fast so wie vorher. Nur der alte Jens blieb tot auf dem kleinen Platz zwischen den Häusern zurück. Die Schafe und das Kind und was ihnen sonst noch brauchbar erschien, hatten die Nomaden des Nordens mitgenommen. Lautlos und schnell war das Ende von Sveighirfjeld gekommen.

Als einen Tag später Siedler aus dem benachbarten Hadarfföll die Leiche des Blinden fanden, verbreitete sich die Nachricht schnell in ganz Österbygden.

*

In Gardar indessen wurde alles für die Abreise der Karavelle vorbereitet. Herzzerreißende Szenen spielten sich ab, als es darum ging, wer nun mit den Fremden nach Westen segeln solle und wer nicht. Die Kunde von dem Überfall der Skrälinger gab dem Wunsch, endgültig das Land zu verlassen, neuen Auftrieb. Doch Bischof John, Thorwald Jensen und Ingvar Bardson wurden nicht müde, den Wikingern die Gefahren eines mit Menschen vollgestopften Schiffes zu schildern.

Natürlich gab es auch etliche von den Alten, die meinten, hier sterben zu müssen. Nicht immer entsprang diese Argumentation reiner Uneigennützigkeit. Unzweifelhaft würde die Verminderung der Siedlerzahl für die Zurückbleibenden bedeuten, daß sie Häuser, Höfe, Vieh und Gerätschaften der anderen mit übernehmen konnten. Das versöhnte doch so manches rauhe Wikingerherz, denn mit dem neu gewonnenen Besitz schien man in diesem Landstrich wieder ein Stückchen länger gegen die Natur ausharren zu können.

Ein anderes Problem zeigte sich in der Halsstarrigkeit der Venezianer. Die Mannschaft begann offen gegen Nicolo zu meutern, als er sich entschloß, hundertzwanzig Frauen und Männer aus Österbygden an Bord zu nehmen. Die Wortführer waren hierbei der zweite Steuermann Ricciardo, und der Bootsmann Masetto.

Ricciardo wurde in der Kajüte ziemlich deutlich. „Wir sind ja schließlich Christenmenschen, Messire Zeno. Aber was zu weit geht, geht zu weit. Maximal die Hälfte dieser überflüssigen Esser kann die El Draco verkraften. Ihr spracht erst von achtzig. Uns hat niemand gefragt."

Dem alten venezianischen Kapitän schienen die Hände gebunden. Um seinen Tisch standen acht ergrimmte und wütende Landsleute, leider auch seine besten Schiffsmänner. Guiseppe Petroni, sonst seine linke Hand, schwieg. So einigte er sich schließlich mit seinen Männern darauf, dem Bischof der Grönländer sofort mitzuteilen, daß die Aufnahmegrenze erreicht wäre.

Am Morgen standen in aller Frühe die restlichen Siedler am Kai, die nun noch untergebracht werden mußten. Der alte Bischof John stand mitten unter ihnen und sprach allen, denen die blieben und denen die gingen, Mut zu. Er selbst ging als letzter an Bord. Insgesamt hatte die Karavelle hundertdreizehn Siedler aufgenommen. Die Segel wurden gesetzt, die Taue und der Anker eingezogen. Bald waren die Häuser von Gardar nur noch kleine schwarze Punkte am Ende des Fjordes.

Bis auf kleinere Walfangboote aus Island sollte dies für längere Zeit das letzte Schiff gewesen sein, das Österbygden angelaufen hatte. Über hundertfünfzig Jahre später fanden zufällig Schiffe nur noch zerstörte menschenleere Häuser in dieser Gegend. In den arktischen Stürmen und bei klirrender Frost hatten die letzten Grönlandwikinger ihr Ende gefunden.

*

Nachdem sie die letzten kleinen Felseninseln hinter sich gelassen, gab Nicolo Zeno seinem Steuermann Order, auf südwestlichen Kurs zu gehen. Doch je weiter die Karavelle auf die offene See geriet, häuften sich die bedrohlich im Wasser treibenden Eisberge. Die kalte Meeresströmung, die das Schiff erfaßt hatte, brachte sie aus dem Norden mit. Man mußte vorsichtig sein.

Der alte Bischof logierte neben der Kajüte. Gleich am zweiten Tag suchte er Nicolo Zeno auf. In seinen Händen trug er etliche Pergamentrollen, die des Venezianers Neugier erweckten.

„Ihr sollt nicht glauben, Lateiner, daß ich in Gardar nur um das Seelenheil meiner Schäfchen besorgt war. Dies", und er hob die Rollen in die Höhe, „sind die besten Karten, die ich und meine Vorgänger von diesem Teil der Welt gezeichnet haben. Ihr werdet staunen."

Der Kapitän der El Draco bot John einen Platz an seinem kleinen Ecktisch an. „Ich vermute, ihr werdet mir eine große Hilfe sein, Hochwürden."

„Ich habe euch schließlich zu danken. Zu danken, daß ihr auf meine Bitte eingegangen seid." „Denkt nicht, daß ich ein Menschenfreund bin", untertrieb Nicolo. „Ich hatte doch gar keine andere Wahl." „Stellt euer Licht nicht unter den Scheffel", murrte der Bischof und begann, eines der Pergamente auseinanderzurollen.

„Das ist ja wirklich ausgezeichnete Arbeit", lobte der Venezianer. „Verzeiht, wenn ich das sage, aber so etwas hätte ich einem Mönch niemals zugetraut." John überhörte dies und zeigte dem anderen mit dem Finger den Seeweg nach Helluland. „Woher wißt ihr, daß der Weg wirklich so weit ist?" „Ihr seid ein ungläubiger Thomas. In diese Karte sind seit Leif Erikson alle Angaben von Wikingern eingeflossen, die in den Westen gesegelt sind. Geht davon aus, daß wir in zehn bis fünfzehn Tagen Land erreichen. Und zwar ungefähr hier."

Der Bischof zeigte auf eine Stelle, die ziemlich weit südlich von ihrer jetzigen Position lag. Nicolo Zeno hob merklich die Augenbrauen. „Das stimmt aber nicht mit meinem Kurs überein, Hochwürden." Er nahm einen Stab und legte ihn so auf die Karte, daß er von Gardar aus nach Westen eine Linie ergab. „Seht her, hier werden wir landen."

John winkte ab. „Unterschätzt die starke Meeresströmung nicht, die aus dem Norden kommt." „Wir werden sehen", erwiderte der Kapitän.

*

Bereits nach dem fünften Tag fing die Situation an Bord der El Draco an zu schwelen. Auslöser waren zunehmende Reibereien zwischen den Grönländern und der Mannschaft, besonders wegen der an Bord befindlichen Frauen. Trotzdem wirkte es wie ein Wunder, daß es nicht zu größeren Auseinandersetzungen kam. Dafür sorgte das Wort des alten Bischofs.

Doch als der Bischof seekrank wurde und sich deswegen immer seltener an Deck blicken ließ, wurden die murrenden Stimmen lauter.

Am Morgen des siebenten Tages saßen Nicolo, der zweite Steuermann Ricciardo und Ingvar schweigend in der Kajüte. Der Kapitän brütete mit einem Zirkel über einer Seekarte, während sich die beiden anderen mit einem Schachspiel die Zeit vertrieben. Da kam Guiseppe herein. Er war sehr aufgeregt. „Messire Nicolo, ich glaube, wir werden Ärger mit diesen Grönländern bekommen. Einige von ihnen machen Stimmung gegen unseren Kurs."

Ingvar ließ die Figur in seiner Hand krachend auf das Schachbrett fallen. Die drei Männer erhoben sich und verließen das Achterschiff. Tatsächlich. Ein paar von den Grönländern standen an der Reling und diskutierten wild. Als sie den Kapitän gewahrten, unterbrachen sie ihre Rede und gingen auf ihn zu.

Erik Robbenauge, Wolfrod und vier andere umringten den Führer des Schiffes. „Laßt uns nach Island segeln. Die Fahrt in den Westen steht unter keinem guten Stern. Wenn ihr nicht binnen einer Sanduhr das Ruder beidreht, werden wir die Befehlsgewalt auf diesem Schiff ergreifen."

Zwar stand neben Nicolo der kräftige Ingvar, der so manchem Respekt einflößte, doch die Grönländer wirkten wild und entschlossen. Zu allem bereit.

„Es ist Wahnsinn, was ihr vorhabt", schrie Ingvar sie an. „Abgesehen davon, daß ihr keinerlei Erfahrung auf See habt. Bis Island würde die Fahrt für alle viel zu lange dauern. Die Vorräte reichen nicht an Bord und etliche würden sterben. Aber wenn wir diesen Kurs beibehalten, werden wir vielleicht schon morgen auf Land stoßen."

„Wer sagt das?", höhnte Wolfrod. „Euer Bischof, der alte John, der krank hinten im Achterschiff liegt", entgegnete der Norweger.

Erik näherte sich, ohne zu antworten, dem Kapitän. Doch kurz bevor er Nicolo Zeno erreichte, ging eine seltsame Veränderung in ihm vor. Seine Pupillen begannen sich zu weiten, der ganze Körper wurde von einem heftigen Schütteln gepeitscht. Krampfverzerrt und unter wilden Schmerzen fiel der Grönländer nach vorne auf das Deck. Es klatschte wie ein nasser Sack. Alle wußten, das konnte nichts gutes bedeuten. Einige der Umstehenden bekreuzigten sich. John und Nicolo sahen sich an.

Nicolo beugte sich zu dem vor seinen Füßen ausgestreckt liegenden Mann hinab. Der Ausdruck des Gesichtes war gräßlich entstellt, wie eine Grimasse. Eriks Körper zuckte noch stoßweise, jedoch immer langsamer und schwächer. Die grobe Leinkutte war verrutscht, so daß die Brust des Mannes freilag. Der Kapitän gewahrte überall rote eitrige Flecke auf der Haut. „Heilige Mutter Gottes, verschone uns mit dieser fürchterliche Strafe", flüsterte er zu sich. Nicolo Zeno blickte auf die entsetzten Gesichter. Es blieb ihm aber auch nichts erspart.

„Sieht nach Flecktyphus aus", sagte er ruhig zu den Männern seiner Mannschaft und Ingvar übersetzte es für die Siedler. Unter den Grönländern brach Panik aus. Die Frauen begannen wie wild zu schreien, die Kinder schluchzten und den Männern brach der Schweiß am ganzen Körper aus. Niemand wußte schließlich, ob er bereits vom Hauch des Todes gestreift worden war oder nicht. So entsprang Eriks Aufbegehren dem Wahnsinn und letzten Stadium seiner Krankheit. Nun schien er sie alle ins Verderben gestürzt zu haben.

„Das hat uns gerade noch gefehlt", sagte Nicolo mit gesenktem Blick leise zu Guiseppe, der in der Kajütentür stehend alles mit angesehen hatte. „Wer weiß, wer von den Grönländern die Krankheit schon in sich trägt." Bald darauf meldeten sich die ersten, die an ihrem Körper, besonders am Bauch, die unverkennbaren roten Flecke fanden. Bis jetzt hatte niemand den im Fieber darniederliegenden Grönländern Beachtung geschenkt. Nun wurden sie sofort vom Schiffsarzt Tebaldo Abruzzo untersucht. Doch leider kam für viele jegliche Hilfe zu spät.

Drei Tage später waren bereits neun Männer und vier Frauen gestorben und zwanzig weitere der nordischen Siedler erkrankt. Es war recht tragisch, da sie soviel Hoffnungen in diese Reise gesetzt hatten, die nun durch den Tod jäh zerstört wurden. Die Venezianer befürchteten das Schlimmste. Es wurden Bilder von einem Geisterschiff, das ohne Leben auf dem kalten Wasser der Meere dahintrieb, beschworen.

Doch Bischof John sollte recht behalten. Allen fiel ein Stein vom Herzen, als Bernardo am vierten Tage vom Ausguck der El Draco aus endlich Land sichtete. Damit fand eine sich über zehn Tage auf offener See erstreckende und grausige Fahrt ihr Ende. Nicolo Zeno nannte das von ihm entdeckte Land nicht Helluland wie die Wikinger, sondern Estotiland, steiniges Land, denn zunächst sah das Ufer unwirtlich und trist aus. Der Kapitän schlug vor, zunächst an der Küste entlang zu segeln und so weiter nach Süden zu gelangen.

Nicolo stellte immer wieder Vermessungen an und verglich sie mit den Karten des alten John. Dann ergänzte er aus alten und neuen Erkenntnissen seine eigene Seekarte. Die nächtlichen Beobachtungen an den Gestirnen ergaben, daß sie den dreiundfünfzigsten Breitengrad bereits überschritten hatten. Damit befand sich das Schiff jetzt auf gleicher Höhe wie Mittelengland. Doch durch den kalten Meeresarm, der zwischen Grönland und Estotiland lag, war das Ufer nur mit Gräsern, Moosen und Flechten bewachsen. Nur vereinzelt reckte sich hier und da eine kleine, vom Sturm zerzauste Kiefer empor.

Nicolo entschloß sich, solange mit dem Landgang abzuwarten, bis sie eine gute Möglichkeit hatten, frisches Trinkwasser an Bord zu nehmen. Er gab seinen Männern Order, Ausschau nach einer kleinen Bucht mit angrenzender Flußmündung zu halten. Hin und wieder schwammen kleinere Walherden an ihnen vorüber. In sicherer Entfernung von den Schiffen konnte man beobachten, wie sie mit ihren großen Schwanzflossen auf die Wellen schlugen.

Aber am meisten konnten sie froh darüber sein, daß das Wetter ruhig blieb. Auch waren die Eisberge schon deutlich weniger geworden. Ab und zu trieb noch eine kleine Scholle an der Karavelle vorbei. Endlich, nach zwei Tagen ergab sich die Möglichkeit, an Land zu gehen. In einer kleinen Bucht mit saftigen grünen Wiesen und klaren Felsbächen ankerte die El Draco. Die dichten Wolken, die sie die ganze Zeit drohend am Horizont begleitet hatten, lockerten sich jetzt etwas auf und die Sonne kam zum Vorschein. Sogar der Bischof ließ sich seit langer Zeit wieder auf Deck sehen. Allem Anschein nach hatte der alte John die Seekrankheit ohne Probleme überstanden. Noch bevor die Beiboote zu Wasser gelassen wurden, hielt er vor allen eine Dankesmesse. Nicht nur weil sie Land gefunden hatten, nein. Sondern auch, weil die Seuche an Bord gebannt schien. So meinte es jedenfalls der Schiffsarzt Tebaldo Abruzzo, denn wie durch ein Wunder hatte es keine neuen Fälle von Typhus mehr gegeben. Von den bereits Erkrankten waren noch elf weitere gestorben. Und so grausam sich das auch anhörte, aber dadurch wurde es für die übrigen an Bord wieder etwas erträglicher. Die zwei Tage, die die Karavelle in der Bucht ankerte, wirkte auf ihre Besatzung wie ein Wunder. Der Wind wehte vom Land her auf die See hinaus und der alte Bischof machte Nicolo Zeno darauf aufmerksam, daß eine bessere Gelegenheit so schnell nicht mehr kommen würde. Er erinnerte ihn dabei auch an die letzte Meuterei seiner Landsleute.

Außerdem verwies er auf seine alte Seekarte, die im Küstenverlauf weiter südlich einen scharfen Knick nach Westen zeigte. Der venezianische Kapitän wägte lange jedwedes Für und Wider ab und gelangte endlich zu dem Schluß, daß es wohl das Beste sei, auf den alten John zu hören. Schließlich hatte er Order, den Bischof wohlbehalten auf die Orkneys zu bringen.

So strebte die Karavelle mit vollen Segeln, den kräftigen Westwind nutzend, aufs offene Meer hinaus. Ihr Kurs hieß Island.

*

„Das ist ja eine recht abenteuerliche Geschichte, die ihr mir da erzählt, Kapitän." „Nun ja, Messire, ich gebe zu, daß sie etwas unglaubhaft klingt. Aber es ist die reine Wahrheit, bei Gott."

Harry setzte sich wieder an den Kartentisch, wo Nicolo Zeno ein Pergament mit seinen persönlichen Eintragungen aufgerollt hatte. Der Venezianer - schon gute zehn Jahre älter als er selbst - schien auf eine Reaktion von ihm zu warten.

„Ja, Grönland", sagte der Earl nur gedankenverloren. „Wißt ihr, daß ich vor zwanzig Jahren auch einmal das geheimnisvolle Land der ewigen Kälte um ein Haar erreicht hätte. Man konnte sogar schon die weißen Berge am Horizont sehen. Damals haben wir eines unserer Schiffe im Eis verloren und mußten umkehren. Der Kapitän war übrigens ein ebenso erfahrener Seemann wie ihr. Francesco Beranelli hieß er, falls euch der Name etwas sagt."

„Ein Landsmann", erwiderte der Venezianer erstaunt. Harry nickte. „Jawohl, er und sein Bruder Rico segelten als Führer je einer Karavelle mit uns. Wir waren vier Schiffe insgesamt und gerieten nur wenige Tage von Island entfernt in dichtes Treibeis."

„Ja, es ist nicht ganz ungefährlich, Messire. Tückisch ist die See dort oben und ich kann jedem nur raten, die Südspitze Grönlands weit zu umfahren."

Der Earl wehrte mit der Hand ab. „Es ist zu spät für dererlei Ratschläge. Ich glaube, daß wir beide in Grönland nichts mehr verloren haben, Nicolo. Noch einmal setze ich Schiff und Mannschaft nicht aufs Spiel. Wenn ihr mit angesehen hättet, wie Francescos große und stolze Karavelle binnen weniger Augenblicke mit Mann und Maus versank, wüßtet ihr, wovon ich spreche. Nein, nein, geschätzter Nicolo, ich bin auf der Suche. Genau wie ihr, auf der Suche nach *Drogeo*."

„Ihr werdet Drogeo allerdings nur von Grönland aus erreichen." Der Earl der Orkneys schüttelte den Kopf. Nicolo Zeno riß die Augen weit auf. „Wollt ihr etwa über den gesamten Ozean segeln, ohne auch nur ein einziges Mal eine Insel, einen sicheren Hafen zu passieren? Verzeiht Messire, aber dies ist heller Wahnsinn. So lange auf offener See, das hat noch keiner geschafft. Ich hoffe, ihr wißt, welch weiter Weg euch da bevorsteht?"

Harry lachte. „Ihr habt es getroffen, Kapitän. Fast auf den Punkt." „Das hört sich interessant an, wenn ich mir die Bemerkung erlauben darf." Der Earl kam sofort zur

Sache. „Nun Nicolo, ihr kennt doch sicher die Häfen der irischen Westküste?" „Es ist erst zweimal her, daß ich in Gaillimh geschäftlich zu tun hatte, Messire."

„Das ist ja prächtig, Nicolo. Wie ich gesehen habe, ist die irische Insel in eurer Seekarte richtig eingezeichnet. Wir wollen mal davon absehen, daß ihr euch in den Größenverhältnissen geirrt habt."

Der Venezianer räusperte sich. „Wieso denn dies, Messire?" fragte er verstört. „Seht hier, die Frislandinseln sind viel zu groß dargestellt. Es fehlt ein feines Küstenrelief, so wie ihr sie sicher von den Portolanen des Mittelmeeres her kennt. Und Irland. Irland ist auf eurer Karte nur halb so groß wie es ungefähr in Wirklichkeit ist. Maß und Proportion scheinen nicht eure Stärke zu sein, Kapitän."

„Ich sehe, ihr versteht eine Menge von der Kartographie", entgegnete Nicolo Zeno. „Wir können später noch darüber sprechen. Jedenfalls wird mein Hauptaugenmerk, sollte ich von den Shetlandinseln mit Erfolg zurückkehren, nur noch auf den Vorbereitungen einer Schiffsreise nach Drogeo liegen. Zuerst soll die Flotte - ich dachte an bis zu zehn Schiffe - von Kirkinvaghe nach Gaillimh segeln. Dort werden wir frisches Wasser und neue Vorräte an Bord nehmen. Wenn der Wind günstig steht, segeln wir von Irland mit westlichem Kurs weiter."

„Auch wenn es mehr als tausend Meilen sind?" Harry lächelte geheimnisvoll. „Geschätzter Nicolo Zeno. Es sind gewiß mehr als tausend Meilen. Doch seid versichert, daß wir es schaffen."

„Das klingt so als ob ihr meine Dienste in Anspruch nehmen wollt." „Sollte ich etwa auf die Dienste eines solch fähigen Seefahrers verzichten?! Euch ist es gelungen, Grönland zu erreichen. Ihr wart sogar in Helluland."

„Ich verdanke euch mein Leben, Messire und ohne Schiff komme ich ohnehin nicht so schnell nach Venedig. Selbstverständlich stehen meine Mannschaft und ich eurem Unternehmen zur vollen Verfügung." „Ausgezeichnet, Nicolo. Ihr könnt euch eure Sporen im Kampf um die Shetlands verdienen."

Der Earl wanderte mit dem Finger über die Seekarte. „Ihr und eure Männer werden sich auf der St. Magnus einquartieren. Sveighir Wackerbart, der Kapitän der Kogge, hat von mir die dementsprechende Order. Er und drei weitere Barken sollen unsere Landung von der See her unterstützen."

„Wie ich gesehen habe, seid ihr auch im Besitz von Kanonen?" „Ihr meint die Bombardellen. Kennt ihr euch etwa aus damit?" „Ich bitte euch. Wißt ihr denn nicht, daß mein Bruder Admiral der venezianischen Flotte war?" „Ihr meint Carlo Zeno?" Harry schlug sich gegen die Stirn „Mein Gott, wieso ich nicht gleich darauf gekommen bin. Er war es doch, der in einer Seeschlacht die Genuesen besiegt hat."

„Jawohl, mit der Hilfe Dutzender Kanonen jagte Carlo die Genuesen zum Teufel. Buchstäblich in letzter Minute, denn die genuesische Flotte hielt Venedig in eiserner Umklammerung. Ja, und unser Vater Pietro galt zu seiner Zeit als der Schrecken des

Mittelmeeres. Man nannte ihn auch den Drachen, El Draco. Aus diesem Grunde führe ich einen Drachen im Wappen."

Harry staunte nicht schlecht. „Ich muß gestehen, daß ich dies nicht vermutete, als ich euch und eure Leute aus dem Wasser fischen ließ."

Es klopfte an der Kajütentür. Ither Wobbelstone trat ein. „Was gibt's, Ither? Ihr seid doch hoffentlich klar zum Auslaufen."

Ither nickte. „Wenn ihr das Zeichen gebt, Sir - sofort. Doch ist der Grund meines Erscheinens ein anderer." „Dann sprecht, Ither." „Der alte Bischof ist zu sich gekommen. Er hat für sein Alter eine verdammt robuste Natur."

„Die wird er auch brauchen. Du wirst Bischof John und auch die anderen Männer der Crew von unserem hochgeschätzten Kapitän Nicolo Zeno hinüber auf die St. Magnus begleiten. Sveighir weiß bereits Bescheid." „Ja, Sir."

„Waren dies eure letzten Worte, Messire?" fragte der Venezianer ungläubig und rollte dabei seine Karte zusammen. Harry lachte. „Keine Angst. Wir werden noch öfters die Gelegenheit haben, miteinander zu plaudern. Sveighir und ich haben nämlich die Angewohnheit, lieber einmal öfters längsseits zu gehen als zu wenig.

Doch bevor ihr von Bord geht, sollt ihr den Dank erhalten, der euch für eure Taten und Abenteuer schon längst gebührt." Ither zuckte mit den Achseln, als der fragende Blick des Venezianers auf ihn fiel. Harry ging zur Tür. In der Schwelle drehte er sich noch einmal um. „Nun was ist, Kapitän? Was zögert ihr? Wollt ihr etwa euren Ritterschlag verpassen?"

*

Sveighir Wackerbart brauchte nicht lange, um festzustellen, daß es sich bei den Venezianern um erstklassige Seeleute handelte. Hier konnten beide Seiten nur voneinander lernen. So waren die Männer von den Orkneyinseln Meister im Loten, während die neuen Gäste an Bord der Kogge genau wußten, wie und mit welcher Belastung die Lateinersegel den Wind optimal ausnutzen konnten. Vor allem machte jedoch Bernhard Flaronius, der Flame, große Augen, als er mit Manfredo, dem Geschützmeister der auf Grund gelaufenen El Draco sich über die Bombardellen der venezianischen Flotte unterhielt.

Sprachlich gesehen herrschte an Bord der St. Magnus natürlich ein großes Chaos. Sveighirs Männer kannten fast alle das Norn, die rollende Sprache der Inseln, mit der die meisten von ihnen aufgewachsen waren. Die aus Schottland stammenden Schiffsmänner unterhielten sich untereinander aber auch in Gälisch und Scotts.

Bei der Mannschaft Nicolo Zenos wurde Italienisch, Latein und Französisch mit Gascognerdialekt gesprochen, so daß es immer wieder zu Mißverständnissen mit den Nordmännern kam. Ja, und dann waren noch acht Grönländer, die nicht in Island geblieben waren, sondern mit Ingvar Bardson nach Norwegen wollten, wilde Gesellen wie Einar Gustafson oder Leifur Haderson. Dieses bunte Volksgemisch mußte nun, ob es wollte oder nicht, die nächsten Tage und Wochen miteinander auskommen.

Es dauerte keine zwei Tage bis die Flotte Earl Henrys die Shetlandinseln erreichte; die felsige Südspitze Sumburgh Head. Es würde schwer werden, unbemerkt zu landen, denn viele der Inselbewohner besaßen Verwandte auf den Orkneys, die sie sicher rechtzeitig gewarnt hatten. Außerdem waren bei bestem Augustwetter die große Anzahl von Schiffen vor der Küste ein unverkennbares Zeichen einer bevorstehenden Invasion.

Sir Henry rechnete allerdings damit, daß der Gegner seine Hauptkräfte vor allem um Thingval und den Fischerhafen Lerwick konzentrierte. So ging er die Hauptinsel nicht von der Ostseite, sondern entgegengesetzt an.

Am Morgen des dritten Tages landeten sie. Über Nacht waren dicke Regenwolken herangezogen und verhüllten die Bucht. Der Platz war gut gewählt. Schöner flacher Sand, so daß die Barken bis weit ans Ufer heran konnten. Das leicht hüglige Land hinter den Dünen war gut einsehbar, so daß es die Shetländer wohl kaum wagen würden anzugreifen.

An Deck der Schiffe entfaltete sich sofort ein geschäftiges Treiben. Die Schiffsmänner ließen bereits die ersten Beiboote zu Wasser. Scharenweise eilten Krieger mit angelegtem Lederkoller oder Kettenhemden und umgegürteten Waffen und Packsäcken die Niedergänge empor. Kaum auf dem Oberdeck, strebte einer nach dem anderen der Reling zu und ließ sich über ein Fallreep in ein Boot hinab. Zwei Barken waren fast bis ans Ufer herangefahren, so daß die Männer ins flache Wasser springen konnten.

Nicht schlecht staunte Nicolo Zeno, als aus den Bäuchen einiger größerer Schiffe Ponys zum Vorschein kamen. Kleine, wilde, langmähnige Teufel, die nur darauf warteten, wieder festen Boden unter ihren Hufen zu spüren. Ihr Gewieher mischte sich unter das Geklirr der Waffen. Mit Lederriemen und dicken Tauen umgurtet wurden sie über die Reling ins Wasser gehievt. So an die dreißig Ponys umfaßte die Streitmacht des Earls, allein acht aus dem Rumpf der St. Magnus. Die Krieger in den Booten faßten die Pferde am Zügel, die dann hinter den Booten schwimmend das Ufer erreichten. Dort formierte bereits Gwendolf Hellebrogge die einzelnen Abteilungen, die Bogen- und Armbrustschützen, die Reiter und die Fußtruppe. Ständig liefen voll besetzte Boote auf dem Sand auf und kehrten wieder leer zu den Schiffen zurück.

Während der gesamten Operation mußten Lachlan Dorschrippe und Bernhard Flaronius dafür sorgen, mit ihren Kanonen die Bucht im Auge zu behalten. Doch dies war einfacher gesagt als getan, denn der Regen, der anfänglich nur schwach war, wurde im Verlauf des Vormittags immer stärker und behinderte zunehmend die Sicht.

Als der Earl als letzter ins Boot stieg - die St. Katherine befehligte in seiner Abwesenheit Björn Walzahn - war das Startsignal für die Seeleute gegeben, die Schiffe nun wieder zu wenden und die Bucht zu verlassen. Sir Henry hatte mit Sveighir vereinbart, daß die Flotte die Hauptinsel umrunden und sich vor Lerwick auf die Lauer legen solle. Zuviel waren die Schiffsmänner damit beschäftigt, ihre Schiffe auf südlichen Kurs zu bringen, daß kaum einer mehr ein Auge auf die abrückende Armee des Earls hatte. Lautlos und schnell verschwand die fünfhundertköpfige Streitmacht im Grau des Regens.

*

„Größere Ansiedlung zwei Meilen voraus", rief der Mann aus dem Ausguck hinunter. „Das wird Lerwick sein", vermutete Sveighir unten am Schanzdeck des Vorderkastells. „Es sieht verdammt ruhig dort aus", sagte Ingvar, der Norweger, der neben ihm stand. „So, als wüßten die Fischer nichts von Earl Henrys Landung." „Die wissen genau, was die Stunde geschlagen hat", entgegnete der Kapitän der St. Magnus knapp. Trotz dieser kurz angebundenen Antwort konnte Sveighir eine gewisse Unsicherheit nicht unterdrücken. Warum?

Drei Tage hatten sie bis hierher gebraucht. Ob diese drei Tage dem Earl ausgereicht hatten, um an Land eine Entscheidung herbeizuführen? Sagen konnte ihm das keiner. Nun lag Lerwick vor ihnen; der große Fischerhafen, den Earl Henry zu seiner Hauptbasis auf den Inseln machen wollte. Irgendwo dort hinter den grünen Bergen mußte sich wohl das weitere Schicksal der Shetlands entschieden haben.

Sveighir ließ den anderen Kapitänen ein Zeichen geben, ihre Fahrt zu verringern. Er selbst befahl, sogleich das große Rahsegel der St. Magnus zu reffen.

Nicolo Zeno und Bernhard Flaronius standen unmittelbar am Niedergang zum Achterschiff. „Wie werden wir uns verhalten?" fragte der Venezianer den Geschützmeister der Kogge. Bernhard Flaronius nahm sein Barett ab und strich das Haar zurück. „Abwarten, Messire; abwarten. Es wäre nicht klug, jetzt etwas unüberlegtes zu tun. Überlassen wir es Sveighir, eine Entscheidung zu treffen. Er ist ein schlauer Fuchs."

Sveighir Wackerbart wußte in der Tat, daß es unratsam war, jetzt voreilig zu handeln. Es machte keinen Sinn, Lerwick anzugreifen. Von Land drohte ihnen kaum Gefahr. Waren es doch weniger die Fischer als mehr die reichen Jarls mit ihren großen Gehöften, die sich vor der Herrschaft des Earls fürchteten.

So als wolle man Lerwick belagern, legte die Flotte sich in der Entfernung einer halben Seemeile halbkreisförmig vor den Eingang der Bucht. Krachend schlugen die Ankertrossen ins Wasser der germanischen See. Am Ufer schien sich nichts zu rühren. Der Ort wirkte leer und ausgestorben; ruhig die Docks, wo einige Schifferkähne auf den Wellen schaukelten, ruhig die dahinterliegenden Steinhäuser. Höchstwahrscheinlich hatten sich die zurückgebliebenen Bewohner in ihre Behausungen verkrochen und erwarteten das nahe Ende mit Schrecken. Gewiß hatten ihnen die Jarls ein furchtbares Strafgericht vorausgesagt, falls es zu einem Sieg des Earls käme.

An Bord der Schiffe verfiel man so langsam in abwartende Lethargie. Nur ab und zu lauschten die Seeleute in den Wind. Doch kein Zeichen klang von den grünen Hügeln herüber. Nur das Gekreisch der Möwen und Baßtölpel erfüllte die Luft. So verrannen die Stunden des Tages.

Erst als der Abend sich über die Bucht senkte - Bischof John fühlte sich schon wieder etwas wohler um eine Messe an Bord zu lesen - vernahmen die Schiffsmänner ganz leise

27

einen fernen Ton. Es war unverkennbar der Ruf eines Horns, eines das nicht nur auf der Jagd, sondern auch in der Schlacht geblasen wird. Die Schiffsmänner hoben ihre Köpfe und drehten die Ohren zum Wind. Nur wenige unter ihnen kannten die Melodie, die diesem Horn entsprang. Sveighir Wackerbart wußte es genau. Gwendolf Hellebrogge war es, der diesen Ruf übers Land sandte und der Klang seines Olifanten besagte, daß der Prinz von den Inseln gesiegt hatte.

Wichtige Entscheidungen

„Es freut mich außerordentlich, euch zu sehen." „Ich habe gehört daß ihr genauso gut ein Schiff steuern könnt, wie ihr euer Inselreich regiert."
Der Mann auf dem Thron wirkte jung und kraftvoll; schließlich war Richard erst Anfang zwanzig. Ihn kleidete ein langer Purpurmantel, besetzt mit Hermelin, wie es einem König gebührte. Das Haupt zierte die Krone Englands. Seine Gesichtszüge verrieten einen gewissen Hang zum Jähzorn und unbedachtem Handeln. Doch heute hatte Richard, ein echter Plantagenet von Gottes Gnaden, gute Laune.
Zu seinen Füßen kniete Sir Henry, unmittelbar vor der Treppe, die zum Thron hinaufführte. Hinter ihm in seinem Gefolge versammelten sich neun Ritter, unter ihnen Sir William MacLarren, Sir Archibald Ramsay, Gwendolf Hellebrogge und auch der schwarze Philip.
„Das sind wohl Übertreibungen, Mylord", antwortete der Earl auf des Königs Bemerkung. „Ich gäbe viel darum, ein besserer Seemann zu sein." Richard seufzte. „Wenn der Stuart doch nur ein wenig von eurer Bescheidenheit besäße, Sinclair. Er kann sich glücklich schätzen, einen Ritter eures Schlages an seiner Seite zu wissen. Ohne euch und eure Einwirkungen auf Margarethe hätten meine Lords wohl schwerlich diesem Frieden zugestimmt."
„Verzeiht, Mylord, aber ich glaube, daß wir sie durch Percys Niederlage vor vollendete Tatsachen gestellt haben." „Da klingt der widerspenstige Schotte heraus. Vor acht Jahren wäret ihr dafür in einem englischen Kerker verschwunden." „Warum soll ich verschweigen, was ihr doch ohnehin schon wißt."
„Nun sagt bloß noch, ihr strittet auch bei Otterburn für Douglas?" „Ich müßte lügen, wenn es anders wäre. Doch lag es mir nie besonders, mich mit meiner Teilnahme zu brüsten. Unseren Sieg verdankten wir eindeutig Sir James."
Gwendolf Hellebrogge konnte ein leichtes Schmunzeln angesichts dieser Antwort nicht unterdrücken.
Der König lehnte sich zurück. „Naja, sei es wie es sei, Sinclair. Jedenfalls habt ihr Northumberland ganz schön in die Pfanne gehauen. Und obendrein ist euch sein draufgängerischer Sohn noch in die Fänge gegangen." „Ich hörte davon", entgegnete

Harry, „aber meine Männer befanden sich zu diesem Zeitpunkt schon auf dem Rückzug. Douglas wird wohl ein gutes Geld für diesen edlen Lord erzielt haben."

Richard winkte ab „Ihr braucht euch nicht zu rechtfertigen, Sinclair. Otterburn ist allein Northumberlands Angelegenheit. Was nützen mir seine ewigen Streitereien mit den Douglas'?!" Der König war richtig laut geworden und seine Miene verdunkelte sich. „Ja, ja, die Lords im Norden meines Reiches... führen sich manchmal auf, als würden sie die Krone tragen - und nicht ich. Da habe ich sie noch drei Jahre vor Otterburn unterstützt und wie lohnen es mir die Percys?! Er macht gemeinsame Sache mit meinem Oheim, der nach der Macht greifen will und das Parlament gegen mich aufwiegelt."

„Ich hoffe, ihr verdenkt es mir nicht, daß ich als Schotte stolz über unseren Sieg bin. Doch nun haben wir Frieden und ich bin nicht nach London gekommen, um mit euch über Vergangenes zu sprechen; Mylord."

Ein Moment herrschte Ruhe im Saal, denn die Antwort des Earls war ungewöhnlich scharf gewesen. Doch plötzlich lachte Richard aus vollem Halse. „Recht so, Sinclair. Blicken wir in die Zukunft." Er blickte zu seiner Frau hinüber, die neben ihm auf einem erhöhten Stuhl saß. Anna von Böhmen, die Schwester des römischen Kaisers, war das ganze Gegenteil des ungestüm wirkenden Richard.

„Wir sind über alle Maßen erfreut, daß ihr die Handelsbeziehungen zu uns ausbauen wollt, was sicher beiden Seiten zum Vorteil gereicht. Doch sprecht, Sinclair, an was dachtet ihr dabei im einzelnen."

„Mit Verlaub, Mylady, ich will es euch erzählen. Es ist eine bedauerliche Tatsache, daß immer weniger Schiffe der Hanse nach Kirkinvaghe gelangen. Diese haben uns stets mit dringend benötigten Rohstoffen beliefert."

„Das Holz für eure Schiffe holt ihr euch doch aus Norwegen und Schottland", unterbrach Richard. „Das ist richtig. Doch spreche ich nicht von Bauholz für Schiffe und Häuser. Vor allem der Flachs ist's, der uns an allen Ecken und Enden fehlt."

„Flachs?" „Jawohl, einfacher unverarbeiteter Flachs. Wir stellen daraus Leinen, Seile, Segel und viele andere Dinge her."

„Nun ja", antwortete Anna „England würde sich selbstverständlich bereit erklären auszuhelfen. Doch wie wollt ihr bezahlen, Sinclair?"

Darauf winkte der Earl einem seiner Begleiter zu. Ein Mann mit schwarzen Gewand löste sich aus der Gruppe und schritt nach vorn. In seinen Händen trug er ein zusammengeklapptes Schachbrett. Der unter den Anwesenden befindliche Herzog von Lancaster zuckte etwas nervös mit den Augen. Doch es bemerkte niemand. Der Earl nahm das Schachbrett aus den Händen Philips, worauf dieser sich wieder an seinen Platz begab.

„Hier ist ein Geschenk, Mylady, daß euch überraschen wird." Damit schob er den Riegel des Brettes auf und klappte es vorsichtig auseinander. Zum Vorschein kamen kunstvoll geschnitzte Figuren. „Sie sind aus den Stoßzähnen von Walrossen gemacht. Dies soll mein Geschenk an euch sein, Mylady."

Er schritt die Stufen hinauf und überreichte der Königin von England das Schachspiel. „Wahrhaftig, Sinclair. So eine kunstvolle Arbeit aus Elfenbein habe ich noch nie zu Gesicht bekommen. Das Königspaar, die Ritter, die Rochen, der Schmied, der Arzt, alle sind sie vortrefflich geraten."

„Die Elfenbein- und Hornschnitzerei hat eine lange Tradition auf den Orkneyinseln. Jederzeit erfülle ich eure Aufträge, wenn ihr es wünscht, Mylady. Was unseren Handel betrifft, so können wir auch Pelze, Häute, aber auch andere Produkte anbieten."

Richard Plantagenet winkte ab. „Genug, Sinclair; wir glauben euch. Besprecht später die Einzelheiten mit meinem Kanzler." Er erhob sich und reichte seiner Gemahlin die Hand. Dann wandte er sich wieder seinen Gast zu. „Ich habe gehört, daß ihr sehr gottesfürchtig seid, Sinclair. Wollt ihr uns nicht zur Messe nach Westminster begleiten?"

*

Es kam nicht von ungefähr, daß Sir Henry sich an England wandte, um den Handel und die Zünfte der verschiedenen Handwerke zu beleben. Durch die ständig zunehmende Seeräuberei in der germanischen See gelangten kaum noch Schiffe der deutschen Hanse bis zu den Orkneyinseln. Der Earl des Inselreiches mußte sich notgedrungen in andere Richtungen orientieren. Die guten Verbindungen Margarethes an den Hof von London konnten dabei nur von Vorteil sein. England steckte innenpolitisch seit dem Bauernaufstand 1381 immer noch in einer sehr schweren Krise. Kaum zu bewältigen von einem noch sehr jungen König, der obendrein kein politischer Realist war.

Nie zuvor war ein Monarch so gedemütigt worden wie Richard II.. Als er sich im Jahre 1389 endgültig für volljährig erklärte, sann er nur noch auf eines, auf Rache. Rache, weil das Parlament seinen Richter Robert de Vere sowie seinen Kanzler de la Pole wegen Hochverrat verurteilte. Niemals konnte er vergessen, daß er tatenlos mit ansehen mußte, wie seine Feinde grausam in seinem Umfeld wüteten - ja, seinen Kanzler auf den Fallblock schickten. An der Spitze dieser Bewegung stand kein anderer als sein jüngster Oheim Thomas Woodstock, der Herzog von Cloucester.

Richards Leben, das einerseits von Melancholie, andererseits von immer wiederkehrenden Zornesausbrüchen geprägt war, hellte sich in den seltenen Momenten, in denen er Gäste des Auslandes empfing, auf wohltuende Weise auf. Hier konnte er noch die Krone repräsentieren, den Glanz des alten Geschlechts der Plantagenets.

Mit Ende des alten Jahrzehnts war sein langjähriger Vormund, der mächtigste Mann des Westens, John von Gaunt aus Kastilien und Portugal zurückgekehrt. Für den Herzog von Lancaster hatten sich alle Hoffnungen auf den Thron eines großen Hispaniens endgültig zerschlagen. Er, der über den verschiedenen Parteien Englands stand, sorgte wenigstens wieder für die Ruhe, die es benötigte, um den Staat vor der möglichen Gefahr eines Bürgerkrieges zu retten. Ganz nebenbei beschäftigte er sich auch wieder mit den Dingen, die er nach seinem Weggang nach Lissabon stark verdrängt hatte. Dafür kam ihm die Audienz des Earl der Orkneys bei König Richard im September 1392 wie gerufen.

*

Alt war er geworden. Weiße Haare fielen bis auf den Pelzbesatz seines Seidenwamses. John von Gaunt hüstelte leicht, als er von dem kleinen Fenster auf die Themse hinabsah. Das blaue Wasser des Flusses glitzerte in der Spätsommersonne. An den Anlegestellen der Schiffe herrschte ein geschäftiges Treiben. Hier lagen Koggen, Schniggen, Hulke und viele andere Frachtschiffe aus aller Herren Länder. Johns Augen suchten unter den vielen Schiffen nach den Koggen des Earls. Er gab es bald auf, denn in dem dichten Gedränge, das auf dem Fluß herrschte, wollte es ihm nicht gelingen. Auch blendete die Sonne des späten Nachmittags den alten Mann. Sein Blick wanderte weiter flußaufwärts. Dort hinten war die Kathedrale von Westminster zu sehen, davor der ehemalige Sitz der englischen Ordensmeister des Tempels. Seine Vorväter, besonders die französischen, waren es, die für die Vernichtung dieses mächtigen Ordens verantwortlich waren. Es war ein Fehler gewesen, den natürlich niemand gerne zugeben wollte. Die Templer waren es, die oftmals die Geschäfte der englischen Krone finanzierten. Heute mußte sich Richard das Geld von den Italienern borgen und selten zu geringen Zinssätzen.

Vielleicht wären die Templer ja schon längst mit ihren Schiffen nach Westen gesegelt und jeder König im Abendland hätte etwas davon gehabt. Aber nein, so ist alles anders gekommen. Morlay war gestorben, Botschaften von George kamen mehr als spärlich und Sinclair war gerade dabei, seine Beziehungen mit England zu vertiefen.

Heute würde ihm George Rede und Antwort stehen müssen. Verdammt, er wollte endlich Ergebnisse sehen. Oder hatte ihm der Portugiese nur irgendwelche Hirngespinste aufgetischt?! Bei der Schlacht von Aljubarrota hatte er sich jedenfalls wacker geschlagen. Eine Allianz zwischen beiden Ländern lag ihm nach wie vor sehr am Herzen. Doch dazu mußte die Karte her, verdammt noch mal.

Der Diener meldete einen Besucher an. „Na endlich", fluchte John von Gaunt leise vor sich hin. Da trat der schwarze Ritter ein. „Nun, wie gefällt es euch im Tower, George, oder soll ich etwa Sir Philip sagen. Meines Wissen haben wir uns noch nie hier getroffen."

„So ist es, Mylord", sprach George und verbeugte sich. „Wie ich sehe, ist es euch gelungen zum Kreise der unmittelbaren Umgebung unseres ehrenwerten Sir Henrys aufzusteigen", entgegnete John. „Aber sprecht; was habt ihr erreicht?"

„Ich gehöre immerhin zu seinem Gefolge und er vertraut mir" „Schön für euch, aber bringt uns das in der Sache weiter?" Der Herzog schüttelte über diese dumme Antwort ärgerlich den Kopf und sah wieder aus dem Fenster.

„Sagt nicht, daß euch mit einem Male ein Ehrgefühl gegenüber Orkney verpflichtet."

„Dann kennt ihr mich schlecht. Ihr wißt genau, daß meine Gunst nur dem gehört, der stets am besten zahlt, Mylord." Wütend drehte sich John von Gaunt herum und sah dem schwarzen George direkt in die Augen. „Bis jetzt habt ihr nur geschwätzt, George. Ich frage mich, ob ihr den Lohn noch wert seit, den ihr fordert. Nun also, was ist mit der Karte?"

„Der Earl scheint eine schier unendliche Anzahl von Seekarten und dergleichen zu besitzen", erwiderte der Ritter mit dem schwarzen Gewand. Ich würde fast sagen, er ist besessen, genauso wie die Männer, die er um sich schart. Aber ich sah noch nie eine Karte auf seinem Tisch, die auf Land, das auf der anderen Seite des Ozeans liegt, einen Hinweis gibt. Und was den alten Papyrus betrifft, von dem ihr einst spracht, so vermute ich fast, es gibt ihn nicht. Oder", er zuckte mit den Achseln, „Sir Henry hütet ihn tatsächlich wie seinen eigenen Augapfel. Aber bedenkt, daß hinter den vier äußeren Weltmeeren nur der Schlund der Hölle auf uns wartet. Ihr kennt ja die Haltung des Papstes."

„Das ist ja ausgezeichnet, George", platzte der Herzog wütend dazwischen. „Muß ich euch in Zukunft euer Handwerk erklären? Und eure eigenen Bemerkungen könnt ihr euch in Zukunft sparen; verstanden. Ihr wißt genauso gut wie ich, was die Seeleute in den Schenken erzählen. Irgend ein Körnchen Wahrheit ist bei der Sache immer mit dabei."

Der Ritter nickte stumm und Lancaster fuhr fort. „Also sprecht: wie lange seid ihr nun schon in Orkneys Diensten? Entweder werdet ihr alt oder ich habe mich in euren Fähigkeiten getäuscht. Versteht mich recht, der Earl besitzt diesen Papyrus, da bin ich mir sicher. Und ihr hattet wahrlich lange genug Zeit. Habt ihr euch denn nicht einmal Zugang zu seiner Kajüte verschafft? Verschlossene Türen sind doch eure Spezialität"

„Was glaubt ihr eigentlich, Mylord? Ich gehöre üblicherweise nicht zur Besatzung der St. Katherine. Auch als wir nach London kamen, befand ich mich auf einem anderen Schiff. Und wer weiß, ob er den Papyrus nicht an einem sicherem Ort in seiner Burg aufbewahrt."

„Nun gut. Ich sehe, ihr weicht aus. Dann erwarte ich jetzt von euch, mir die Pläne Orkneys zu schildern. Könnt ihr es nicht, verlaßt ihr London nicht lebend, George."

Da erzählte der schwarze Ritter John von Gaunt die Geschichte von dem seltsamen Zusammentreffen Sir Henrys mit dem venezianischen Kapitän und welch lebhaftes Interesse der Earl für die Fahrten Nicolo Zenos an den Tag legte. „Er hat auf alle Fälle vor, am Ende des äußeren Weltmeeres Land zu finden. Ich weiß nicht, woher er diese Sicherheit nimmt, aber gewiß ist sie nicht nur den Hirngespinsten einfacher Fischer und Seeleute entsprungen. Ich denke aber, daß die Fahrt des alten venezianischen Kapitäns ihm bei seinen Bestrebungen sehr zu Gute kommt. Seit einem Jahr weilt nun auch der Sohn des alten Nicolo, Antonio Zeno auf den Orkneys. Diese Venezianer sind wirklich großartige Seefahrer."

„Wann hat Orkney vor aufzubrechen?" „Das ist schwer zu sagen. Die Königin muß ihn wohl unter Druck gesetzt haben, die Shetlands mit dem Schwert zu befrieden."

„Margarethe?" „So wahr ich hier stehe, Mylord. Sinclair hatte es immer wieder versucht, mit den reichen Jarls der Inseln zu verhandeln. Umsonst! Diese Wikinger sind schreckliche Dickschädel. Nun haben die Waffen gesprochen. Letzten Sommer waren wir wieder dort, um einen weiteren Aufstand niederzuschlagen. Ihr seht also, daß Sir Henry erst auf große Fahrt gehen wird, wenn in seinem Reiche Frieden herrscht."

„Nun gut. Ich will versuchen, daß ich dabei unseren gemeinsamen Freund unterstützen kann. Doch wie lange sollen wir noch warten, George. Uns rennt die Zeit weg und ihr seid auch nicht mehr der Jüngste." „Man munkelt, daß der Earl aufbrechen wird, wenn sein ältester Sohn volljährig ist. Ihr kennt ja die Probleme, die Richard noch vor fünf Jahren zu bewältigen hatte."

„Mehr als genug" seufzte der Herzog von Lancaster und setzte nach. „Trotzdem, George: drei Jahre. Mehr Zeit kann ich euch nicht geben. Ich weiß, daß ihr sehr vorsichtig seid, doch nun ist es Zeit, daß ihr euch und England ergebene Männer unter die Schiffsmänner streut. Bis jetzt habt ihr ja kaum Unfrieden, für den ihr ja berüchtigt seid, gegen euren Dienstherren gestiftet." „Verzeiht Mylord, aber dies wäre glatter Selbstmord. Die Orkneys sind nicht Schottland." „Was ist los, George? Ist euch Prinz Henry, wie ihn seine Landsleute mittlerweile nennen, unheimlich geworden?" „Ich bitte euch, nichts unmögliches zu verlangen. Der Earl ist von Rittern umgeben, die nur darauf zu warten scheinen, für ihren Herren zu sterben."

Dies war nur die halbe Wahrheit, denn John von Gaunt hatte den Nagel besser auf den Kopf getroffen, als er vermutete. Seit jener Geschichte in der unterirdischen Grotte steckte George immer noch der Schreck in den Gliedern und Zweifel begannen an ihm zu nagen, ob es überhaupt noch richtig war, sein bisheriges Leben weiterzuführen.

Bei dem Earl hatte er ein gutes Auskommen und warum sollte er seine letzten Jahre nicht auf den Orkneys verbringen. Doch die Angst, daß der Herzog ihn auffliegen lassen würde, überwog.

„Also", schloß John von Gaunt. „Orkney hat uns gestern um Flachslieferungen gebeten. Die Schiffe, die wir nach Kirkinvaghe senden, werden brauchbare Männer für eure Pläne an Bord haben. Verschafft ihnen die Möglichkeit, daß sie auf Orkneys Schiffen anheuern können." „Ich werde mein Bestes tun", erwiderte George, wobei er sich tief vor dem Herzog verneigte.

*

„Da ist er." „Verdammt, er hat tatsächlich einen Hirsch erlegt. Ich brauche dir wohl nicht sagen, was auf Wilderei steht." Leise zog sich Will wieder ins schützende Geäst der Buche zurück. Geoffrey MacLoyd ärgerte sich, daß der Fremde ihnen den Nachmittag zu vermasseln schien. „Da gehen wir nun einmal nach etlichen Jahren zusammen auf Jagd und was läuft uns als erstes über den Weg: ein Wilddieb. Kennst du den Mann etwa, Will?" MacLarren schüttelte nur den Kopf. „Aus Kirkton und den umliegenden Höfen ist er jedenfalls nicht. Den Farben seines Kilts nach zu urteilen, würde ich sagen, er kommt aus dem Westen, aus Argyll." „Was warten wir noch ab, Vater, ein wohlgezielter Schuß meiner Armbrust streckt ihn auf hundert Yard nieder." „Das wirst du bleiben lassen, Walter", wies William MacLarren seinen Sohn zurecht, der schon sein Opfer anvisierte.

Der Wilddieb stand am gegenüberliegenden Waldrand. Ein saftige grüne Frühlingswiese trennte sie von ihm. Ein mausgraues Pony, die Zügel um einen Ast gebunden, graste arglos an ein paar Löwenzahnbüscheln. Es trug keinen Sattel, nur eine Decke, denn Sättel konnten sich oft nur Herren von Stand und Adel leisten.

Der Mann, ein Rotschopf, hatte den Hirsch wohl mit einem Pfeilschuß getötet. Jedenfalls hing ein Bogen über seiner Schulter. Nun war er dabei, das Tier auszuweiden, wobei er keine Eile zu haben schien. Offenbar wähnte der Wilddieb sich sicher, hier, in einem kleinen Seitental der nördlichen Esk. Und diese Sicherheit ließ darauf schließen, daß er sich schon längere Zeit in den Pentlandbergen aufhielt. Vielleicht hatte er irgendwo in der Nähe ein Versteck.

Will überlegte. Nie und nimmer wollte er und noch dazu vor den Augen seines alten Freundes Geoffrey einen Menschen über den Haufen schießen. MacLoyd weilte seit einigen Tagen in Kirkton auf dem Gut der MacLarrens. Daß er seine Bauhütte bei Glasgow verlassen hatte, hing mit Harrys Ankündigung zusammen. Jeder von ihnen ahnte wohl, warum der Earl der Orkneys auf einem Treffen der vier alten Freunde bestand. Sinclair befand sich zur Zeit noch beim Earl of Fife in der Hauptstadt Perth.

Was sollte nun mit diesem Rotschopf geschehen? Denn ungestraft konnte er diesen Frevler nicht ziehen lassen. Wenn es sich erst einmal im Westen herumsprach, daß in den Pentlandbergen leichte Beute zu machen war, dann hätten er und seine Wildhüter bald jede Menge Ärger am Hals.

Für gewöhnlich schickte man Wilddieben einen Pfeil ins Bein, so daß sie nicht fliehen konnten. Je nach Schwere des Verbrechens wurde der Gefangene dann mit Verstümmelung oder sogar mit dem Tode bestraft. So manches Mal an Ort und Stelle, ohne lange zu fackeln. Nur selten hatte Will in den letzten Jahren öffentlich ein Exempel an Wilderen statuiert.

Und dann waren noch die Notzeiten, in denen mancher Grundherr ein Auge zudrückte, während der andere um so strenger gegen Bauern und Leibeigene vorging. Harry hatte Will stets dazu angehalten, in dergleichen Fällen Milde walten zu lassen.

Doch jetzt mitten im Frühsommer? Der Hirsch war ein prächtiges Exemplar. Man konnte schlecht sagen, wie viele Lenze er zählte, da vom neuen Geweih erst die Bastspitzen herauskamen, doch Will besaß ein geübtes Auge. „Ich werde schießen, Walter", sagte er und legte einen Pfeil auf seinen Langbogen.

*

„Gott schütze uns vor diesem König", seufzte Harry. „Ich bin froh, wieder in Rosslyn zu sein, denn die Ränkespiele des Hofes sind mir wahrlich zuwider, Will." „Wem sagst du das. Er scheint sich nicht viel um unser Land zu kümmern. Du weißt, wie seine Brüder sich über jegliche Gesetze hinwegsetzen." „Davon kann ich euch ein Lied singen", warf Geoffrey ein. „War es nicht der Wolf von Badonoch, der die Kathedrale von Elgin niederbrannte?! Ich selbst habe mit Steinmetzen gesprochen, die dort mit dem Wiederaufbau beschäftigt sind."

„Man hätte Alexander Stuart gleich einem weltlichen Gericht überantworten sollen, anstatt ihn nur mit der Exkommunizierung zu bannen“, meinte Harry. Der große John lachte. „Welchem Gericht, Harry? Seines Bruders? Nein, eine Krähe hackt der anderen kein Auge aus.“ „Wenigstens scheint der Earl of Fife aus der Art geschlagen zu sein“, entgegnete Harry. „Die Rede, die er vor dem Parlament hielt, hat mir gefallen.“ „Was weißt du schon über den Earl of Fife?“ gab Will zu bedenken. „Hast du vergessen, wie der Stuartclan David Bruce von der Macht verdrängte? Wie er nach und nach alle wichtigen Positionen und Titel in diesem Land übernahm? Hier in Lothian sind wir vor den Machenschaften der Stuarts noch sicher. Und ich hoffe du bist dir bewußt, daß wir dies dir verdanken. Aber man kann vor den Stuarts nicht genug auf der Hut sein.“

„Ich bin auf Orkney, Will. Unterschätze nicht Douglas’ Einfluß, der hier im Süden unsere Positionen verteidigt, auch wenn er ein entsetzliches Rauhbein ist.“ „Auf Douglas“, sagte John und hob seinen Bierkrug empor. „Auf Douglas“, prosteten ihm die anderen zu.

„Aber im Ernst, Harry“, unterbrach Geoffrey und stellte den Krug krachend auf den Tisch zurück. „Du hast mich doch nicht den weiten Weg aus Glasgow machen lassen, um hier auf das Wohl eines Ritters anzustoßen. Ich dachte, du wolltest über eine für mein Alter guttuende Luftveränderung sprechen?“ „Wenn du die gute Seeluft meinst, dann hast du wohl geraten. Sicher habt ihr alle nicht mehr daran geglaubt, daß ich mein Versprechen halten würde.“

John wischte sich den Schaum aus dem Bart. „Unser Wort gilt nach wie vor, Harry. Hast du je daran gezweifelt?“ Der Earl schüttelte den Kopf. „Kannst du denn so eine Landratte, wie ich es bin, noch gebrauchen?“ fragte Geoffrey belustigt. „Wie lange warst du denn nicht mehr auf See?“ „Du wirst lachen; keine vier Tage. John und ich sind von Fischerrow mit dem Kahn auf den Firth of Forth hinausgefahren. Nun sag schon, John, wie war ich?“ Der kräftige John Leeword am anderen Ende des Tisches drehte abwägend die Hand. „Naja, ich weiß nicht, ob du dich noch daran erinnern kannst, als ich dich das Segel auftakeln ließ?“ „Du meinst den Augenblick, indem diese verfluchte Böe unser Boot beinahe umgeworfen hätte?“ „Auf meinen Schiffen fahren mehr Landratten mit, als du denkst, Geoffrey.“ „Aber ob dir diese unnützen Freßsäcke auf solch großer Fahrt zu irgendwas nützlich sind. Ich weiß ja nicht, Harry?“

„Wenn ich mich recht erinnere, war Geoffrey der beste Lotse, den wir an Bord der Golden Ross besaßen“, bemerkte Will recht vergnügt. „Jetzt übertreibt ihr aber“, verteidigte sich MacLoyd. „Das liegt nun schon über fünfundzwanzig Jahre zurück.“ „Was man einmal gelernt, vergißt man nie wieder“, sagte Harry.

Geoffrey gab sich geschlagen. „Welch kluger Spruch, Prinz von den Inseln. Darauf trinke ich“, sagte er und erhob den Krug. Sie tranken wieder. „Wann soll es denn losgehen?“ fragte der Baumeister im Anschluß. „Nun, im nächsten Frühjahr“, erwiderte Harry. „Darauf mein Wort, Geoffrey.“ „Freut mich zu hören. Dann werde ich wohl vor

Ablauf des Jahres meinen Dienst quittieren." „Gut, dann erwarte ich dich noch vor Anbruch des Winters in Kirkinvaghe."

Es war kühl geworden in der großen Halle von Rosslyn Castle. Mittlerweile hatte die Dämmerung die Nacht heraufsteigen lassen. Ein Diener schloß die mit Schweinshäuten bespannten Fensterrahmen, um eine schnelle Auskühlung der Raumes zu vermeiden. Zuvor hatte er bereits den Kamin angezündet und die ersten größeren Flammen warfen bereits gespenstische Bilder auf die langen Stoffbahnen, die an den Mauerwänden hingen.

Als er die Halle verlassen wollte, prallte er beim Öffnen der schweren Eichentür fast mit dem Mundschenk zusammen, der eine neue Kanne des guten Doppelbieres aus Musselburgh hereinbrachte. Bevor er diese donnernd auf den Tisch setzte, füllte er den vier Gefährten die Krüge auf und fragte den Earl nach weiteren Wünschen. Auf dessen Verneinen zog er sich leise zurück, worauf die vier ihr Gespräch wieder aufgriffen.

John bemerkte, daß Harry sich ihm zuwandte. Sicher wollte er ihm dieselbe Frage wie Geoffrey stellen. Doch John war schneller. „Lieber heute noch als Morgen." Ehe Harry auch nur den Mund öffnen konnte, hatte der breitschultrige Mann an der Stirnseite des Tisches ihm geantwortet. „Seit meine Frau gestorben ist, hält mich nichts mehr in der Heimat. Wenn du willst, folge ich dir noch in diesem Sommer auf die Inseln."

Harry musterte den Freund. Auch John war alt geworden und diese Reise würde ihm alles abverlangen. „Wer wird deinen Hof übernehmen?" fragte er ihn. „Mein Ältester. Der kann gut für zwei arbeiten."

„Du wirst die Heimat vielleicht nie wider sehen, John." „Zweifelst du an John Leewords Versprechen, Earl der Orkneys?" fragte der andere trotzig. „Ich habe es nicht vergessen, dich nicht, John und auch Duncans letzte Worte bei Otterburn nicht." „Andrew hilft mir manchmal beim Fischen. Ich habe ihm erzählt, daß es in den Buchten der Orkneys zweimal so große Lachse wie im Firth of Forth gibt." „Nun, wohl an, John. Solche kapitalen Burschen werde ich wohl erst aussetzen müssen." „Einem mächtigen Earl dürfte es doch wohl nicht schwer fallen, den Wunsch eines einfachen Landsmannes zu erfüllen."

„Ich glaube, ich hatte schon fast vergessen, welch vortreffliche Witze unser braver John zum Besten geben konnte", bemerkte Geoffrey amüsiert. „Ja, übertroffen wurde er noch von diesem kleinen quirligen Kerl", pflichtete ihm Will mit schallendem Gelächter bei. „Solltest du mich meinen, fasse ich das als Kompliment auf. Leider schwimmen bei uns im Clyde nur wahre Winzlinge. Sie erinnerten mich jedesmal an die Sprotten, die ich im Firth of Forth fing und nicht an Lachse."

„Ihr hört euch fast so an, als wolltet ihr mich zum Lachsfischen begleiten", sagte Harry leicht verwirrt. Die Freunde lachten. Sie waren wieder dieselben dummen Jungs wie vor dreißig Jahren. „Gibt es etwa keine Lachse in Drogeo?" fragte Geoffrey und schlug sich dabei auf die Schenkel. „Warum sollten wir dann die heimatlichen Gefilde verlassen, Harry?" „Ich denke nun deine Aufgabe an Bord zu kennen, Geoffrey", erwiderte Harry.

„Wenn die Stimmung sinkt, der Mut den Schiffsmann verläßt und Hoffnungslosigkeit sich breit macht, dann wirst du es sein, der uns alle wieder aufbaut."

„Du setzt ja verdammt viel Hoffnung in einen alten Steinmetz. Ich werde dich daran erinnern, wenn es drei Tage hintereinander brackiges Dünnbier und Schiffszwieback gibt."

Harry schwieg. Sicher hatte Geoffrey damit Recht, denn leicht würde es für sie alle nicht werden. Was wäre, wenn sie erheblich länger als er es errechnet hatte unterwegs wären? So brauchte doch nur der günstige Wind auszubleiben. Aber daran wollte Harry jetzt nicht denken.

Will schien zu merken, was in seinem alten Freund vorging und lenkte das Gespräch in eine andere Richtung. „Wer soll denn über das Land zwischen Moorfußbergen und Firth of Forth wachen, wenn wir übers Meer segeln?" „Kein anderer als mein Sohn, Will."

MacLarren blieb skeptisch. „Er ist auf Orkney aufgewachsen. Ist er denn mit den Menschen Lothians vertraut?" „Er ist Schotte durch und durch. Erinnere dich, wie oft er in Rosslyn zum Maienfest gewesen ist. Warum sollten ihm also Land und Leute fremd sein? Daß dem nicht so ist, zeigt doch, daß er zur Zeit auf Tantallon Castle weilt."

Die vier Freunde rissen die Augen auf. „Bei Douglas?" „Warum denn nicht", entgegnete Harry entschuldigend. „Er hat um Giles Hand angehalten und was soll ich dagegen haben." „Wie das?" fragte Will verwundert. „Nun, letztes Jahr war Douglas mit seiner ganzen Sippe zu Besuch in Kirkinvaghe." „Er wollte doch nicht etwa Unterstützung für einen neuen Kampf gegen Percy?" „Ich konnte ihm die alte Geschichte Gott sei Dank ausreden", meinte Harry. „Aber bei dem anschließenden Turnier funkte es wohl zwischen Giles und Henry. Und das, obwohl er sich gegen den jungen Archibald sichtlich schwer getan hat." „Sir Archibald hat bereits letztes Jahr im Mai zum Turnier eine ziemlich gute Figur abgegeben", meinte John. Will unterbrach ihn. „Wenn der junge Henry jetzt auf Tantallon weilt, kommt er doch sicherlich zum Maienfest nach Rosslyn." „Das will ich meinen und ich befürchte, er bringt den ganzen Douglashaufen mit", antwortete Harry.

„Auf Douglas bist du doch gut zu sprechen?" meinte Geoffrey. „Sei lieber froh, daß die Stuarts unserem Maienfest fernbleiben." „Ich kann niemanden hindern, daran teilzunehmen, Geoffrey. Nicht einmal Percy, sollte er es je wagen, im grünen Tal der Esk zu erscheinen." „Hotspur würde sich niemals die Blöße geben im Turnier gegen Sir Archibald anzutreten" sagte Will. „Der schwarze Douglas hätte sicherlich seinen Spaß daran, Northumberlands Sohn aus dem Sattel zu heben." „Vielleicht wagt ja doch ein Stuart gegen ihn anzutreten", entgegnete Geoffrey. „Reden wir nicht mehr von den Stuarts", unterbrach ihn Harry. „Ich war zugegen, wie der König die MacDonalds und die Macleans aus dem Westen empfing. Es war peinlich mit anzusehen, wie er die Clanhäuptlinge, gestandene Kämpfer, behandelte. So etwas wird nicht lange gut gehen."

„Ach ja" Will hatte es längst vergessen, doch nun erinnerte er sich. „Wenn du gerade von den gälischen Clans des Westen redest; seit zwei Tagen, befindet sich einer dieser

wilden Krieger im Kerker von Kirkton. Wir haben ihn dabei überrascht, wie er einem stolzen Hirsch in den Forsten des Pentlandberge das Fell abzog."
„Wo kommt unser Gefangener denn her?" fragte der Earl leicht ungeduldig. „Er ist aus dem Argyll", meinte Geoffrey. „Ich sehe die wilden Kerle oft, wenn sie mit ihrem Vieh nach Glasgow hinab kommen." „Ja nach Glasgow, Geoffrey. Doch sollten sie sich bis zu uns verirren?" „Mein Sohn wollte ihn schon an Ort und Stelle richten", führ Will fort. „Aber ich konnte ihn noch zurückhalten."
„Und jetzt willst du von mir wissen, ob du den Kerl aufspießen kannst?" „Ich wollte dich nur um deinen Rat fragen." „Gut, wenn, es so ist, lasse ihn morgen in aller Frühe nach Rosslyn Castle bringen. Ich werde selbst mit ihm sprechen."

*

In der Halle der Burg spürte man die angenehme Kühle des Morgenwindes. Durch die offenen Fenster konnte man die von dichtem Wald bedeckten Berge sehen; den nahen Wasserfall hören. Das frische Grün der Laubbäume leuchtete hell vor dem dunklen Grün der Kiefern. Die Luft roch würzig nach Frühling. Die Tage des Maienfestes standen kurz bevor im Tal der nördlichen Esk.
Auf dem großen, mit Fellen gepolsterten Holzstuhl, der auf dem erhöhten Podest stand, saß Sir Henry, der Earl der Orkneys und Herr über Lothian. Er trug ein blaues Seidenwams, dunkelblaue Beinlinge und mit prächtigen Brokatmustern verzierte Schuhe, die vorne spitz zuliefen und so eine Länge von zwei Fuß aufwiesen; eine Mode, die von Frankreich und Deutschland hinüber auf die Inseln gelangt war. Wenn man das Wams genauer betrachtete, bemerkte man, daß es von goldenen Fäden durchwirkt war. Und trotzdem war der Earl für seinen hohen Stand verhältnismäßig schlicht gekleidet. Über dem Stuhl prangte das alte Wappen des Clans der Sinclairs von Lothian an der Wand. Den unteren Rand des Wappenschilds verdeckte das graue Haupt des Earls. Dieser strich noch einmal durch den sehr sorgsam gepflegten Schnauzbart. Dabei blickte Sir Henry ruhig und ohne sichtliche Erregung auf den Burschen, der vor ihm stand.
Der arme rothaarige Teufel war an Händen und Beinen gekettet. Sein Überwurf war fleckig und zerschlissen. An den Füßen trug er einfache Bastschuhe. Er war vielleicht siebzehn Jahre alt, möglicherweise auch jünger. Seine Haltung verriet Trotz, aber auch eine gewisse Verstörtheit, wohl wegen der Dinge, die er zu erwarten schien. Er vermied es, dem Earl direkt ins Gesicht zu blicken. Sicherlich würde der hohe Herr sein Ende verkünden. Sein Bewacher, ein großer vierschrötiger Kerl, der neben ihm stand, hatte ihn jedenfalls ziemlich unsanft behandelt. Aber es waren nicht die Schürfwunden, die ihn schmerzten, sondern die Fußketten, die durch das Laufen die Gelenke aufgerieben hatten.
Am Fenstersims lehnten zwei ältere Männer, William MacLarren und Geoffrey MacLoyd und beobachteten die Szene. Der junge Gefangene hatte die beiden bei Betreten der Halle sofort wiedererkannt. Der eine hatte ihn in den Kerker einer kleinen Ritterburg, die sich flußaufwärts befand, werfen lassen. Es hatte ihn zunächst gewundert,

warum man ihn nicht sofort erschlagen hatte. Jetzt, da man ihn auf einem vergitterten Wagen nach Rosslyn Castle gebracht hatte, glaubte er den Grund zu kennen. Der hohe Herr wollte ihn sicherlich öffentlich, wie bei einem Schauprozeß, hinrichten lassen. In seinen Gedanken betete er für ein schnelles Ende.

„Nenne mir deinen Namen, Fremdling", begann der Earl. Es verwunderte den jungen Mann nicht, daß der andere ein schlechtes Gälisch sprach, denn es war bekannt, daß die Menschen und ganz besonders die normannischen Adligen sich ausschließlich mit Scotts verständigten.

Doch er blieb dem Earl keine Antwort schuldig. Sollte dieser doch wenigstens wissen, wen er da aufhängen würde. „Zu Hause in den Bergen des Argylls rufen mich die Leute den roten Niall", sagte er.

Es war so als ob der Earl bei diesem Namen kurz zusammenfuhr. „Welcher Wind hat dich in die Wälder des Ostens verschlagen?" fragte er den Gefangenen. „Ich mußte fliehen aus dem Argyll." „Bist du ein Verbrecher oder ein Mörder, daß sie dich jagen? Wer ist es denn, der dir auf den Fersen ist?"

„Sir Athelstan und seine Häscher." „Campbell höchstpersönlich. Dann muß es ja ein besonders schweres Verbrechen sein, dessen du dich schuldig gemacht hast." Niall bekam einen Schrecken bei dem Gedanken daran, daß der hohe Herr ihn den Campbells ausliefern könnte. Dann doch lieber in der Fremde sterben aber ohne diese Schmach.

„Ich hatte schon einmal das Vergnügen mit jemanden, der dir ähnlich sah", fuhr der Earl fort. „Kaum selbst so alt wie du, lief mir einmal ein Junge mit demselben Namen über den Weg. Es war auch im Argyll, aber das liegt, weiß Gott, schon sehr lange zurück."

Der Gefangene war verwundert über die seltsame Wendung des Gespräches. „Wenn er mir ähnlich sah, dann sprecht ihr sicherlich von meinem Vater. Letzes Jahr fiel er einem Überfall zum Opfer, den die Männer von Sir Athelstan Campbell auf unser Dorf verübten. Nur wenige konnten fliehen, darunter auch ich und glaubt mir, ich habe Rache geschworen. Doch allein kann ich gegen die Campbells kaum etwas unternehmen. So ging ich nach Westen."

„Verschone mich mit dergleichen Geschwätz. Es liegt mir fern jemanden zu schätzen, der nur noch für die Rache lebt. Außerdem steht es dir nach deinem Vergehen nicht an, dergleichen Dinge vorzubringen. Doch sprich, wieso hast du dich ausgerechnet in die Pentlandberge verirrt. In den Städten des Firth of Forth suchen die Zünfte händeringend solch kräftige junge Männer." „Doch nicht so einen Taugenichts", flüsterte Geoffrey am Fenster, so daß es nur Will hören konnte. „Nun ja." Harry seufzte.

„Du weißt, was auf Wilderei steht?" Der Gefangene nickte. Der Earl überlegte kurz. Niall war verdammt jung. Sollte er ihn nur wegen eines toten Hirsches verstümmeln oder gar hinrichten lassen?! Die Gesetze waren verdammt hart ausgelegt. Doch warum sollte er diesem Wilddieb nicht wenigstens die Chance einräumen, auf einem seiner Schiffe zu dienen. Die alten Schiffsmänner würden ihm schon seinen Platz zuweisen und er, der Earl, könnte sich so eine recht ärgerliche Verurteilung sparen. Bedenken machten ihm nur die Rachegedanken dieses Rotschopfes, denn die Hochländer waren für ihre Blutrache und den dabei unnachgiebigen Dickschädel bekannt.

Sir Henry sah wieder auf. „Höre, Niall. Straffrei wirst du nicht ausgehen können, dies ist gewiß. Doch du kannst den angerichteten Schaden wieder gut machen. Ob ich will oder nicht, ins Argyll kann ich dich nicht zurücklassen, es sei denn ohne Kopf. Wenn es sich dort erst einmal herumgesprochen hat, welch leichte Beute man in unseren Wäldern machen kann, dann kommen sie aus dem westlichen Hochland in Scharen zu uns.“

Der Gefangene glaubte sich verhört zu haben. Wollte der hohe Herr ihm etwa das Leben schenken? Keine Rede von einer Auslieferung an Campbell. Doch was würde ihn auf einem Schiff erwarten. Sollte er etwa als Rudersklave diesem Herren dienen. Sein Bewacher hatte ihm gesagt, daß er vor einem Earl, einem Grafen, stünde. Sicherlich besaß er dann eine große Flotte, die auch Ruderbarken umfaßte.

Harry merkte, wie der junge Mann schwieg, wie er mit der Entscheidung rang. „Du hast die Wahl“, sagte der Earl. „Entweder findest du hier dein Grab oder du kommst mit mir auf die Orkneyinseln. Und merke dir, daß ich dir dieses Angebot nicht ein zweites Mal mache.“

„Mir scheint, ich habe keine andere Wahl, Sir“, erwiderte Niall schließlich. „Doch wißt, daß ich über keinerlei Erfahrung im Schiffshandwerk verfüge.“

Der andere winkte ab. „Du bist jung und wirst es schnell lernen. Mein Schiff, eine Kogge, liegt in Musselburgh im Hafen. Noch heute sollst du den Firth of Forth sehen.“

„Aber...“ „Schweig!“ Der Earl schnitt ihm das Wort ab und wandte sich an den vierschrötigen Kerl, der hinter Niall lauerte. „Es geschehe. Bis der Transporttrupp sich auf den Weg macht, bleibt er auf der Burg.“

Der Bewacher schickte sich an, den Gefangenen zu packen, um ihn aus der Halle hinauszuschieben. Als er zwei Schritte mit ihm gemacht hatte, gebot Sir Henry Einhalt. Ein letztes Mal wandte er sich an den jungen Mann.

„Wenn man deinen Vater den roten Niall nannte“, fragte er ihn, „dann sage mir, ob er dir jemals etwas darüber erzählte, daß er als einziger seinem Clanherrn im Kampf gegen zwei fremde Ritter unterstützt hat.“ „Welchen Clanherrn meint ihr Sir?“ „Stell dich nicht so dumm, Bursche. Natürlich keinen geringeren als Achlan MacGroon.“

Niall sah den Earl mit weit aufgerissenen Augen an. „Achlan MacGroon. Woher wißt ihr davon?“ „Weil ich es mit eigenen Augen gesehen habe, wie euer Vater als einziger Achlan zur Seite stand. Die anderen Schurken waren vor Angst geflohen. Ihr hattet ja damals auch nichts besseres zu tun als harmlosen Wanderern aufzulauern.“

„Sagt nur, ihr wart einer der beiden Tempelritter.“ „Ihr jedenfalls schlagt ganz nach eurem Vater. Ein rothaariger widerspenstiger Borstenschopf. Vielleicht gelingt es ja ein paar alten Seeleuten etwas ordentliches aus euch zu machen.“ Als der Wächter Niall aus der Tür hinausschob, sah sich der junge Hochländer noch einmal um. Sein Blick war verstört, so als könne er das eben Geschehene immer noch nicht ganz begreifen.

„Du kennst ihn?" fragte Will Harry danach. Der Earl, der immer noch auf seinem Stuhl mit einem nachdenklichen Gesicht saß, antwortete: „Ich habe ihn noch nie gesehen, doch irgendwie kenne ich ihn schon."

Dann stand er plötzlich auf und ging zum Fenster. Er sah hinaus auf die grünen Berge und atmete die würzige Luft des Frühlings ein. „Es wird Zeit, daß wieder ein Hauch von Festlichkeit durch diese Hallen weht", sagte er. „Bleibst du zum Maienfest?" fragte er Geoffrey. „Wenn es stimmt, daß so viele klangvolle Namen von den Orkneys uns beehren." „Klangvolle Namen!" Harry lachte aus vollem Herzen. „Geoffrey, du wirst dich nie ändern. Als Witzbold hast du mir auch immer am besten gefallen. Aber nun laßt uns zu unserem Tagewerk schreiten."

Es gibt kein Zurück

„Wie viele Fässer Heringe fehlen jetzt noch?" „Hier passen noch viere hin", dröhnte es aus dem Bauch des Schiffsrumpfes. „Jim", rief der vierschrötige Kerl an der Reling zur Mole hinab. „Wir brauchen noch vier Fässer Pökelhering." Jim wußte, was er zu tun hatte. Er befestigte eins der kleinen Holzfässer an den Tauenden, so daß Gunne es hochziehen konnte. Plötzlich tippte ihn jemand auf die Schulter.

Vor Schreck hätte er fast das Faß, das an einer Schlaufe noch nicht befestigt war, fallenlassen. Es war kein geringerer als der Earl selbst, der ihn hier überrascht hatte. „Wie lange werdet ihr noch brauchen?"

„Äh...", Jim stotterte „von mir hängt es nicht ab, Sir. Und die im Verladeraum müssen sich - wie es scheint - dreimal überlegen, wie sie die vielen Fässer stapeln."

Noch ehe Jim geendet hatte, ergriff Sir Henry ein Fallreep und zog sich die Bordwand empor. Gunne half ihm über die Reling. „He, John, wie weit seid ihr?", rief Harry in den Rumpf des Schiffes hinab.

„Fast fertig, Harry. Drei Fässer waren undicht, aber ansonsten haben die Böttcher solide Arbeit geleistet." „Drei Fässer, nun gut, das können wir ersetzen", entgegnete der Earl. „Habt ihr die Torfvorräte in einer trockenen Ecke gelagert?" „Was denkst du von uns. Ich bin doch kein Anfänger", tönte es unter Deck.

„Bis zum Freitag muß alles abgeschlossen sein, denn am Samstag werden wir mit der Morgenflut auslaufen, komme was wolle."

*

Es war eine beachtliche Flotte, die in den letzten Februartagen des Jahres 1395 Kirkinvaghe verließ. An der Spitze die St. Katherine, die Kogge Earl Henrys. Björn Walzahn stand am Steuer. Er hatte nichts dagegen, wenn ihn John, der große Endvierziger, der ein guter Freund des Earls zu sein schien, ablöste. John Leeword war ruhig und verstand es, ein Schiff zu führen, auch wenn er seit Jahren nur am Ruder eines Fischerkahns gesessen hatte.

Ither Wobbelstone war erstaunt, wer sich alles neben seiner Butze im Achterschiff einquartierte, Leute mit klangvollen Namen wie William MacLarren, Geoffrey MacLoyd, Errol Maxwell und Robert Ruthven, der Ritter vom grünen Baum, die allesamt gute und langjährige Freunde des Earls zu sein schienen.

Er konnte nicht wissen, daß sein Herr alle die Gefährten, die um das Geheimnis der Karte wußten, um sich geschart hatte. Außerdem war es von nicht unerheblichen Vorteil, daß die Templer, die beide vortreffliche Kenntnisse auf dem Gebiet der Heilkunde und Chirurgie besaßen, sich um das leibliche Befinden der Mannschaft kümmern konnten. Ein zweiter und wichtiger Grund war, daß seit dem Tode des alten Meisters Morlay der ernste, nüchterne aber verläßliche Errol dessen Platz übernahm. Es schien für Sir Henry undenkbar, ohne seinen Rat auf diese Reise zu gehen.

Errol Eisenhand, der seit zwei Jahren eine alte, einstmals aufgegebene Komturei an der Nordküste Schottlands leitete, weilte oft in Kirkinvaghe und war maßgeblich an der Organisation der Unternehmung beteiligt.

Auf dem zweiten Schiff, einer großen stattlichen Karavelle, bestand die Mannschaft aus einem recht bunt gemischten Völkchen. Hier hatte Antonio Zeno, der Sohn des verstorbenen Nicolo das Kommando. Einige der alten Mannschaft seines Vaters, so Tebaldo Abruzzo und Guiseppe Petroni waren ihm treu geblieben. Den Rest bildeten rüstige Schiffsmänner von den Orkneys.

Die zweite Kogge, die St. Magnus, befehligte Sveighir Wackerbart. Es folgten sieben Schniggen und Barken, geführt unter anderem von Gwendolf Hellebrogge und dem schwarzen Philip, auf dessen Schiff, das fast am Ende des Verbandes fuhr, erstaunlich viele englische Schiffsmänner angeheuert hatten.

Die Flotte segelte zunächst an der Nordostküste Pomonas durch so manchen Sund und etliche Buchten, bis sie den offenen Ozean erreichten. So mancher der vielen Fischer, die mit ihren Booten zwischen den Inseln kreuzten, machte sich darüber Gedanken, welches Ziel sich die Kapitäne wohl gesetzt hatten. Doch nur wenige errieten es. Zu unglaublich klangen die Geschichten vom sagenhaften Waldland, von Weinland und dem Helluland der Wikinger.

Diese Geschichten sollten allerdings bald neue Nahrung erhalten, denn lange Zeit würden der Earl und seine Männer nicht auf die Orkneys zurückkehren.

*

„Das Wetter wird schlecht. Bei diesem Orkan werden wir nie nach Gaillimh gelangen."

Tatsächlich! Der junge Schiffsmann hatte recht. Im Süden türmten sich dunkle Sturmwolken am Horizont auf. So eben hatten sie die Sonne verdrängt und tauchten die See weithin in eine bedrohliche Finsternis. Schon spürten die Seeleute, wie der Wind immer mehr auf Süden drehte. Sie würden wohl nicht an ihrem alten Kurs festhalten können, Irland anzusteuern. Und zurück nach Kirkinvaghe - niemals! Das wußte auch der Philip, der Kapitän der Barke „Red Rose". Der schwarze Ritter verfluchte das

Unwetter, das seine Pläne zu durchkreuzen schien. Ob sie vielleicht später nach Gaillimh gelangen würden?

„Der Earl wird wohl bald einen neuen Kurs festlegen, Sir", rief Harald Edwood, der in den Wanten zum Mastkorb hing, zu seinem Kapitän hinab.

„Sag nur, die St. Katherine dreht bei." „Ich kann es nicht genau ausmachen. Bis vor kurzen hatte ich noch freie Sicht auf die Kogge. Jetzt wird sie durch die Karavelle der Venezianer verdeckt, Sir."

„Zum Teufel mit den Venezianern. Der Earl hat so vielen Stürmen getrotzt, warum sollte er den Kurs ändern? Das bringt doch alles durcheinander."

Harald zeigte sich erstaunt. „Mit Verlaub, Sir, wollt ihr rückwärts segeln. Ich dachte, ihr kennt die See und ihre Gefahren. Seht jenen Sturm, der dort heranzieht. Er wird unseren Weg kreuzen und ganz bestimmt seine Opfer fordern."

„Dann werden wir den Sturm eben umfahren und doch noch Irland anlaufen." Der junge Mann schüttelte abermals den Kopf. „Es wird kein Zurück geben. Ich wette mit euch, Sir, daß unser Prinz die Frislandinseln ansteuert." „Verdammter, vorwitziger Bursche", fluchte der schwarze Ritter und spuckte aus. „Sieh zu, daß du die Wanten hochkommst und den Ausguck besetzt."

Wütend schritt Philip gen Achtern, um mit seinem Steuermann zu sprechen. Doch auf seinem Weg nach Achtern trat ihm Jack, ein englischer Schiffsmann, der an einer der Schoten Dienst tat, entgegen. „Nicht mehr lange und es schlägt uns der Wind von vorn ins Gesicht", sagte er. „Für unsere Rah wohl mehr als ungünstig, Sir. Oder ihr gebt Befehl, das Segel zu reffen."

„Du hast mir gerade noch gefehlt", fuhr ihn der Kapitän an und setzte flüsternd hinzu: „Ich hoffe, du begreifst, daß wir uns Gaillimh aus dem Kopf schlagen müssen."

„Wieso? Ihr sagtet doch, daß uns eine Belohnung des Herzogs von Lancaster erwartet."

„Pst!" Der schwarze Philip hielt den Finger auf den Mund. „Wieso, Wieso. Schau nach Süden, du hirnloser Trottel, oder willst du uns alle auffliegen lassen. Wie es aussieht, werden wir unter Orkneys Flagge die neue Welt entdecken, wenn wir sie finden. Du und auch die anderen, ihr werdet bis dahin hart arbeiten, vor dem Mast schlafen, dabei euer Maul im Zaum halten und erst auf mein Zeichen hin handeln."

Jack nickte wortlos. „Was ist nun mit dem Segel, Sir" „Warte ab, ich spreche zunächst mit unserem Steuermann", entgegnete Philip und schritt weiter nach Achtern.

„Sieht ganz nach einer Kursänderung aus, Sir", flachste William, der Steuermann, sichtlich vergnügt. „Oder wollt ihr die Segel reffen?" „Was ihr nicht sagt", ranzte ihn dafür der Kapitän an. Sofort verfinsterte sich die Mine des Steuermanns. „Wenn wir jetzt den Kurs ändern, haben wir alle Chancen, dem drohenden Unwetter zu entfliehen. Oder wollt ihr etwa mitten in diesen Sturm treiben, Sir."

Philip rang mit beiden Händen. „Herrgott, es war doch geplant, Irland anzulaufen" „Vergeßt Irland, Sir. Ihr seht es doch selbst. Uns führt kein Weg nach Irland."

Da rief Harald Edwood, auch genannt Eulenauge, von dem kleinen Mastkorb hinab. „Sie drehen bei. Die ersten drehen bei." „Kannst du es erkennen, ob es zurück oder nach Norden geht?" schrie der Steuermann zu ihm hinauf. „Haltet auf Nordnordost, Meister William. Es ist, wie ich es vermutet habe, Sir Philip. Wir laufen die Frislandinseln an." „Ihr seht, ich habe recht", sagte William, der Steuermann, zu seinem Kapitän. „Und dies ist noch nicht alles. Die dunklen Wolken kommen sehr schnell auf uns zu, Wir werden wohl dem Sturm nicht ganz entrinnen können." „Ich habe schon verstanden", entgegnete Philip gefaßt. „Jetzt müssen alle Hände mit anpacken." „So ist es, Sir. Die Männer an den Brassen und Schoten werden ordentlich ins Schwitzen kommen, damit unser Rahsegel jede Böe nutzen kann. Wenn jeder auf seinem Platz steht, könnten wir mit einem blauen Auge davonkommen."

„Mmm", räusperte sich der schwarze Philip und gab seine Anweisungen. Und tatsächlich entkam die Flotte - wie es William vermutet hatte - dem Sturm, denn kräftig blies der Südwestwind in ihre Segel.. Gegen Abend nahm der Seegang zu, jedoch vom Kern des Orkans blieben sie verschont.

Als Harald Eulenauge mit Eintreten der Dämmerung seinen Mastkorb verließ, verschwand er nicht sofort in seinem kleinen Verschlag im Vorschiff, sondern ging zu William, dem Steuermann. Die See toste laut und aus den Wolken fielen ein paar Regentropfen herab.

Harald trat zu dem alten Schiffsmann, der wie ein Fels in der Brandung hinter seinem Steuer stand. Er mußte schon etwas lauter sprechen, um die See zu übertönen. „He Will, findest du es nicht auch etwas seltsam, wie sich unser Kapitän heute verhalten hat?" „Ach, Junge," begann der alte Seebär, „ich habe schon unter so vielen Schiffsführern angeheuert. Es waren fähige Männer und unbrauchbare darunter. Der schwarze Philip scheint mir nicht viel vom Seehandwerk zu verstehen, er ist wohl eher ein guter Krieger auf dem Schlachtfeld. Kommt er doch aus dem Ritterstand." „Warum führt er dann eine Barke?" fragte der junge Harald.

„Wir haben darüber nicht zu befinden, mein Sohn. Der Earl hält aus irgendeinem Grund große Stücke auf ihn. Warum, weiß ich nicht. Er hat Sir Philip aus Schottland mit nach Kirkinvaghe gebracht. Aber wenn du mit deinen Worten sagen willst, daß er dir nicht geheuer ist, dann hast du recht. Der Ritter verhält sich seltsam. Am liebsten hätte er heute den Verband verlassen und wäre mit uns mitten in das tobende Unwetter hineingesegelt, hatte ich den Eindruck. Was hat er nur?" rätselte William. „Vielleicht wartet auf ihn irgend eine Flamme in Gaillimh", witzelte der junge Harald. „Der sieht mir nicht danach aus, als ob er viele Eisen im Feuer hat", entgegnete der alte Seebär. „Ich vermute etwas anderes. Ist dir schon einmal aufgefallen, daß unter der Crew, außer dir, Malcolm und dem lahmen Bengt nur Engländer in der Heuer stehen?" Harald drehte sich um. „Fürchtest du Verrat, Will?" „Ich werde mich hüten, irgendwelche Verdächtigungen zu äußern, die ich nicht beweisen kann. Doch Junge," William packte Harald am Arm, „ich bin ein guter Steuermann und Sir Philip weiß, daß

er mich braucht. Aber du mußt auf dich aufpassen. Schnell geschieht an Deck ein Unfall und hinterher hat es keiner gesehen. Sei wachsam, Harald Eulenauge. Und nun geh."
Mit gemischten Gefühlen verließ der junge Schiffsmann das Achterdeck, um in seiner Koje im Vorschiff eine Mütze Schlaf zu nehmen. Noch vor dem Morgengrauen mußte der Mastkorb wieder besetzt sein.

*

„Wann bringst du uns endlich das gute Doppelbier, daß du in deinem Keller versteckt hältst, Ire?" „Ich bin untröstlich, Sir, aber ihr müßt euch irren. Seht doch selbst, so viele Schiffsmänner waren noch nie in meiner Schenke. Da hält der Vorrat des guten Doppelbieres nicht lange."
Der grobschlächtige Mann mittleren Alters fuhr hoch, um den Wirt zu packen, da fiel ihm einer seiner Tischgenossen in den Arm. „Laßt ihn, Sir Gerald, wir werden von diesem dünnen Gesöff nicht sterben." Gerald wich die Farbe jäh aus dem Gesicht und er stieß seinen Knappen Stephan zurück. Der Wirt nutzte den Augenblick, wich schnell aus und suchte das Weite. Da mahnte der dritte Gast am Tisch, ein älterer Graubart, den Draufgänger. „Das war unvorsichtig, Sir. Sagte euch der Herzog nicht, daß wir so wenig Aufsehen wie möglich erregen sollen."
Dieser dritte Mann sprach gebrochen und nur sehr mühsam Englisch. Schon an seinem Äußeren, den krausen Haaren, konnte man sehen, daß er nicht von den Inseln sondern aus dem Süden Europas stammte. Es war ein guter alter Bekannter, Don Scoela, inzwischen Kapitän einer Karavelle des Christusordens von Portugal. Er trug eine lange schwarze Kutte, unter der man eher einen Mönch als einen Seefahrer vermutete. Den Engländer hatte er in einer Seitenstraße aufgelesen, nachdem er das Kontor eines Lissabonner Kaufmannes verzweifelt gesucht hatte. Weil er daran interessiert war, etwas über die Stärke der Söldner unter den Decks der englischen Koggen zu erfahren. Doch schon bald bereute er es, sich mit diesem groben Kerl mit dem feisten Gesicht und seiner überheblichen Art eingelassen zu haben. Dünn und flach war ihr Gespräch bis jetzt verlaufen.
Sir Gerald hatte allerdings mehr Respekt vor dem Portugiesen, als dieser ahnte. Der Engländer setzte sich wieder auf die Bank und spülte mit einem großen Schluck Dünnbier seinen Ärger hinunter. Don Scoela hatte ganz recht. Es war unvorsichtig, hatte doch der Herzog sie ermahnt kein Aufsehen zu erregen. Den Iren konnte man doch nicht über den Weg trauen. Einige schauten sowieso schon mißtrauisch zu ihrem Tisch hinüber.
Seit über zwei Wochen lagen sie nun schon im Hafen von Gaillimh fest und noch immer hatten ihre Späher die von den Orkneys erwartete Flotte nicht ausgemacht. Die Weisungen des Herzogs von Lancaster waren klar und deutlich. In den ersten Wochen des März würde Orkney mit einer kleinen Flotte nach Gaillimh kommen, um von dort zu einem unbekannten Ziel im Westen aufzubrechen. Noch vor Erreichen des irischen Hafens sollte ihn die Flotte Englands und Portugals aufhalten und zum Kampf zwingen.

45

John von Gaunts Quellen in Kirkinvaghe verrieten, daß die Flotte Orkneys kaum einer Seeschlacht gewachsen war, da sie nur eine geringe Anzahl von Soldaten mit sich führte. Außerdem befände sich unter seinen Schiffen eines mit englischen Verbündeten, die im geeigneten Augenblick durch das Aufziehen der Flagge mit den drei Leoparden die Schlacht entscheiden sollten. Der den vereinigten Engländern und Portugiesen vorstehende Admiral Richard Fitzallan von Arundel wollte schon aufs Geratewohl Sinclair entgegensegeln, um ihn auf offener See anzugreifen, doch da änderte sich das Wetter plötzlich. Einer der vielen Frühjahrsstürme tobte über die irische Westküste hinweg.

Nun saßen sie hier untätig in dieser Schenke mit dem bierseligen Namen „Zum fröhlichen Hecht" herum und schlugen die Zeit tot. Dabei hatte Sir Gerald vor zwei Tagen noch geprahlt, den Portugiesen zu zeigen, wie man Barken und Schniggen entert.

„Wißt ihr, was der Herzog Orkney abjagen will?" fragte Gerald den Portugiesen listig und schielte dabei aus seinen verschlagenen Augen. Don Scoela hielt sich bedeckt. „Was glaubt ihr?" „Nun", entgegnete der englische Ritter, „ich denke, daß ihr mehr wißt, als ihr zugebt."

„Vielleicht hat Sinclair dem Herzog etwas geraubt, was dieser gern zurück haben will?" „Und warum sollte er sich dann mit euch einlassen?" „Seht unsere stolzen Schiffe, die Karavellen, der Stolz Portugals. Denkt ihr etwa, daß eure lahmen englischen Holzpötte den Earl fangen könnten. Oh nein, Sir Gerald, Sinclair ist ein Fuchs, der sich nicht so leicht fangen läßt. Und um sich auf einen Kampf mit euch einzulassen, dazu ist er viel zu klug. Und selbst wenn ihn Arundel mit seinen Koggen und Hulks verfolgen würde, was hätte er für eine Chance gegen einen, der auf dem Meer förmlich zu Hause ist. Und wenn, dann entflieht er auf einer schnellen Schnigge und euch bleibt nichts als ein Segel am Horizont."

„Und eure Karavellen sollen das Wunderwerk vollbringen", höhnte Gerald. Der alte Scoela hob den Zeigefinger. „Bedenkt, daß sie immerhin von allen Schiffen des Abendlandes am besten gegen den Wind kreuzen können."

„John von Gaunt hat euch doch nicht nur wegen eurer schnellen Schiffe angeheuert? Da steckt doch noch etwas anderes dahinter?" „Vielleicht weil das, was wir Orkney abjagen wollen, in Wahrheit uns gehört." „Aha, eure wichtigtuerische Bruderschaft." Sir Gerald fuhr auf. „Ich sage euch, der Herzog wird bestimmen, was euch zusteht und was nicht. Unterschätzt den Zorn eines Engländers nicht", grölte er.

„Ihr seid ein Mann mit schlechten Manieren, Sir Gerald. Aber ich stimme euch zu, daß John von Gaunt entscheiden soll."

Der grobschlächtige Mann in dem roten Wams hob seinen Bierkrug dem Portugiesen vor die Nase. „Darauf trinke ich, Don Scoela." Und er trank den restlichen Inhalt mit einem Zug aus. Danach wischte er sich den Schaum aus seinem glattrasierten Gesicht und blickte sich im Gastraum um. Am Nebentisch saßen ein paar französische Schiffsmänner, mit denen er allerdings keine Händel anfangen durfte. England und

Frankreich lagen zur Zeit in Frieden miteinander, doch zu gern hätte er den Franzosen die Leviten gelesen.

Sir Gerald war ein Kriegsmann durch und durch. Auf dem Schlachtfeld ein Haudegen und in der Schenke soff er wie ein Loch. Den gemeinen Mann beachtete er gar nicht und wenn, dann war es wirklich besser, sich vor ihm in Sicherheit zu bringen. Heute hatte er sein Opfer jedoch noch nicht gefunden.

„He Wirt, bringe uns eine neue Kanne von diesem dünnen Gesöff, aber schnell", krähte er laut in Richtung Theke. Fionn O' Cannon, der Wirt, füllte zwar eine neue Kanne mit Bier ab, aber er zögerte, diese an den Tisch des Engländers zu bringen. Seit Stunden krakeelte dieser Kerl nun schon in seiner Ecke herum, beleidigte hin und wieder andere Gäste und wären nicht die beiden anderen bei ihm, dann hätte er wohl sicherlich schon seinen ganzen Laden umgekrempelt.

Außerdem verriet das lange Schwert, das neben ihm auf der Bank lag, daß er ein Krieger und kein Seemann war. Und die Gegenwart eines englischen Soldaten ging jedem guten Iren gegen den Strich. Wenigstens hatte der komische Kauz mit der schwarzen Kutte ihm ein paar Schilling in die Hand gedrückt.

Trotzdem beschloß O' Cannon, seine Tochter mit der Kanne loszuschicken. Sie kam gerade aus der Küche und war völlig arglos. „Sieh dich vor, Rhiannon, der eine ist ein Engländer, wie es scheint ein Soldat. Der Kerl führt sich hier auf, als sei er bei sich zu Hause." „So und da traust du dich nicht mehr in seine Nähe, Vater." „Herrgott, ich habe hier genug zu tun", wehrte O' Cannon aufbrausend ab. „Laß nur gut sein", antwortete seine Tochter. „Ihr Männer seid doch alles Schlappschwänze. Ich werde dem Engländer zeigen, was es heißt sich mit uns Iren einzulassen." Und darauf nahm sie die Kanne und marschierte in die äußerste Ecke des Wirtshauses, wo der bewußte Tisch stand.

Sir Gerald, der laut rülpste und dafür einen finsteren Blick des Komturs erntete, machte große Augen. „Was sehe ich da. Der dreckige Ire hält nicht nur das gute Doppelbier zurück." Da war Rhiannon auch schon heran und setzte die Kanne knallend auf den Tisch. „Ich bekomme zwei viertel Schilling", sagte sie laut auf Gälisch, so daß den Dreien am Tisch der Mund vor lauter Staunen offenblieb. Weder Gerald noch Stephan und erst recht nicht der Ordensritter aus Lissabon verstanden die keltische Sprache der Inseln. Doch das alte Rauhbein, Sir Gerald, gewann seine Fassung schnell wieder zurück.

„He Kleine, wie wäre es, wenn du uns noch ein bißchen Gesellschaft leistest", brüllte er und kniff sie in den Hintern. Da hatte er auch schon eine schallende Ohrfeige sitzen. „Du besoffenes Schwein", fuhr Rhiannon den Engländer an und stieß ihn von sich. Don Scoela verdrehte die Augen. In was war er hier hineingeraten? Hoffentlich kam er noch heil aus der Schenke heraus.

Im Hintergrund hörte man das Geräusch von zur Seite gerückten Bänken. Die Franzosen am Nachbartisch erhoben sich. Es waren kräftige, von Wind und Wetter gezeichnete

Burschen aus der Bretagne, denen das Gälisch nicht fremd war. Sie kamen langsam näher.

Aber Rhiannon O' Cannon, die Tochter des Wirts, im Viertel als die wilde Rhiannon bekannt, war noch nicht fertig. Sie hatte wohl bemerkt, daß der englische Ritter nach seinem langen Schwert, das neben ihm auf der Bank lag, griff.

Ehe er sich's versah spürte er einen jähen Schmerz, der ihn taumeln und fast von der Bank stürzen ließ. Das Bier aus der Kanne hatte sich über sein Wams und die Hosen ergossen. Über ihm stand der Portugiese und hielt ihm sein eigenes Schwert an die Kehle. Die kalte scharfe Klinge ließ den Ritter sofort ernüchtern. „Ihr seid ein gottverdammter Bastard, Gerald", fauchte ihn der Komtur an. „Glaubt ja nicht, daß ich euch helfe. Ihr könnt euch eure Waffe auf meinem Schiff abholen. Jetzt brauche ich sie zu meiner Verteidigung."

Darauf öffnete der eine Geldbörse, die am Gürtel hing und warf der jungen Frau, die immer noch die Kanne in der Linken hielt, ein Geldstück hin. Wortlos verließ er die Schenke. Niemand wagte es, sich dem unheimlichen Südländer mit der langen schwarzen Kutte in den Weg zu stellen. Erst als die Tür ins Schloß gefallen war, lösten sich die Männer aus ihrer Erstarrung.

Für Sir Gerald und seinen Knappen sah es nun denkbar schlecht aus. Als Rhiannon beiseite trat, umringten nicht nur die vier Schiffsmänner aus der Bretagne, sondern auch irische Fischer und spanische Kaufleute den Ecktisch in der Schenke „Zum fröhlichen Hecht".

Doch der Krieger war bereit, seine Haut so teuer wie möglich zu verkaufen und auch sein Knappe krempelte die Ärmel seines Wamses zurück. Schon landete Sir Gerald seinen ersten Haken. Rhiannon, die es gerade noch rechtzeitig bemerkte, duckte sich und die Faust traf einen der Franzosen genau unter dem Kinn, daß er seinen Saufkumpanen in die Arme flog. Ehe man sich versah, war die prächtigste Wirtshauskeilerei im Gange.

Fionn O' Cannon bekreuzigte sich, „Ausgerechnet am Vorabend zum Fest des heiligen St. Patricks." „Du bist selbst schuld", warf ihn seine Tochter wütend an den Kopf. „Hättest du den Kerl längst hinausgeworfen, hätte es nicht soweit kommen müssen."

„Er trug ein Schwert, Rhiannon." Doch darauf erhielt Fionn keine Antwort.

In der hinteren Ecke des Wirtshaus regierten indessen die Fäuste weiter. Der englische Ritter erwies sich als uneinnehmbare Festung; er war wirklich stark wie ein Ochse und das irische Dünnbier hatte seine Reaktion kaum beeinträchtigt. Doch da die anderen in der Überzahl waren, gelang es ihnen schließlich, Sir Gerald zu überwältigen. Jetzt, wo ihn mehrere Hände festhielten, bezog er endlich jene Tracht Prügel, die er längst verdient hatte.

Als die beiden Engländer später in der Gosse wieder zu sich kamen, richteten sie sich mühsam auf und schleppten sich mit schmerzenden und verrenkten Gliedern zum Hafen hinunter, wobei Sir Gerald keine gute Gestalt abgab. Zwei Wochen später fuhr die vor

Gaillimh zusammengezogene Flotte der Engländer und Portugiesen unverrichteter Dinge nach Cornwall zurück.

*

Der rote Niall lachte. „He Lachlan, welche Laus ist dir denn über die Leber gelaufen? Du siehst ja aus, als hätte man dir eine tote Ratte in die Suppe geworfen." Für diese vorlaute Rede erntete er einen wütenden Blick des Geschützmeisters. Erst jetzt sah der junge Schiffsmann, daß Lachlan ein dreckig-weißlich schimmerndes Etwas zwischen seinen Fingern hielt. Es war einer seiner Backenzähne.

„Verflucht, das ist nun schon der dritte auf dieser gottverdammten Seereise", murmelte Lachlan und tauchte den Schiffszwieback in einen Holzkrug, der mit Dünnbier gefüllt war. Vorsichtig begann er auf der aufgeweichten Nahrung herumzukauen.

„He, du Grünschnabel, warte nur ab, wenn dir die ersten Beißerchen herausfallen", rief er dem jungen rothaarigen Burschen zu, der aus den Augenwinkeln verstohlen den Geschützmeister betrachtete. Lachlan wußte, daß er nicht der einzige an Bord war, der von den ersten Anzeichen des Scharbock befallen war. Seit Anfang dieser Woche klagten einige ältere Seeleute über Entzündungen und Rückbildungen des Zahnfleisches, das schließlich mit dem Ausfall der Zähne endete. Außerdem plagten sie Gliederschmerzen und allgemeine Mattigkeit. Die beiden Templer versuchten es mit würzigen Kräutertees; auch sollten die Kranken Kräuter im Mund zerkauen; doch was bei dem einen fruchtete, schlug bei einem anderen nicht an. An dieser Stelle war die Heilkunde an ihrem Ende angelangt und man beschränkte sich darauf, die Schmerzen der armen Opfer zu lindern.

Es lag nun schon über drei Wochen zurück, daß sie die Frislandinseln verlassen hatten. Ein starker Westwind hatte sie dort mehrere Tage festgehalten. Zephryros, der Wind des Westens, war der gefürchtetste Gegner der Seeleute.

Niall blickte zurück auf die der Kogge folgende Flotte. Sieben Schiffe waren es, die hinter der St. Katherine über die Wellen glitten. Zwei Barken fehlten bereits. Sir Henry hatte sie nach Kirkinvaghe zurückgeschickt, notdürftig ausgebessert. Sie waren vor den Frislandinseln zu nah an die Klippen geraten, vielleicht hatten die Lotsen auch ein Riff übersehen. Jedenfalls ging alles noch einmal gut, denn die Schiffe sanken nicht. Es war ein großes Glück, daß sie bis jetzt keine größeren Ausfälle zu beklagen hatten.

Hinter dem Rahsegel stieg eine Dampfwolke in den Himmel. Es roch nach schwelendem Torffeuer. An einem halboffenen Verschlag unter dem Vorderkastell kochte Gunne gerade eine Mahlzeit für die Schiffsmänner an Bord der St. Katherine. Er rührte in einem großen Kessel, der über dem offenen Herd stand. Wahrscheinlich gab es wieder Fischsuppe mit den kümmerlichen Resten von Speckbohnen und Zwiebeln, doch Gunne hielt sich bedeckt, wie es um die Essensvorräte unter Deck bestellt war.

„He Gunne, willst du uns etwa vergiften?" rief der junge Rotschopf dem fülligen Schiffsmann aus Rousay zu. „Sieh dir Lachlan an, der arme Kerl kotzt schon seine eigenen Beißer aus." Gunne antwortete nicht und Niall sollte auch bald den Grund wissen.

„He Hochländer, du hast wohl nichts zu tun?" Erschreckt drehte sich der Bursche um. Vor ihm stand der Earl, neben ihm Errol, der Tempelritter. „Ich habe zur Zeit Freiwache, Sir." „Nun gut. Wenn die Sanduhr beim zweiten Mal gedreht wird, begibst du dich unter Deck. Ich habe gestern einen Blick auf unsere Waffen geworfen. Das Eisen rostet. Nimm dir etwas Öl und ein paar Leintücher und putze sie." „Aber die Waffen fallen doch in Malcolm Steinfuß' Revier", entgegnete Niall. „Da hast du recht. Nur windet sich der Arme in Schmerzen und wie es aussieht, wird unser Chirurg Malcolm noch einige Tage bei sich behalten. Es geht ihm nämlich noch um etliches dreckiger als dem armen Lachlan." Der rote Niall schwieg, denn darauf wußte er keine Antwort. Die beiden ließen ihn stehen und schritten weiter in Richtung des Vorderkastells. Es war die Zeit, in der der Earl oder einer seiner Offiziere die nautische Messung vornahmen.

*

„Schon wieder Schiffszwieback, es ist nicht auszuhalten", murmelte Geoffrey. „Ich habe dich ja gewarnt", lachte der Earl. „Nur noch Dünnbier und Schiffszwieback wird es geben." „Du hast mir aber nicht gesagt, daß es mich auch noch meine letzten Zähne kostet." Dieser Wortwechsel konnte nicht darüber hinweg täuschen, daß sie nun schon die fünfte Woche auf hoher See waren und ihre Vorräte immer knapper wurden. Und noch immer war kein Land in Sicht.

*

John wetterte. „Wenn der Regen noch zunimmt, können wir den Sichtkontakt zu den anderen nicht mehr halten." „In diesem Falle haben die einzelnen Kapitäne Order, den letzten Kurs strikt zu halten", entgegnete ihm Harry. „Aber viel schlimmer ist, daß dieses scheußliche Wetter mir die Hände bindet." Errol stimmte dem Earl mit einem seufzenden Nicken zu.

Die siebente Woche seit Verlassen der Frislandinseln war angebrochen. Es war so gut wie unmöglich zu bestimmen, wie weit sie noch von der Küste Drogeos entfernt waren. In den klaren Nächten und den sonnigen Tagen gelang es dem Earl, wenigstens ungefähr die Nord-Südposition zu bestimmen. Am Tag verwendete er dazu jene hölzernen Scheiben, deren Genauigkeit er über einen sehr langen Zeitraum hinweg immer wieder überarbeitete und ausfeilte. Die Zeiten, an denen er mit einer bestimmten Scheibe die Ermittlung des Breitengrades vollzog, waren genau festgelegt. Sie wurden durch eine Sanduhr vorgegeben. Des Nachts benutzte man den Jakobstab.

Doch wie sollten sie feststellen, wie weit sie in westlicher Richtung schon gekommen waren. Gut - den Kurs gaben ihnen die Seylsteine vor, aber keine Ost-Westposition. Sicher verschob sich die für Kirkinvaghe bekannte Zeit des Sonnenaufgangs für Anfang April immer weiter nach hinten. So erfahrenen Seefahrern wie Sir Henry und Antonio Zeno, aber auch dem vielseitig gebildeten Tempelritter Errol Eisenhand waren diese

Phänomene und ihre Hintergründe ja bekannt. Doch reichte dies nicht, um die Position eines Schiffes zu ermitteln. Deshalb war es den Kapitänen der Flotte unmöglich, die Entfernung bis zur Küste Drogeos vorherzusagen, denn diese konnte fünfzig, aber durchaus auch noch dreihundert Meilen betragen. So hieß es auf Gott und den alten Papyrus vertrauen.

Nun regnete es bereits den dritten Tag und die dritte Nacht ohne Unterlaß. Aufgrund der abnehmenden Sichtweite ließ der Earl den Lotsen Posten beziehen. Zu den unmittelbar hinter der St. Katherine segelnden Schiffen hielt man den Kontakt über Ölfunzeln, deren Licht trübe durch die Nacht schien. Die Abstände zwischen den Schiffen durften also nicht zu groß sein, aber auch nicht zu klein, da sonst die Gefahr eines Zusammenstoßes bestand. Dazu hatte der Flottenverband die Form eines Keils angenommen.

Die kühle, schwere Regenluft trat durch das offene Fenster in den Innenraum der Kajüte. Den großen Kartentisch beleuchteten ein paar lange Kerzen. Weiterhin befanden sich auf dem Tisch eine Sanduhr, mehrere Holzlineale, Zirkel, Tusche, zwei Federn und über die Hälfte lag ausgebreitet eine großes Stück gegerbte Rinderhaut, ein Pergament. Im flackernden Kerzenlicht waren die Küstenumrisse am Rande des großen abendländischen Ozeans sichtbar. Das dahinterliegende Land hob sich vom Meer durch eine ockergelbe Farbschattierung ab.

Das Meer jedoch wurde durchzogen von einem Band, einem Band voller Eintragungen, gespickt mit Kreuzen, Linien und Beschriftungen. An manchen Stellen war so oft geändert worden, daß man kaum noch etwas erkannte. Es lag auf der Hand: mit diesem Stück Pergament, einer Kopie des Papyrus, wie sie der Earl dutzendfach besaß, wurde täglich gearbeitet.

Die Ränder waren schon eingerissen und wiesen dreckige Flecken vom Schweiß der Hände auf. Am unteren Rand hatte jemand Zahlenkolonnen aneinander geschrieben, die wohl zur Berechnung dienten.

Da zog ein frischer Windzug durch den Raum, der fast die Kerzen gelöscht hätte. Einer der Männer, die um den Tisch saßen, stand auf und schloß die Fensterluke. Draußen war es sehr dunkel und dabei war es erst Nachmittag. Das verdankten sie den grauschwarzen Regenwolken, die den Seeleuten das Gefühl gaben, durch eine immerwährende Nacht zu segeln. Doch bis zum Anbruch des Abends mußten die Sanduhren noch etliche Male gedreht werden.

Sechs Männer waren es, die um Sir Henrys Kartentisch herumsaßen. Will, Geoffrey, John auf der einen, Errol Eisenhand und Angus Ork, ein Schotte und erfahrener Navigator, der jahrelang am Hofe des guten König John vom Clan der MacDonalds gedient hatte, auf der anderen Seite. An der Stirnseite zum Fenster hatte der Earl seinen Sitz.

John bearbeitete den Zahn eines Walrosses mit einem Dolch, während Will seine Kutte aus Seehundfell auf undichte Nähte überprüfte. Errol, der Templer, beschrieb mit einer Feder ein Pergament. Der neben ihm sitzende Angus Ork drehte, scheinbar gelangweilt, einen Seylstein in seiner Hand und beobachtete nach jeder Ruhezeit das Verhalten des Magneten. Der Seylstein war mit einer prächtig verzierten Windrose hinterlegt.

Angus gegenüber hatte sich der Baumeister MacLoyd nach vorne gebeugt und legte immer wieder ein Holzlineal über die Karte, wobei er ständig etwas in seinen Bart hinein murmelte. Es hörte sich so an wie „Sie ist wirklich unerwartet stark."

Sir Henry, der etwas abwesend die ganze Szene verfolgte - er dachte wohl nach - wußte sehr gut, was sein alter Freund damit meinte. Unerwartet stark - damit war jene kalte Meeresströmung gemeint, die, auf dem alten Papyrus kartographiert, erstaunlich exakt mit der Wirklichkeit übereinstimmte.

Die gewaltigen, sich über abertausende Meilen erstreckenden Strömungen des Ozeans spielten für die Schiffe und ihren Kurs keine unwesentliche Rolle. Es war unter den Seefahrern der nördlichen Hemisphäre bekannt, daß nicht nur östlich, sondern auch westlich von Grönland die Eisberge sehr weit in den südlich gelegenen Ozean treiben konnten. Aber daß die Kraft dieser eiskalten Strömung so stark war?!

Immerhin genügte diese Kraft, die Schiffe von ihrem Kurs abzubringen. Zwar waren am nördlichen Horizont keine Eisberge auszumachen, aber das Wasser war seit zwei Tagen spürbar kälter geworden. Viele Schiffsmänner hielten dies für ein schlechtes Zeichen.

Die Kapitäne und Navigatoren jedoch konnten - ihre Seekarten und Skizzen ständig vor Augen - noch ganz andere Erkenntnisse daraus gewinnen. Denn je tiefer sie in den Süden gelangten, desto weiter entfernt lag die Küste des vermeintlichen Landes Drogeo. Nun hätte man dies leicht durch eine Kurskorrektur beheben können, doch solchen Überlegungen machte ein kräftiger Nordnordwest einen Strich durch die Rechnung. Es war nicht gerade einfach für Koggen, Barken und Schniggen so hart am Wind zu segeln. Am besten kam die Karavelle des Antonio Zeno mit der neuen Situation zurecht. Ohne Zweifel war sie durch ihre Segel und Takelage das schnellste Schiff. Aber sollte die Santa Isabella aus dem Schiffsverband ausbrechen?! Es blieb der gesamten Flotte der Orkneys also nichts weiter übrig, als auf einem leicht südwestlichen Kurs der unbekannten Küste entgegenzusegeln.

Will unterbrach die Ruhe, die in dem kleinen Raum herrschte. Seine Arbeit war beendet - zwei Nähte hatte er notdürftig geflickt. Der Ritter erhob sich von der Bank und ging bedächtigen Schrittes zu einem Bottich, der unter der Fensterluke stand. Dieser war zur Hälfte mit Regenwasser gefüllt. „In weniger als einer Sanduhrdrehung ist er wieder voll", dachte Will und tauchte mit den Händen hinein, um sich das Gesicht zu waschen. Der Regen hatte nämlich auch eine gute Seite, denn endlich konnten die knappen Wasservorräte an Bord etwas aufgefrischt und die, vor Schweiß und Schmutz starrenden Kleider ausgewaschen werden. Und so mancher Schiffsmann nutzte in der freien Zeit die Möglichkeit, den verdreckten und salzverkrusteten Körper mit Hilfe eines Bottichs Regenwasser zu reinigen.

Für einen Augenblick öffnete Will noch einmal die Fensterluke, um nach draußen zu blicken. Sofort schlug ihm die kühle, nasse Luft entgegen. Er sah die bewegte See, den ohne Unterlaß herabfallenden Regen. Die Wolken hingen entsetzlich tief; sie waren dunkel und grau ohne große Konturen. Die Sichtweite betrug maximal eine viertel Meile.

Will steckte sein Gesicht noch etwas weiter aus der Fensterluke. Sofort prasselten die Wassertropfen auf seine Stirn und rannen durch den Bart hinab. Dafür konnte er nun den Bugspriet der St. Magnus sehen, die sich hinter dem Heck ihres Schiffes hervorschob. Wegen des Regens wollte er schnell den Kopf wieder zurückziehen, da mischte sich in das rhythmische Knarren der Schiffsbalken ein hoher Schrei.

Will hielt inne. Diesen Laut kannte er doch?! War dies nicht der Schrei einer Möwe gewesen? Er lauschte aufs offene Meer hinaus. Tatsächlich! Es folgten ein zweiter und auch noch ein dritter Ruf. Allerdings konnte er durch die dunkle graue Wand kaum etwas ausmachen, geschweige denn eine Möwe.

Mit scharfem Auge spähte er hinaus. Da, da war doch etwas gewesen. Für kurze Zeit, so meinte er, hätte er einen weißen Vogel gesehen. Er machte die Augen kurz zu und wieder auf. Nichts, absolut nichts. Nach wie vor schlugen die Regentropfen auf die Wellen, bildeten Ringe, die sich überlappten und mit der Gischt vermischten. Die Balken der Kogge knarrten im ewig selben Gleichton vor sich hin. Ein Blick zum Tisch hinter ihm bewies Will, daß keiner den vermeintlichen Schrei des Seevogels bemerkt hatte. Vielleicht hatte er sich auch nur von einer Vision täuschen lassen?

Kein Wunder. Die Vorräte waren zusammengeschmolzen wie Butter in der Sonne. Nur noch Schiffszwieback und Dünnbier gab es. Die lange Fahrt erschöpfte nicht nur die Körper, sondern auch die Nerven der Schiffsmänner lagen blank. Einige unter der Mannschaft begannen bereits leicht zu murren.

William MacLarren schloß die Luke wieder und steuerte eine große Eichentruhe in der Ecke der Kajüte an. Neben der Truhe lehnte ein zusammengeklapptes Brett. Es war ein Schachspiel. „Wer hat Lust auf eine Partie Schach", rief er der Runde zu.

Sir Henry unterhielt sich gerade mit Geoffrey und Errol über den weiteren Verlauf der Fahrt. Da nickte der dreiunddreißigjährige Angus Ork Will zu, als Zeichen, daß er einem Spiel nicht abgeneigt sei. Eine Partie Schach würde noch genau passen, denn in zwei Glasen - das bedeutete, daß die Sanduhr noch zweimal gedreht werden mußte - würde er seine Wache an Deck der St. Katherine antreten. Und John würde den Steuermann ablösen. Im Augenblick erfüllte Ither Wobblestone seine Aufgabe und Björn Walzahn stand am Ruder der Kogge. Die beiden waren gut aufeinander eingespielt, so wie er und der große John seit nun schon mehr als dreißig Jahren.

Will setzte sich wieder auf die Bank zurück, Angus genau gegenüber. Er klappte das Brett auseinander, so daß die Figuren auf den Tisch purzelten. Sie waren aus Horn geschnitzt - nicht so filigran und aus Elfenbein wie jene, die Harry damals der Königin von England geschenkt hatte - aber durchaus eine gute Arbeit.

So verstrich die Zeit. Während der Earl, Geoffrey und Errol immer wieder über neue Möglichkeiten, den weiteren Verlauf der Reise zu beeinflussen, stritten, spielten Angus und Will Schach. John Leeword allerdings waren Walroßzahn und Dolch aus der Hand gefallen. Er schlief glücklich, den Kopf zwischen die verschränkten Arme gelegt. Sein leises Schnarchen wechselte sich mit dem Knarren der Schiffsbalken, der Sparren und Planken ab. Die Kerzen waren fast heruntergebrannt.

Auf einmal - es war kurz vor Will und Johns Wachantritt - hörten sie ein lautes Poltern in dem engen Gang, an dem auch die Tür zur Kajüte lag. Will wollte gerade etwas sagen, da sprang mit einem Male die Türe auf und Ither stürzte herein. Die um den Tisch versammelten Männer erschraken. So atemlos hatte Harry seinen langjährigen Gefolgsmann noch nie gesehen. „Was ist denn los Ither, hat der Regen etwa aufgehört?" „Noch nicht, aber so gut wie..." Der arme Kerl stammelte und fuchtelte hilflos mit den Armen durch die Luft. „Mein Prinz, edle Lords es ist ein Wunder..."

Es dauerte nur den Bruchteil eines Augenblicks und jeder am Tisch wußte, was Ither meinte. Land. Drogeo! Sie hatten Drogeo gefunden.

„Endlich", sagte Harry. „Es ist also doch wahr." Die Männer stürzten zur Kajütentür hinaus, durch den kleinen Gang auf Deck. Die am Horizont stehende Abendsonne blendete sie. Tief im Westen waren die dunklen Regenwolken aufgerissen und ein farbenprächtiger Himmel kam zum Vorschein. Niall, der oben im Mastkorb stand, rief „Es ist wunderbar, Sir." „Du kannst die Küste also sehen?" fragte der Earl ihn. „So wahr ich vom See Awe stamme. Wir haben Land erreicht, Sir."

So sehr sich die Männer an Deck anstrengten, noch war für sie die Küste nicht auszumachen. Zwei Schiffsmänner, die sich von Nialls Worten überzeugen wollten, begannen sofort, die Wanten hochzusteigen. Noch auf halber Höhe bestätigten sie die Entdeckungen des jungen Schotten.

Nun gab es kein Halten mehr. Der Regen, der nach wie vor noch aus den letzten Wolkenfetzen hernieder fiel, störte sie jetzt am allerwenigsten. Wer auf der St. Katherine Beine hatte, nahm sie in die Hand und erklomm das Vorderkastell in Erwartung des Auftauchens der nahen Küste.

Und nur wenige Augenblicke, die ihnen wie eine Ewigkeit vorkamen, verstrichen, bis sich am Horizont zwischen Meer und Himmel ein schmaler, matter Streifen abzeichnete. Laut ertönte das Positionshorn der St. Katherine und nicht lange darauf gaben die in ihrem Kielwasser folgenden Schiffe Antwort.

„Seht doch dort", rief Andrew, der Sohn Duncan MacWebbers, „wir segeln durch ein Tor." John wollte den Burschen schon fragen, was er denn meine, da sah er es auch. Jetzt wo auch die letzten Wolken über ihren Köpfen aufrissen und der Regen sich langsam einstellte, zeichnete sich schräg hinter ihnen ein riesiger Regenbogen ab.

„Wie gerne hätte dein Vater diesen Augenblick miterlebt", flüsterte Harry leise vor sich hin. Will, der neben ihm stand, hatte die Worte gehört „Was glaubst du, wo Duncan jetzt ist?" fragte er seinen alten Freund. „Ich glaube, daß Duncan uns jetzt von oben zusieht. Sicher wird ihm der Regenbogen auch gefallen."

„Laßt uns Gott danken", sagte der Earl zu den umstehenden Schiffsmännern. Wen befiel nicht im Angesicht dieses Schauspiels eine tiefe Gottesfurcht und wie sie das Gebet sprachen, da fielen Harry die letzten Worte des alten Morlay und auch die Vision in der Grotte von Ork Skerry wieder ein. Die Tür nach Westen hatte er nun aufgestoßen, doch damit war nicht die Suche seines Lebens beendet. Der Earl hörte das Schreien der Möwen, die weithin über die See schallenden Melodien der Hörner und Dudelsäcke nur noch wie aus weiter Ferne.

Drogeo

Draußen über dem Meer verblaßte der Regenbogen, so schnell wie er gekommen war. Vor ihnen hob sich die Küste langsam empor. Sie war sehr steil und felsig. Nach den Aussagen des verstorbenen Nicolo Zenos könnte dies jene Insel sein, der er den Namen Estotiland gegeben hatte. Der Papyrus stellte sie genauso groß dar wie das viele hunderte Seemeilen entfernte Island. Die Wikinger nannten dieses Land einst Markland, das südlich von Helluland, der unwirtlichen Steinwüste, lag.
Je näher die Flotte dem Ufer kam, desto mehr Einzelheiten konnten die Seeleute wahrnehmen. Zwischen den Klippen wuchsen von Wind und Wetter gekrümmte Bäume. Helle, grüne Kiefern und dunkle Fichten wechselte sich ab. Es sah fast so aus, als wären sie in Norwegen gelandet. Die Wasseroberfläche kräuselte sich nur wenig. Flache Wellen strichen dahin. Es ging ein ganz leichter Wind und ruhig glitten die Schiffe am Ufer entlang.
Am Abend zeichnete sich unter der Abendsonne ein gar zauberhaftes Bild ab. Tiefrot strahlte die Sonne im Westen über die Berge und warf die Silhouette der Schiffe weit auf die offene See hinaus, dort, wo sie die dichten Regenwolken zurückgelassen hatten. Hoch droben am Himmel wurden bereits die ersten Sterne sichtbar.
Zum Ankern gab es allerdings keine günstige Stelle, dafür genügte schon ein Blick in Richtung Ufer. Es war felsig und steinig, hier und dort ragten gefährliche Riffe aus dem Wasser, nicht eine schützende Bucht bot sich den Seefahrern. So trieben sie weiter und immer weiter nach Süden durch die Nacht.
Am anderen Mittag entdeckte man eine günstige Bucht zum Anlanden. Die Flotte ankerte in zwei Reihen zu je vier Schiffen, die mit starken Tauen aneinander gebunden und vertäut wurden.
Vollgeladen fuhren die Beiboote zum Ufer hinüber. Es war nicht nur wichtig, das neue Land zu erkunden, sondern vor allem Proviant und Trinkwasser aufzunehmen.
Schon schob die Brandung die ersten Boote auf den Strand. Viele Schiffsmänner warteten die Zeit nicht ab, sprangen ins seichte Wasser und wateten, bis sie trockenen Boden unter den Füßen verspürten. Einige fielen im Sand auf die Knie und bekreuzigten

sich, andere tollten wild wie kleine Kinder umher. Nur langsam beruhigten sich die Gemüter und es kehrte eine gewisse Ordnung zurück.

Die Boote mußten mehrmals hin- und herfahren, denn der Earl hatte Order erteilt, daß nur kleine Notbesatzungen auf den Schiffen zurückbleiben sollten.

„Ich halte es für günstig, wenn wir ein paar Tage hier unser Lager aufschlagen. Der Platz ist gut, die Bucht geschützt", deutete Sir Henry Antonio Zeno, als sich die beiden Schiffsführer am Strand wiedersahen. „Es sieht hier sehr kärglich aus. Ich bin dafür, daß wir noch morgen weitersegeln", entgegnete der Venezianer. „Gebt mir wenigstens zwei Tage, um das Hinterland zu erkunden. Der Landaufenthalt wird den Leuten gut tun."

Der Sohn Nicolos schlug ein und somit ward es besprochen. Und da die Zeit kostbar war, teilten die Ritter und Unterführer des Earls die Arbeiten ein. Zwei große Gruppen zu je sechzig Mann wurden gebildet, die das Hinterland durchstreifen sollten, während eine Dritte eine viertel Meile vom Strand entfernt ein Lager bereitete.

Die Männer von den Orkneys merkten recht bald, daß dieser Flecken Erde sehr unwirtlich war. Krüppelig und gedrungen wuchsen ein paar vereinzelte Kiefern, nur wenige Gräser sprossen zwischen den Moosen und Flechten, die hier an vielen sumpfigen Stellen gediehen. Sir Henry, der die eine Gruppe anführte, gab bald den Befehl zur Umkehr, da das Land immer sumpfiger und somit gefährlicher wurde.

Der zweiten Erkundungsmannschaft, geführt von Gwendolf Hellebrogge, war etwas mehr Erfolg beschieden. Sie stießen zwei Meilen in südlicher Richtung auf eine fließende Quelle wo sie ihre mitgeführten rindsledernen Wassersäcke zum Bersten füllen konnten. Damit war das Trinkwasserproblem aus der Welt. Mit dem Aufbessern der Nahrungsmittelvorräte hatten sich die Neuankömmlinge allerdings verschätzt. Bis auf ein paar Wildhühner und Schneehasen war an diesem ersten Tag, kaum etwas erbeutet worden.

Doch da die Seefahrer sich schon während der letzten Wochen auf See mit allerlei Erfindungsreichtum genießbare Speisen zubereiten mußten, kam ihn diese Übung jetzt zu Gute. Aus gefundenen Kräutern, Wurzeln und Zwiebeln, Fleisch- und Speckstücken wurde in den Abendstunden ein kräftiger Würzsud in von den Schiffen mitgebrachten Kesseln gekocht. Die Nacht zog mit empfindlicher Kälte auf, so daß man beschloß, am übernächsten Tag weiterzusegeln.

Am nächsten Tag, dem 26. April 1395, wurden erneut Trupps zu der Wasserquelle geschickt, die stets mit vollen Wassersäcken zurückkamen, die sofort an Bord der Schiffe gebracht wurden, um dort die unter Deck lagernden Trinkwasserfässer aufzufüllen. Obwohl die Kapitäne das Wasser streng rationierten, war nach spätestens zwei oder drei Wochen der gesamte Vorrat aufgebraucht, so daß dem Schiffsmann täglich nur noch ein großer Krug Dünnbier blieb. Doch nahm man lieber mit dem dünnen Bier Vorlieb, denn das Wasser begann schon nach zwei Wochen zu faulen. So schwebte die Wasserversorgung stets als Damoklesschwert über der gesamten Mannschaft. Diesmal, da etwas mehr Zeit zur Verfügung stand, gehörte es zu den

Aufgaben der Männer, die mit den rindsledernen Säcken das Wasser auf die Schiffe brachten, die Fässer vorher gut zu reinigen. Der schnellen Fäulnisbildung sollte so vorgebeugt werden.

William MacLarren brach mit einer kleinen Anzahl Männer, die sich allesamt gut auf das Schießen mit dem Bogen oder der Armbrust verstanden, zur Jagd auf. Auch der rote Niall und der junge Robbenjäger Harald Eulenauge gehörten dazu. Noch zwei Meilen vom Ufer entfernt hörten sie den Gesang der Äxte, denn der Earl ließ Holz schlagen, das später an Bord der Schiffe gebracht wurde. Da die Torfvorräte ebenfalls auf ein Minimum zusammengeschmolzen waren, mußten etliche Bäume gefällt werden und das zerkleinerte Brennholz anschließend auf die Schiffe verteilt werden.

Diejenigen, die für diese harten Arbeiten zu geschwächt waren, begaben sich unter der Führung des Templers Errol Eisenhand auf die Suche nach eßbaren Beeren und Kräutern. Die Versorgung mit pflanzlicher Nahrung war für die Schiffsbesatzungen genauso notwendig wie eingepökeltes Fleisch oder Speck.

Aber nicht nur an Land wurde gearbeitet. Das erste Mal seit ihrem Auslaufen sollten einige ausgewählte Männer tauchen, um die äußere Holzverkleidung der Schiffe zu untersuchen. Sie sollten den Rumpf von Muscheln und anderem Bewuchs befreien oder eventuell beschädigte Stellen ausbessern.

Als die Sonne den Zenit schon weit überschritten hatte kehrten die Jäger als letzte Gruppe zurück. Dieses Mal konnte man auf eine stattliche Beute verweisen. So legten sie vier Rentiere, einen Hirsch, mehrere Schneehasen und allerlei Vogelgetier auf den Boden. Man begann noch an Land mit der groben Zerlegung des Wildbrets. Dann wurden die Fleischstücke in die Boote verladen und hinüber zu den Schiffen gefahren. Dort sollten sie erst einmal abhängen und richtig mürbe werden. Natürlich wurden sie vorher ins Salzwasser gelegt und anschließend mit Kräutern gewürzt.

Noch vor Einbruch der Dunkelheit kehrten auch die letzten auf die Schiffe zurück, denn man wollte mit dem ersten Morgengrauen nach Süden aufbrechen. Dann kam die Kälte der Nacht.

In der kleinen Kajüte der St. Katherine saßen die Männer dichtgedrängt auf den Bänken, manche in Felldecken gewickelt. Auf dem Kartentisch lagen verstreut Pergamente mit Seekarten sowie einige Hilfsgeräte. Auch standen einige Krüge auf dem Tisch, aus denen kleine Dampfwölkchen zu der niedrigen Decke des Raumes emporstiegen. Hier und da schlürfte man schon vorsichtig, denn der Inhalt - eine vorzügliche Würzbrühe, zubereitet von Gunne - war noch heiß. „Mit solchem Trunk sind wir wahrlich gut gerüstet für die Weiterfahrt in den Süden", lobte Harry.

„Wir sollten trotzdem jetzt nicht leichtsinnig mit unseren Vorräten umgehen", warnte Will die anderen. „Da hat er recht", ergänzte Antonio Zeno, „Im Hinblick darauf, daß die Küste weiter südlich", er zeigte auf die Seekarte, „nach Westen abknickt und wir uns wieder auf dem offenen Meer befinden. Es muß ja nicht sein, daß wir, wie es auf eurem alten Papyrus verzeichnet ist, auf Land stoßen. Denkt an eure Mannschaften."

„Wir werden auch im Süden Land finden", erwiderte der Earl seinem jungen Admiral mit einem seltsamen Lächeln im Gesicht. Dann führte er den Krug zum Mund und schlürfte mit einem lauten Geräusch den heißen Sud. Der Venezianer schien mit der Antwort nicht einverstanden zu sein. „Sollte ich nicht schon mit der Santa Isabella voraussegeln und eure Ankunft vorber..."

„Genug jet... Au, Verdammt ist das heiß." Fast hätte sich Harry den Mund verbrannt. Etwas ungehalten stellte er den Krug wieder auf die Eichenplatte des Tisches zurück. „Wie oft habt ihr schon solche Vorschläge gemacht und jedesmal habe ich sie abgelehnt. Darum noch einmal: Vorausgesetzt der Wind steht uns günstig und kein Sturm kreuzt unseren Weg, dann werden wir in wenigen Tagen das Land erreichen, das euer Vater Drogeo nannte und die Wikinger als das südliche Waldland oder auch Weinland bezeichneten. Es ist nicht nötig, daß ihr voraussegelt, denn ich finde das Risiko zu hoch, daß wir euch für immer aus den Augen verlieren. Und" - er zeigte auf das Pergament, einer Kopie der Papyrusrolle - „haben uns diese Karten bis jetzt belogen?!"

Will und Geoffrey konnten sich ein leichtes Grinsen nicht verkneifen. „Ich bitte euch ja nur, es noch einmal zu bedenken", wehrte Antonio ab. „Junger Freund", begann der Earl von Neuem, „Bei so einem erstklassigen Schiff, wie ihr es steuert, ist es nicht verwunderlich, daß ihr es leid seid, euch ständig nach solch lahmen Pötten zu richten. Aber im Ernst. Was denkt ihr, wieviel Zeit wir noch benötigen?"

Die Frage war an alle Männer gerichtet, die in der Kajüte versammelt waren. Angus Ork beugte sich nach vorn. „Gesetzt den Fall, wir können weiter mit diesem leichten Wind von Nordwest rechnen, würden wir das Ufer", er tippte mit dem Finger auf die Küste Drogeos, „auf der anderen Seite dieser großen Bucht in ungefähr vier Tagen erreichen." „So sehe ich das auch", bestätigte Sir Henry und sah den Venezianer an. „Ich hoffe, ihr habt recht", antwortete dieser.

„Die Mannschaft der St. Katherine weiß über den Verlauf dieser Fahrt sehr gut Bescheid. Ich habe selten so begeisterte Seeleute gesehen, wie unsere Schiffsmänner. Auch wenn wir noch eine weitere Woche über die offene See kreuzen würden, wir haben ihr Vertrauen. Selbst unseren Kranken scheint es wieder besser zu gehen."

„Bei uns sind zwei Seeleute gestorben", entgegnete Antonio bitter. „Es hat hauptsächlich an unseren mitgeführten Essensvorräten gelegen", sagte ihm darauf Errol Eisenhand nüchtern. „Pökelhering, Speck und immer wieder Schiffszwieback, dazu das gute Dünnbier, das kann den stärksten Mann umhauen, wenn er sich mehrere Wochen davon ernähren muß." „Spart euch eure Ratschläge. Ihr wißt selbst, daß wir nur lang haltbare Vorräte in Fässern verstauen können."

„Das ist wohl richtig, Senore Antonio. Aber wenn ihr die Möglichkeit habt, getrocknetes Obst und gesunde Kräuter mit an Bord zu nehmen, solltet ihr es tun. Ihr verschenkt damit kaum Platz, den ihr für eure vielen Fässer Dünnbier benötigt."

„Mein Vater hatte auch Erfahrung mit langen Schiffsreisen. Er riet mir nie zu solcherlei Dingen." „Ich weiß nicht, ob Senore Nicolo tausende von Seemeilen zurückgelegt hat, ohne zwischendurch an Land zu gehen. Unterschätzt diesen Fakt nicht", warnte Errol. „Deshalb sollten wir - anstatt hier unnötig zu schwätzen - lieber den köstlichen Würzsud genießen, den uns unser Koch zubereitet hat" schaltete sich der Earl ein. „Trinkt, sonst wird es kalt", sagte er zu dem Venezianer.

*

Drei Tage später verließ die Flotte den Lauf der Küste, die hinter einem Kap steil nach Westen hin abknickte. Immer noch wehte der Wind vom Land herüber und blies den Schiffen schräg von hinten in die Segel. Und tatsächlich - wie der Earl vorausgesagt hatte - erreichten sie am vierten Tag eine grüne, mit dichten Wald bestandene Küste. Nach seinen Navigationskarten, bemerkte Harry recht schnell, daß sie etliche Seemeilen südlich von ihrem beabsichtigten Landepunkt herausgekommen waren.

Am Morgen des nächsten Tages änderte sich allerdings das Wetter. Es zogen dicke Wolken von der See herauf, die bald die Sonne verdeckten und der Wind drehte auf Südsüdost. Der Wellengang nahm zu und einige der älteren Schiffsmänner prophezeiten einen baldigen Sturm. Damit war an eine Fortsetzung der Reise in Richtung Süden vorerst nicht zu denken.

Die Flotte drehte nach Norden ab, um an der Küste Drogeos eine geschützte Bucht zu finden. Es war nicht einfach, den Kurs in der tosenden See zu halten, denn nichts wäre verhängnisvoller, als durch den starken Wind an die Klippen gedrückt zu werden. Schließlich fing es wieder an zu regnen.

*

„Hier unter den Bäumen ist der Boden fast trocken", bemerkte Harry. „Der Wald hat alles aufgesaugt", entgegnete Errol. „und der Platz ist für unser Lager günstig." „Du hast recht, bestätigte ihm der Earl. „Schlagen wir hier ein Lager auf."

Und tatsächlich. Die kleine, lichte Anhöhe, umringt von erstaunlich hohen Fichten und dicken Ahornbäumen, bot ausreichend Schutz gegen Kälte und Sturm. Hier und dort lagen größere und kleinere Felsbrocken herum, die wahrscheinlich von den über ihnen liegenden Bergen herabgestürzt waren. Vielleicht gab es dort oben sogar einige Höhlen oder Felsvorsprünge, in denen man noch besser gegen die Witterung geschützt wäre. Doch von hier aus betrug die Entfernung bis zu ihrem Ankerplatz höchstens dreihundert Fuß.

Die Schiffe lagen in einer Flußmündung. Hier waren sie sicher vor dem Unwetter, das draußen auf dem Meer tobte. Rechtzeitig hatte die Flotte nämlich noch eine schützende Meeresbucht erreicht, die weit ins Land ragte. Sie lag versteckt hinter einem steilen Kap, das der Earl als Sturmkap bezeichnete.

„Seht doch", sagte plötzlich Ither Wobbelstone und zeigte in Richtung Flußufer. „Dort kommen die Venezianer." Die Köpfe der Männer wandten sich um. Tatsächlich, durch die Stämme und die belaubten Zweige hindurch konnte man die wohlbekannten

Gesichter der Crew Antonio Zenos sehen. Sie waren die letzten, die das Land betraten. Dem jungen Kapitän stand der Mißmut deutlich ins Gesicht geschrieben. Seine Karavelle, die Santa Isabella, lag als einziges Schiff weit ab von den anderen, da ihr Tiefgang ein Befahren des Flusses nicht erlaubte.

„Wie lange gedenkt ihr hier zu bleiben, Sir", fragte Antonio den Earl mit schon fast gezwungener Höflichkeit. „Ich kann euren Unmut verstehen, Zeno. Aber es war notwendig, mit unseren Schiffen den Fluß soweit heraufzufahren. Der Untergrund ist kaum steinig und wir können die Schiffe zusätzlich an dicken Uferbäumen vertäuen."

„Jedoch ist in der Flußmitte die Strömung zu stark. Wir haben keine zusätzlichen Riemen wie eure Barken und ihr wißt, daß meine Karavelle ungefähr einen Faden mehr Tiefgang hat als selbst eure Kogge."

„Es ist das Meer, das euch lockt, Zeno. Ich werde euch bald Gelegenheit geben, euer Können auf See unter Beweis zu stellen. Doch nun helft mit euren Männern beim Aufbau des Lagers."

Was der Earl damit meinte, war bereits nicht mehr zu überhören. Denn überall tönte durch den umliegenden Wald das Schlagen der Äxte und das Singen der Sägen. Dieses Mal nicht nur, weil man für den Abend Brennholz benötigte, nein, Sir Henry wollte mit Hilfe von Holzpfeilern und Stoffbahnen aus Segelleintuch primitive Unterstände errichten. Vielleicht sogar ein Blockhaus für den Fall, sie würden längere Zeit hierbleiben. Zunächst schlugen die Schiffsmänner erst einmal eine Schneise - hauptsächlich Fichten - bis hinunter zum Flußufer und zersägten die Stämme auf passende Länge. Die anfallenden Reste nach dem Glätten der Stämme waren als Brennholz gedacht.

Mit Hereinbrechen des Abends brannten insgesamt fünf große Feuer auf der kleinen Anhöhe zwischen den Ahornbäumen und Riesenfichten. Über jedem war ein Gerüst gespannt, an denen Fleischkeulen oder auch Kessel, gefüllt mit Suppe, hingen. Über die Gesichter huschte der Schein der unruhigen Flammen. Alles schien sich nur um die langersehnte Mahlzeit zu drehen. Mittlerweile wurde es immer enger rund um die Flammen.

Dort, wo vor Stunden noch die Fichten in den Himmel ragten, bot sich den Besatzungen der Schiffe das herrliche Panorama der Flußmündung und der dahinterliegenden, lang ausgestreckten Meeresbucht. Die kleinen Lichter unten auf dem Wasser waren, das wußte jeder, die Positionslichter der Santa Isabella, die sie in Richtung See abzuschirmen schienen. Nur wenige Leute waren als kleine Besatzung auf den Schiffen geblieben. Die Beiboote lagen unten am Strand; fest an den Bäumen vertäut, denn wenn die Flut kam, mußte man sicher gehen. Der Verlust auch nur eines der Boote wäre ein empfindlicher Schlag.

Obwohl die Kühle des Abends sich nun langsam hernieder senkte, war es nicht mehr so empfindlich kalt wie vor zwei Wochen. Sicher trugen auch das enge Zusammenrücken und die Hitze der Flammen ihren Teil bei. Schließlich waren es wohl so über zweihundert Seelen, die auf der kleinen Anhöhe saßen. Die Angespanntheit und der Ärger der langen Reise schienen sich in diesen Momenten wie auch der Rauch der Feuer in der Luft aufzulösen. Auch Antonio Zenos ungezügeltes Gemüt hatte sich wieder etwas beruhigt.

Er und ein paar seiner Gefolgsleute saßen bei dem großen Feuer in der Mitte, dort wo der Earl seine Kapitäne, Ritter und Unterführer versammelte. Man war bester Laune in dem großen Kreise und es wurde bereits gescherzt und gelacht. Geoffrey erzählte Witze aus dem guten alten Schottland, wofür er ja berühmt-berüchtigt war, so daß sich die anderen, ja selbst der ständig in sich gekehrte Philip, den Bauch vor Lachen halten mußten.

„Wenn mir die Tränen weiter so fließen, wird unser Vorrat an Dünnbier nicht halten", bemerkte John Leeword vorsichtig. Sofort gab es die ersten betretenen Gesichter, denn jeder hatte bis jetzt verdrängt, daß irgendwann das Bier ausgehen könnte. Doch Gwendolf Hellebrogge beruhigte die Gemüter sofort. „Ich habe meine Männer eine Biermaische anrühren lassen. Mein Koch weiß, was es braucht, daß das Gebräu vortrefflich wird. Wir sollten es heute Abend noch probieren." „Na, hoffentlich werden wir nicht blind von eurem Kräuterbier, Gwendolf", gab Harry zu bedenken. „Seht mich an, Sir", krähte der mächtige Kriegsmann zurück. „Ich sehe immer noch gesund und munter aus." „Ihr vertragt ja auch das doppelte eines jeden von uns", hielt ihm Will entgegen. „Nun gut, wenn ihr meinen Trunk verschmäht, dann ist es eure Sache", gab sich der Orkneywikinger beleidigt. „Sir William meinte nur, daß uns ein brummender Schädel morgen gewiß nicht dienlich sein wird", entschied Harry. „Doch ein halber Krug für jeden von uns wird keinem schaden"

„Das will ich meinen", erwiderte Gwendolf und drehte sich nach hinten. Auf einen gellenden Pfiff hin erhoben sich zwei Männer seiner Crew. Der Ritter hob als Zeichen drei Finger in die Höhe und darauf verschwanden die beiden im Dunkeln.

Diese entstandene Pause nutzte Antonio Zeno, um den Earl zu fragen. „Ihr wolltet mir doch noch etwas mitteilen, Sir." „Ach ja, gewiß, Zeno", erinnerte sich dieser. „Nun, da wir auf Land gestoßen sind, Land bedeckt von prächtigen Wäldern, mit Bäumen, wie ich sie selbst in Schottland noch nie gesehen habe, bin ich der Meinung, wir sollten so schnell wie möglich die Kunde von dieser Entdeckung in Kirkinvaghe verbreiten. Dieses Land nun weiter zu erforschen, eventuell mit seinen Bewohnern Kontakt aufzunehmen, soll nicht mehr eure Sorge sein.

Ihr seid Seemann und Navigator und euch ruft das Meer. Außerdem kann ich einen solch unruhigen Geist schlecht bei den uns bevorstehenden Aufgaben gebrauchen. Daß unsere Karten nicht gelogen haben, kann wohl als gesichert gelten. Fahrt mit diesem Wissen zurück nach Kirkinvaghe und sagt meiner Familie, daß sie mit meiner Rückkehr frühestens im nächsten Jahr rechnen kann."

Antonio Zeno sog die kühle Luft durch die Nasenflügel. Lange überlegte er, was er wohl darauf antworten sollte. „Wann dachtet ihr denn, zu welchem Datum ich aufbrechen soll?" „Herrgott, Zeno", entgegnete der Earl, „ihr seid ein guter Kapitän. Ohne Zweifel der beste, den ich habe. Entscheidet selbst, wann für euch und euer Schiff der Aufbruch günstig ist."

„Habt ihr nicht vor, weiter in den Süden zu segeln?" „Im Augenblick nicht. Wir werden sehen, wie sich die Dinge entwickeln" „Aber es wäre doch in eurem Interesse?" „Was glaubt ihr nur? Daß ich die gesamte Küste Drogeos kartographieren will? Nein, geschätzter Zeno. Ich bin hier, weil ich dieses Land auch hinter seiner grünen Küste erforschen will; weil ich wissen will, wie seine Bewohner sich uns gegenüber verhalten. Schließlich denke ich, daß wir hier durchaus die Küste besiedeln können."

„Warum haben es die Wikinger dann nie geschafft, hier dauerhaft zu siedeln?" fragte der Venezianer zurück. „Das herauszufinden ist unsere Aufgabe", war Harrys Antwort.

„Das Bier ist da", rief da plötzlich jemand im Hintergrund. „Ausgezeichnet", brummte Gwendolf mit seinem tiefen Baß. Er ließ sich eines der Fässer reichen und hebelte mit einem einzigen Ruck den Deckel auf. „Reicht eure Krüge. Und dann glaube ich, daß es nun endlich an der Zeit ist", dabei nickte er mit dem Kopf den in ihrer Runde sitzenden Grönländern zu, „etwas über die wilden Ureinwohner Weinlands zu berichten."

Einar Gustafson, dessen zerfurchtes Gesicht schon viele Sommer gesehen hatte, ergriff daraufhin das Wort. Ungewohnt bildhaft und poetisch klang seine Sprache, das Norn von den Orkneyinseln noch weit übertreffend. „Es ist wahr, was Gwendolf erzählt", begann er. „Wild sind sie wirklich und elendigliche Götzendiener." „Wir haben damit gerechnet, daß Gottes Wort noch nicht bis zu ihnen gedrungen ist", warf Geoffrey ein, doch Einar erzählte unbeirrt weiter.

„Damals, als der große Leif Erikson von Brattahlid nach Süden aufbrach, war die Welt noch eine andere. Wir Wikinger waren der Schrecken der Meere und nichts konnte uns aufhalten. Doch Leifs Gründe für diese Entdeckungsfahrt waren einfacher und praktischer Natur. Schon damals war das Leben in Grönland nicht leicht. Immer nur Robbenfleisch und Skyr, das war mehr als ein Mensch auf die Dauer ertragen konnte. Wenigstens kamen in dieser Zeit noch regelmäßig Schiffe aus Norwegen und Island in die Buchten hoch oben im Reich des Eises.

So rüstete Leif Erikson eines der Drachenschiffe. Er und seine Männer fuhren in Richtung Südwesten. Es ist euch allen wohl bekannt, daß sie erst das unwirtliche Helluland entdeckten, später das mit Kiefern bestandene Markland, das ich vor wenigen Jahren schon einmal sah", er meinte die Fahrt mit der El Draco, „und schließlich das wunderbare Weinland. Hier fanden die Wikinger tatsächlich ein Paradies vor. Es gab große Lachse in den Flüssen und Seen, reichlich Wild in den Wäldern, man fand Rebstöcke, die dem Land wohl ihren Namen gaben."

„Lachse?" fragte der Earl verblüfft „Jawohl, so groß", und Einar zog die Arme auseinander. „Na ausgezeichnet, solche Brocken wollte ich schon immer mal aus dem Wasser ziehen", witzelte Geoffrey. „Deswegen sind wir doch nach Drogeo gefahren, stimmst Harry?" Der Earl blieb ruhig. „Sprich weiter, Einar."

„Leif beschloß, hier eine feste Siedlung zu errichten, in der er und seine Männer den Winter verbrachten. Im Frühjahr füllten sie ihr Achterschiff mit Holz und Weintrauben und segelten gen Norden. Zunächst ging alles gut und sie kehrten in den darauffolgenden Jahren immer wieder nach Weinland zurück.

Doch bald mußten die Wikinger feststellen, daß ihr gefundenes Paradies doch schon bewohnt war, von wilden Menschen, die ihnen in großer Zahl mit Waffen gegenüberstanden. Von nun an kam es immer wieder zu Überfällen auf die Siedlung Leif Eriksons. Während eines Kampfes wurde sogar sein Bruder Thorwald getötet und mußte in fremder Erde bestattet werden. So zogen sich die Wikinger zurück. Auch spätere Versuche, sich in Weinland festzusetzen, scheiterten kläglich."

„Es könnte also gut sein, daß wir in nächster Zeit auf die Eingeborenen treffen?" fragte Errol den Grönländer. „Durchaus", antwortete Einar. „Sie sollen nur kommen", krähte Gwendolf Hellebrogge laut. „Ich werde ihnen zeigen, wie ich damit umzugehen weiß." Er deutete auf seine große dänische Doppelaxt, die friedlich neben ihm ruhte.

„Wir werden sehen", winkte Harry ab, „wie sie uns gegenübertreten. Die Erkundungstrupps haben jedenfalls keine Spuren irgendeines Menschen gefunden. Der Wald wird weiter oben", er wies auf die Berge, „immer dichter und undurchdringlicher. Große Felsbrocken, mit Moos, Flechten und krüppeligen Bäumen bewachsen, liegen dort herum, ein richtiger Urwald. Ich glaube kaum, daß uns von dort Gefahr droht, aber Einar hat recht. Wir waren bis jetzt zu unvorsichtig."

Der Earl hatte kaum geendet, als sich an einem der Lagerfeuer eine tumultartige Szene abspielte. „He, was ist denn da hinten los" tobte Gwendolf Hellebrogge. Zwei Schiffsmänner waren, wie es aussah, übel aneinander geraten. Ein Kreis hatte sich bereits um die beiden Kampfhähne gebildet. Der schwarze Philip nahm mit Entsetzen zur Kenntnis, daß es Leute von seiner Crew waren.

„Die Red Rose! Was hat das zu bedeuten, Philip?" fuhr Harry den schwarzen Ritter an. Philip zuckte mit den Achseln. „Sir, wollt ihr mir Vorwürfe machen, wenn sich die Männer um den letzten Tropfen Bier prügeln?"

Der energische Gwendolf wollte einschreiten, doch da war William, der Steuermann der Red Rose schon zur Stelle. Hugh und Jeff, die beiden Raufbolde, aufgewachsen in den Küstenstädten Ostenglands, nahmen von ihm zunächst gar keine Notiz, so sehr waren sie mit sich selbst beschäftigt.

Doch als William den semmelblonden Jeff mit seiner harten Hand wegzog und eine schallende Ohrfeige versetzte, daß er einem der Umstehenden in die Arme flog, zischte Hugh nur. „Misch dich nicht ein, du dreckiger Inselfischer."

William war alt und klug genug, solchen Sprüchen gegenüber keinerlei Regung zu zeigen. Er packte den Bootsmann nur am Schlafittchen und sah ihm dabei tief in die Augen. Hugh versuchte sich aus der eisernen Umklammerung zu befreien, jedoch es half nichts. Sein Gesicht lief krebsrot an vor Kraftanstrengung. Doch schließlich gab er auf und verzog seine Augen, so als würde er förmlich um Gnade winseln. Da rief auf einmal der junge Harald Eulenauge. „Vorsicht, Will."

Doch es war schon zu spät. Jeff, ein hinterlistiger Kerl, den man nicht über den Weg trauen konnte, hatte sich wieder aufgerappelt und jagte vor aller Augen, vor den versammelten Kapitänen, Rittern und Mannschaften dem Steuermann der Red Rose einen Dolch in den Rücken.

Mit einem Schlag herrschte tiefe Stille über der kleinen Anhöhe. Nur das Rauschen des Flusses und der Gesang der Waldvögel drang herauf. Die Schiffsmänner waren so geschockt, daß keiner es wagte, im ersten Augenblick einzugreifen. Selbst Gwendolf Hellebrogge stand für einen Moment mit weit geöffneten Mund da. In seiner Hand hielt er kraftlos die gefährliche Doppelaxt.

Nur langsam begann ihnen die ganze Tragweite dieser fürchterlichen Bluttat bewußt zu werden. Hugh merkte nur, wie die Hand, die ihn festhielt, schwächer und schwächer wurde bis sie gänzlich von ihm abfiel. William sah ihn nicht mehr an. Sein Blick wanderte über den Schurken Hugh hinweg in die Runde; ein letztes Mal, dann stürzte er nach vorn ins Gras. Die Barke Red Rose hatte einen vortrefflichen Steuermann verloren.

Der erste, der reagierte - man erwartete es wohl auch von ihm - war der Kapitän des Schiffes. Die beiden Kampfhähne ließen sich wortlos von ihm festnehmen. „Was soll geschehen? Wünscht ihr, daß ich sie töte, Sir Henry?" fragte er den Earl. „Das ist der Anfang vom Ende", stöhnte Harry leise und trat durch die Menge vor. „Nein, Philip", entschied er, als er vor den dreien stand. „Ich halte es für ein böses Vorzeichen, daß wir bereits am ersten Abend wie Bestien übereinander herfallen. Es wäre ein Zeugnis verfallener Moral, Blut sofort mit Blut zu vergelten. Du läßt die beiden auf eure Barke bringen und dort an den Mast ketten. Morgen wird über ihre Strafe entschieden."

Auf Philips Weisung bildete sich eine Truppe von fünf bewaffneten Männern, die Jeff und Hugh in Gewahrsam nahmen. Der schwarze Ritter erteilte ihnen die nötigen Befehle und dann trabten sie los, hinunter zum Fluß, dort wo die Schiffe lagen. Zwei Kienspanfackeln begleiteten ihren Weg. Erst als ihr Licht im tiefen Dunkel des Waldes zwischen den Baumstämmen entschwunden war, wandte der junge Harald Eulenauge sein Gesicht ab, hin zu dem am Boden nur wenige Schritte neben dem Lagerfeuer liegenden Steuermann. Nie und nimmer hatte er gedacht, daß dem alten Seebär etwas hätte geschehen können.

„Ich bin ein guter Steuermann und Sir Philip weiß, daß er mich braucht. Aber du mußt auf dich aufpassen. Schnell geschieht an Deck ein Unfall und hinterher hat es keiner gesehen. Sei wachsam, Harald Eulenauge." Das hatte William auf See noch zu ihm gesagt und nun war er tot. Mausetot.

Was jetzt kam, lief nur noch schemenhaft vor den Augen des jungen Mannes ab. Wie gelähmt beobachtete er, wie Männer eine Grube aushoben, in die der Tote, den man vorher mit Tuchbahnen umwickelte, hineingelegt wurde. Dann sprach der Graubart mit dem roten Kreuz auf dem weißen Gewand den letzten Segen für William Lachlanson, den Steuermann der Red Rose. Harald kannte den Namen des Graubartes nicht, er hielt ihn für einen einfachen Geistlichen, da er nichts vom Tempel wußte, nur daß dieser Mann zur Begleitung des Earls gehörte. Immer noch stand Harald Eulenauge wie versteinert abseits jener Szene. Als die Melodie der Dudelsäcke ertönte, rannen ihm zum ersten Mal die Tränen über die Wangen. Ab diesem Tag war der junge Robbenjäger von der Insel Rousay ein anderer.

*

Der Punkt am Horizont wurde immer winziger, so als drohe er bald ganz zu verschwinden. Der Wind stand mehr als günstig, denn er wehte vom Land auf die See hinaus. Der dunkle Punkt am Ende der Bucht war nichts anderes als die Santa Isabella, die Karavelle des Antonio Zeno. Gut gerüstet für die Fahrt zurück nach Kirkinvaghe hatten die Venezianer den Rückweg angetreten, um auf den Orkneys von den Entdeckungen der kleinen Flotte zu berichten.

Sir Henry Sinclair ließ seine Schiffe für ein neues Abenteuer flott machen. Er wollte nicht mehr länger an jenem Flußufer unterhalb der steilen Berge bleiben; schließlich gelang es seinen Erkundungstrupps kaum, tiefer in das Dickicht des Urwaldes vorzustoßen. Als sie Mitte Mai die Anker lichteten, da ließen sie in den dunklen Wäldern am Fluß zwei Männer zurück. Nur einen Dolch - die Waffe mit der Jeff den Steuermann tötete - und eine Tagesration gestand der Earl den beiden zu. Von ihrem weiteren Schicksal sollte niemals wieder jemand etwas erfahren.

Die Flotte fuhr weiter entlang des nordwestlichen Ufers der Bucht. Nicht lange und sie entdeckten einen Sund - es konnte durch seine Breite und die geringe Strömung unmöglich eine Flußmündung sein - den sie in nördlicher Richtung entlang segelten.

Es stellte sich heraus, daß es sich tatsächlich um eine Meerenge handelte, denn am Morgen des nächsten Tages gelangten sie in eine breite Bucht.

Sir Henry, der den Papyrus genau studiert hatte, entschloß sich, die Flotte nach Westen am südlichen Ufer der Bucht entlang zu führen. Nach dem Umrunden einer Landspitze kamen die Seefahrer am vierten Tag in einen kleinen, geschützten Fjord, in dem man zu ankern beschloß. Dahinter breitete sich ein langes, seichtes Flußtal aus. Ganz weit in der Ferne stiegen die Berge erst an. Nicht steil und felsig, sondern sanft und allmählich. Der Earl und sein Umfeld vermuteten in diesem Tal eine fruchtbare Ebene, die durchaus von Menschen besiedelt sein könnte.

Aus diesem Grunde wollte Sir Henry höchstpersönlich mit einem Erkundungstrupp an Land gehen und den Großteil der Schiffsmänner bei der Flotte belassen. Es wurden fünf Beiboote mit insgesamt achtzig Männern zu Wasser gelassen. Diesmal galt es als Pflicht, die Waffen mitzuführen, denn niemand konnte vorhersagen, was alles an Land geschehen könnte. Wer ein Kettenhemd besaß, legte es an. Harry wurde unter anderem begleitet von William MacLarren, John Leeword, Gwendolf Hellebrogge, dem roten Niall, Harald Eulenauge, Philip und auch fünf Grönländern, die nicht mit der Karavelle zurück übers Meer gesegelt waren.

Schon vom Boot aus konnte man deutlich sehen, wie traumhaft dieser Flecken Erde war. Hinter dem Strand erhob sich ein kleiner Uferhain, der lichtes Unterholz aufwies. Wer scharfe Augen hatte, konnte durch die Stämme ein sattes Grün üppiger Wiesen schimmern sehen. Doch auch hier wirkte das Land zunächst einmal unbewohnt, so als wäre es noch nie von Menschen betreten worden. Dieser Schein konnte natürlich trügen. Noch einmal riet der Earl seinen Männern zur Vorsicht und die Waffen stets bereit zu halten. Da schob sich der Kiel ihrer Boote auf den Sand. Neugierig sprangen die Männer ans Ufer und zerrten ihre Kähne hoch auf das Trockene. Einige Voreilige begannen bereits, am Strand entlang zu laufen, ein jeder in eine andere Richtung, geradeso als wollten sie ihr eigenes Stückchen vom Paradies markieren.

„Es bringt nichts, wenn wir alle auseinanderrennen. Als erstes müssen wir Wasser finden", schimpfte Will. „Wahr gesprochen. Erst die Pflicht", brummte sein alter Freund John Leeword und klopfte auf den leeren Wassersack, der über seiner Schulter lag. „Dann laßt uns landeinwärts schauen, ob wir nicht ein klares Bächlein finden", erwiderte Harry, der gerade im Begriff war, im Unterholz zu verschwinden und den anderen noch zuwinkte. Ihr Weg führte sie unter kleinen schattigen Bäumen entlang bis zu der sich anschließenden Wiese, hinweg über Farnkraut und dichtes Beerengestrüpp. Das Gras der Wiese stand dicht und hoch. Ein Blütenteppich setzte hier und dort gelbe, blaue und rote Farbtupfer.

Hinter der Wiese schien sich ein mächtiger Wald zu erheben. Hier wuchsen große Laubbäume, bekannte und fremdartige. Weitausladende Eichen und silberstämmige Buchen. Die Männer blieben am Wiesenrain stehen, unentschlossen und abwartend, welche Befehle der Earl als nächstes erteilen würde. Doch Harry zögerte. Irgend etwas gefiel ihm nicht.

Am Waldrand hatte Harald Eulenauge mit scharfen Blick eine Hohle entdeckt. Es war möglich, daß hier ein Wildpfad durch die nahen Berge führte, aber es konnte durchaus auch auf die Spuren von Menschen hindeuten. Doch so weit dachte der junge Robbenjäger in diesem Augenblick nicht.

„Den Weg sollten wir einschlagen, dann müßten wir auch bald auf Wasser stoßen" Er wies den anderen die Richtung und stürzte behende los. Dabei merkte er gar nicht, wie sich ihm etwas surrendes wie eine Hornisse in der Luft näherte.

„Verdammt, ich bin getroffen." Harald Eulenauge stand verdutzt im hohen Gras und hielt sich den linken Arm, in dem ein kleiner gefiederter Pfeil steckte. Harald konnte ihn problemlos herausziehen, die Wunde konnte also nicht so schlimm sein. Die anderen, die Zeuge des Zwischenfalls waren, warfen sich sofort in Deckung, vorsichtig den Waldrand beäugend. Doch wo war Harald Eulenauge?

Dann hörten sie Geschrei und Gezeter. Im hohen Gras tauchte ein Mann auf, der ein kleines Kind hinter sich her zerrte. Es war niemand anderes als Harald. Mit der rechten Hand den Jungen am Schopfe gepackt, trat er vor die anderen. „Ich glaube, der Ort ist nicht so paradiesisch, wie uns scheint. Die Wilden schicken nun schon ihre Kinder, um gegen uns zu kämpfen. Hier ist der Strolch. Er wähnte sich in seinem Verseck so sicher, daß er gar nicht bemerkte wie ich mich an ihn heranschlich." Haralds Gesicht zuckte kurz auf vor Schmerz, den er tapfer zu unterdrücken versuchte. John nahm ihm den widerborstigen Teufel ab. Natürlich sträubte sich dieser mit Händen und Füßen. Aber es half nichts. John hielt ihn fest am Arm, gerade so als wäre er in einen Schraubstock eingespannt.

Die Männer betrachteten ihn neugierig. Er hatte eine dunklere Hautfarbe als sie - gelblich braun. Das Haupthaar war tiefschwarz mit einem perlmuttartigen Glanz und die einzelnen Strähnen waren lang und kräftig. Die schmalen braunen Augen schauten voller Furcht zu ihnen hinauf.

Der Junge war barfuß, an Kleidung trug er gerade einmal einen Schurz. Sein Gesicht und sein nackter Körper waren mit bunten Farben bemalt. Die Krieger des Abendlandes wirkten etwas ratlos, was sie im Angesicht ihres seltsamen Gefangenen tun sollten.

„Frage ihn, wie dieses Land heißt", meinte Harry schließlich zu Will. „Verzeih mir, aber du beliebst zu scherzen. Wie soll ich ihn fragen? Der Kerl versteht mich doch gar nicht", gab Will darauf achselzuckend zurück. „Herr Gott", fluchte Harry „Versuch es doch wenigstens einmal." Der Earl gab es auf. Er wußte, daß es nicht leicht sein würde, mit den Eingeborenen in Kontakt zu treten. Und außerdem waren sie ja hier die Fremden.

„So kommen wir nicht weiter", sagte er und machte einen Schritt auf den Jungen zu. Damit er nicht so bedrohlich wirkte mit seinem eisernen Kettenhemd, dem langen Schwert an der Seite und der Armbrust auf dem Rücken, setzte er sich vor dem Kleinen auf den Boden.

Dann deutete er mit Gesten an, daß sie nur auf der Suche nach Wasser wären und zeigte dabei auf die leeren rindsledernen Wassersäcke. Der Junge erhob seine kleine Hand und wies in irgendeine Richtung. Harry runzelte die Stirn und erhob sich. „Uns wird wohl nichts anderes übrigbleiben. Gehen wir eben und du wirst uns führen, Kleiner", sagte er, wobei er gar nicht bemerkte, daß seine Gefährten aus irgendeinem Grund zu Salzsäulen erstarrt waren.

„Ich glaube, wir sollten jetzt besser nichts mehr tun", flüsterte Will. „Warum denn", fragte ihn Harry ungläubig. „Du wärest besser unten geblieben. Drehe dich vorsichtig um und schau mal zum Waldrand hinüber", schob Will als Antwort durch die Zähne hinterher. Der Earl der Orkneys tat, wie ihm der Freund geraten und war sofort im Bilde. Aus dem Dickicht des Waldes visierten Bogenschützen ihn und seine Männer an. Jetzt hieß es um Gotteswillen nur die Ruhe bewahren.

Immer mehr von den Wilden kamen unter den Ästen der Bäume hervor. Ihre Bogen straff gespannt und jeweils einen gefiederten Pfeil eingelegt. Auch sie waren bis auf den Schurz nackt und mit blauer und roter Farbe bemalt. „Sie sehen aus wie die Pikten", flüsterte einer der Männer, die aus Schottland stammten. „Mein Gott, die Pikten, die bemalten Menschen", stöhnte ein anderer. „Die Pikten kannten kein Erbarmen", winselte ein Dritter.

Die meisten der Schiffsmänner schätzten die Situation durchaus real ein. Es sah wahrlich nicht gut aus für sie. Bei der geringsten Bewegung ihrerseits würden die Fremden gut die Hälfte von ihnen erledigen.

John ließ den Jungen los. Der kleine Wilde lief flink wie ein Wiesel zum Waldrand hinüber. „Vorsichtig rückwärts, Männer", preßte der Earl durch die Zähne. Langsam schritten die Seefahrer rückwärts, immer noch den sicheren Tod vor Augen. Auf einmal ertönte von irgendwo aus dem Walde Kriegsgeheul zu ihnen herüber. Entweder war es ein anderer Stamm, oder ihnen würde bald von allen Seiten der Garaus gemacht werden. Die Bogenschützen am Waldrand wirkten jedenfalls ein bißchen verunsichert. Jetzt kam es nur darauf an, nicht die Nerven zu verlieren.

Doch die ersten Pfeile surrten schon durch die Luft. Nur einen winzigen Bruchteil eines Augenblicks früher, hatte Harry seinen Männern zugerufen, sie sollten sich flach auf den Boden werfen. Ein paar von ihnen reagierten leider zu spät. Von Pfeilen durchbohrt sanken sie ins Gras. Die Schreie der Getroffenen gellten über die Lichtung.

In Windeseile zückten die verbliebenen Schiffsmänner ihre Waffen und erwarteten den Feind. Jeder wollte seine Haut so teuer wie möglich verkaufen. Doch niemand kam. Sie warteten noch eine Weile, aber tatsächlich: niemand kam. Die Wilden hatten es vorgezogen, sich in den Wald zurückzuziehen. Einige von Harrys Männern schossen mit ihren Armbrüsten in Richtung Unterholz. Es kam keine Antwort. Der Earl von Orkney spähte durch das hohe Gras. Wahrhaftig, am Waldrand war nichts mehr zu sehen. Trotzdem wagte er nicht aufzustehen, denn er traute dem trügerischen Dunkel auf der anderen Seite nicht. „Wir ziehen uns an den Strand zurück", sagte er zu den anderen. Vorsichtig schlichen sie in gebückter Haltung durch die Wiese, bis sie den schützenden Uferhain erreichten. Erst hier wagten die Männer, sich wieder zu erheben. Bis zum Ufer, wo die schützenden Boote lagen, waren es nur noch wenige Schritte.

Plötzlich drang wieder Kriegsgeschrei und Kampfeslärm an ihre Ohren. Nur, daß es jetzt wie von ferne klang, so als wäre eine gute Meile landeinwärts. Also doch zwei verfeindete Stämme. Die kleine Schar von den Orkneys war ihnen versehentlich in die Quere gekommen. Zwölf Schiffsmänner hatten dieses Versehen mit ihren Leben bezahlt. Die Stimmung schwankte zwischen Wut und Zorn bis hin zu Furcht und Angst vor einem unbekannten Feind.

Endlich brannte unter ihren Füßen wieder der heiße Sand. Die Boote lagen friedlich und verlassen am Ufer. Draußen schaukelten die Koggen, Schniggen und Barken auf den Wellen der Bucht. „Wenn die wüßten", seufzten einige. Viele blickten immer noch wachsam durch das Ufergestrüpp landeinwärts, die Armbrust schußbereit im Anschlag. Doch nichts geschah. Außer, daß das ferne Kriegsgeschrei abzuebben schien.

„Laßt uns doch endlich abhauen", begann schon der erste zu zetern. Der arme Kerl hatte bei der Attacke der Wilden seinen Bruder verloren. „Kein guter Vorschlag", entgegnete John Leeword. „Spätestens morgen brauchen wir frisches Wasser."

„John hat recht. Auf die Dauer können wir diesen Wilden, die uns an unsere heidnischen Vorfahren erinnern, nicht aus dem Wege gehen." „Wir müssen wenigstens die Toten holen und hier am Strand bestatten", meinte Gwendolf Hellebrogge, wobei ihm etliche Männer zunickten. Schließlich waren auch die Wassersäcke immer noch leer. Andere, die um ihre Haut fürchteten, standen diesen Plänen ablehnend gegenüber. „Besser, wir gehen morgen an Land, dann werden wir immer noch Wasser finden."

„Und was, wenn nicht? Die Gefallenen müssen wir sowieso holen. Bis zu einer Wasserstelle kann es von dort aus nicht weit sein", entgegnete Sveighir Olafsen, ein zottelbärtiges grönländisches Ungetüm, den Angsthasen zornig. Als auch der Earl von Orkney zustimmend nickte, preßte so mancher die Lippen zusammen. „Ist gut", sagte Harry. „Wer bei den Booten bleiben will, soll um Gotteswillen hierbleiben. Fünf Leute werden die Toten zum Strand schaffen und sie begraben."

Nach diesen Worten machte sich die kühne Schar auf. Denselben Weg, der ihnen heute soviel Unglück gebracht hatte. Diesmal schlichen sie geduckt und in alle Richtungen spähend über die große Wiese. Fünf bogen ab, um die Toten zu bergen. Der Rest verschwand in Richtung des Hohlweges.

Vorsichtig nutzten die Männer jeden Baumstamm, um aus sicherem Schutz heraus den weiteren Weg zu beäugen, der in die Tiefe des Waldes führte. Will und der rote Niall, beide verdammt gute Fährtenleser, versuchten immer wieder an Hand der Spuren, die sie zwischen dem Laub fanden, vorauszusagen, wie weit die Wilden entfernt sein konnten. Die frischen Spuren zeigten alle nach vorn. Man schien es sehr eilig gehabt zu haben. Jedenfalls waren die Zehen deutlich vertieft, wie es nur bei einem schnellen Lauf der Fall ist. Vermutlich wurde ihr Lagerplatz von einem anderen Stamm überfallen. Nach einer kleinen Anhöhe schlängelte der Weg sich wieder zwischen den Bäumen ins Tal hinab. Dort vermuteten Harrys Männer einen Wasserlauf. Die zunehmend feuchter werdende Luft schien das nur zu bestätigen. Trotz des nahen Zieles bewahrte die kleine Schar alle Vorsicht. Im Schneckentempo, aber sicher, kamen sie voran.

„Riechst du das", fragte Will den Freund leise. „Ja, dort brennen Holzfeuer. Da unten scheint wirklich eine Behausung zu sein." Harry gab den Männern mit gedämpfter Stimme ein Signal. Von nun an pirschten sie sich durch den Wald. Unter dem dichten Dach seiner Bäume und im Schutz des Unterholzes ging es gen Tal. Doch im Tal unten erwartete die Schar kein Feind. Nein, das Bild, das sich ihnen hier bot, war ein ganz anderes. Hier brannte ein ganzes Lager. Das Dorf, das aus Pfahlhäusern bestand, gab es bereits nicht mehr. Verkohlte Pfähle ragten in den Himmel. Hinter den Häusern floß - wie sie vermuteten - ein kleiner Bach. Überall lagen Krieger, Frauen und Kinder herum. Erschlagen, mit gräßlichen Wunden bedeckt. Dazwischen einige klagende Weiber und stöhnende Verwundete, die in ihrem Leid die Fremden gar nicht bemerkten. Harald erkannte den kleinen Jungen, der ihm in den Arm geschossen hatte, wieder. Er bewegte sich kaum, blickte nur mit den Augen ängstlich umher. Man sah ihm an, daß er unter starken Schmerzen litt. Ein Speerstich war ihm wohl in die Lunge gegangen, denn aus dem Mundwinkel rann ein dünner roter Faden Blut auf die Erde.

Dieses schreckliche Bild ließ nun auch die Schiffsmänner von den Orkneyinseln den Schmerz um die gefallenen Gefährten für einige Augenblicke vergessen. Vor allem aber verrauchte ihr Zorn, den sie noch vor nicht allzulanger Zeit durch bluttriefende Äxte zu besänftigen gedachten.

An die dreißig Leben lagen nun vor ihren Augen einfach so hingemetzelt. Sie waren in Begriff, sich zurückzuziehen, als sie Zeugen eines seltsamen Schauspiels wurden. Da kniete doch tatsächlich einer der ihrigen, den Kopf eines Verwundeten vorsichtig an sich bettend. Er riß ein Stück Leinen aus seinem Ärmel und verband ihm damit die Brust, wie es schien. Sein schützendes Kettenhemd lag neben ihm, halb auf einem toten Krieger mit einer klaffenden Kopfwunde. Na, war denn der Kerl verrückt geworden? Wenn ihn die Wilden jetzt töten würden? Der schwarze Philip, der sofort im Bilde war, fluchte über den Burschen wegen seines Leichtsinns. Immerhin waren drei Männer von der Red Rose heute schon gefallen. Er hatte keine Lust, noch mehr Leute seiner Mannschaft zu verlieren.

Jener Bursche war nämlich kein anderer als Harald Eulenauge, der sich rührend um jenen kleinen Bengel kümmerte, der ihm doch erst noch vor kurzem einen Pfeil in den Arm gejagt hatte. Das Kettenhemd war Harald sowieso viel zu groß gewesen, hatte es doch Will, dem Steuermann der Red Rose, gehört. Die Wilden bemerkten ihn jetzt auch, wußten aber nicht so richtig, wie sie die Situation verstehen sollten. Jedenfalls geschah nichts. Keiner nahm von dem Seemann Notiz. Statt dessen heulten die Weiber noch lauter.

Die Würfel waren gefallen. Durch die Courage eines Mannes, des tapferen Wal- und Robbenjägers Harald Eulenauge von der Insel Rousay. Die Männer betraten den Kampfplatz. Nun stutzten die Einwohner des Dorfes doch ein wenig. Einige der Frauen ergriffen ihre Messer und gaben zu verstehen, sie auch gebrauchen zu wollen. Doch Harrys Leute entschärften die Lage auf ihre Weise. Sie taten so, als beachteten sie das Geschehen nicht, schlugen einen Bogen und gingen hinab zum Bach. In aller Seelenruhe füllten sie - in gebührender Entfernung vom Dorf - ihre rindsledernen Wassersäcke.

Erst jetzt beruhigten sich die Frauen und kümmerten sich weiter um die Verwundeten. Unten am Bach auf einem großen Felsstein saß ein alter Mann. Bis jetzt war er noch von niemand bemerkt worden. Er war nicht nackt wie die anderen Krieger seines Stammes, sondern trug ein langes Oberkleid und Hosen aus gegerbtem Hirschleder. Seine wettergebräunte, faltige Haut schien schon viele Sonnenläufe auf dieser Welt gesehen zu haben. Mit den Augen starrte er auf das dahinfließende Wasser, völlig in seinen Schmerz versunken. Das Klagen der Weiber kümmerte ihn nicht. Er trauerte stumm. Schließlich hob er den Kopf und drehte sich nach den nur wenige Schritte entfernt stehenden Fremden um. Seine Augen folgten den Handgriffen, mit denen die für ihn so seltsam anmutenden Männer ihre Wassersäcke füllten. Was waren das nur für bleichgesichtige Männer, die da übers große Meer kommend, in ihre Welt hineintraten.

Vielleicht kündigte sich mit ihnen eine Veränderung der Welt an. Die alten Vorväter berichteten immer wieder davon. Mit den feindlichen Stämmen hatte es, solange er denken konnte, Streit um die Jagdgründe gegeben. Die Krieger seines Stammes verfolgten jetzt noch den Gegner in den Wäldern.

Der heutige Überfall war einer der schwersten seit sehr vielen Jahren. Viele Kinder seines Volkes lagen tot über die Erde verstreut, so daß sein Herz weinte.

Doch nichts davon berührte die Geschichten der Vorväter. Diese Fremden schienen sich nicht im mindesten für das Schicksal seines Volkes zu interessieren. Und trotzdem spürte er, daß das nicht immer so bleiben würde.

Der alte Mann kramte aus seinem Oberkleid einen langen Holzstab hervor, der an einer Seite so etwas wie einen kleinen Trichteraufsatz aufwies, eine Pfeife. Der Alte klopfte sie aus, wobei die verkohlten Blätter irgendeines Krautes herausfielen. Dann stand er auf. Er wandte sich wieder dem Lager zu, wo die Frauen sich bereits um die Verwundeten kümmerten und die Toten aufreihten. Doch er beachtete ihr Tun nicht weiter. Plötzlich hielt er inne. Seine Augen starrten in Richtung des jungen Fremden, der sich um einen verletzten Jungen seiner Sippe zu kümmern schien. Langsam ging der alte Häuptling, denn das war er, auf die beiden zu. Sie bemerkten ihn nicht. Der Junge schien zu schlafen und der Fremde strich ihm über das Haar. Die Blutung schien durch den Brustverband aufgehört zu haben. Vorsichtig setzte der Alte sich zu den beiden und sah ihnen zu.

Harald bemerkte den Gast, aber auch die Stille und Ruhe, die jener ausstrahlte, sein gutmütiges, runzliges Gesicht, die freundlichen, offenen Augen. Obwohl zwischen den beiden viele Jahre und gänzlich verschiedene Welten lagen, schien es, als würden sie sich blind verstehen. Es bedurfte keinerlei Worte. Wozu auch reden, wenn jeder die Sprache des anderen nicht beherrschte.

Der Alte stand wieder auf. In der Hand hielt er immer noch die Pfeife und seine Absicht dahingehend hatte er nicht geändert. Er ging zu einem Pfahlhaus, das noch relativ unversehrt war und verschwand in ihm.

Harald, der ihm nachgeschaut hatte, betrachtete das Haus. Die einzelnen Pfähle waren fest mit Rinde verschnürt und oben zu einer bogenartigen Rundung gebunden. Eigentlich praktisch. Wenn er dagegen an so manche Steinkate auf Rousay oder eine windschiefe Berghütte in den schottischen Hochlanden dachte.

Mittlerweile war der Alte wieder aufgetaucht. Er schleppte eine Trage hinter sich her. Dem jungen Seemann war sofort bewußt, was der andere wollte. Die beiden luden vorsichtig den Jungen auf und trugen ihn in das Haus. Darinnen war es wesentlich lichter, als es der Robbenjäger je vermutet hätte. Sie stellten die Trage in einer etwas dunkleren Ecke ab. Dann setzte der Alte sich auf eine Felldecke am Feuer und wies den anderen an, ihm gegenüber Platz zu nehmen.

Harald konnte natürlich diesen Wunsch unmöglich abschlagen und setzte sich ebenfalls. Dann ließ er sich ein wenig nach hinten fallen und verschränkte seine Beine. Der alte Häuptling tat so als hätte er es nicht gesehen. Neben ihm auf dem Fell lag die lange Pfeife, der er sich jetzt wieder zuwandte. Während er sie mit der linken Hand ergriff, zauberte seine Rechte einen kleinen Lederbeutel hervor. Den öffnete der Häuptling und brachte ein paar getrocknete Krautblätter zum Vorschein. Fein dosiert stopfte er mit den knochigen Fingern das Kraut in den Pfeifenkopf. Dann angelte seine Hand einen brennenden Span aus dem Feuer und zündete die Pfeife an.

Aufmerksam verfolgte Harald jeden Handgriff und geriet immer mehr ins Staunen. Der Alte zog an der Pfeife, setzte sie dann ab und blies einen wunderschönen weißen Rauchring in die Luft. Immer mehr zog es den Ring auseinander. Der Rauch wurde feiner und fing an, sich in der Luft aufzulösen.

Schon startete ein zweiter Ring zur Decke, schneller als der erste. Und noch einer und noch einer.

Dem Alten schien dieses Spiel zu gefallen. Dabei war es, als würde ein leichtes Lächeln über sein runzliges Gesicht huschen. Nach einer Weile schien er von dem Spiel genug zu haben und reichte Harald die Pfeife mit beiden Händen hinüber. Der junge Mann von den Orkneys betrachtete das ihm dargebotene lange qualmende Holzrohr. Dann setzte er das Mundstück zwischen die Lippen und nahm einen kräftigen Zug.

Die anderen Männer von den Orkneys hatten indes vom Bach aus mit ansehen müssen, wie der Robbenjäger in dem Haus verschwand. „Was ist mit deinem Schiffsmann los, Philip?" fragte der Earl den schwarzen Ritter. „Es ist der junge Harald Edwood, genannt Eulenauge, der mit scharfem Blick vom Ausguck der Red Rose übers Meers schaut. Ein brauchbarer Kerl, aber manchmal halt ein bißchen sonderbar." „Aber wir können ihn doch nicht einfach so zurücklassen", meinte der rote Niall. „Dann laßt uns ihn holen!" entgegnete einer der Grönländer aufbrausend. „Was scheren uns diese Wilden hier." „Nein." entgegnete der Earl der Orkneys. „Ich glaube, daß Harald als einziger von uns richtig gehandelt hat. An diesem Ort besteht keine ernsthafte Gefahr mehr für uns und das nicht zuletzt durch ihn."

Die Männer wischten sich den Schweiß vom Gesicht. Die rindsledernen Säcke lagen prall gefüllt mit Wasser zu ihren Füßen. Was wollten sie nun noch hier an diesem fürchterlichen Ort. So murrten einige bereits gegen Sir Henrys Bestreben, noch länger auf den jungen Robbenjäger zu warten.

Schließlich wurde es dem Earl zu bunt. „Also gut, ich hole ihn. Aber ihr wartet hier", entschied er und schritt allein auf das Lager zu. Diesmal blieben die Frauen ruhig. Mit verständnisloser Miene beobachteten sie, wie der bärtige Mann mit dem Kettenhemd, Schwert und Armbrust ebenfalls im Haus des Alten verschwand.

Gleich nach seinem Eintreten bemerkte Harry den eigenartigen und doch irgendwie vertrauten Geruch. In der Mitte des Raumes glühten die Reste eines Feuers. Die Glut funkelte tiefrot. An dem Feuer saßen sich der alte Mann und Harald Eulenauge gegenüber, gerade so, als würden sie einander schon sehr lange kennen. Man hätte den Eindruck gewinnen können, hier säßen Großvater und Enkel friedlich beisammen. Und doch wurde kein Wort gesprochen.

Harald zog an einem seltsamen Holzrohr, setzte ab und blies einen Rauchring in die Luft. Natürlich bei weiten nicht so schön, wie es der Alte konnte. Doch der nickte dem jungen Mann anerkennend zu, wohl wissend, wie lange es dauerte, wirklich richtig schöne und anhaltende Rauchringe auszuatmen. Diese Rauchringe riefen in Harry längst versunkene Erinnerungen wieder hervor.

Der Earl stand immer noch in der Tür, gerade so, als könne er sich nicht dazu durchringen, dieses Bild zu stören. Wie verwurzelt stand er da. Draußen warteten sicherlich schon die Männer. Sollten sie warten. Will, John oder der rote Niall kannten ihn gut genug, um zu wissen, daß er nicht ohne Harald zurückkehren würde.

Der alte Häuptling deutete Harry mit einer Geste an, er solle sich mit zu ihnen setzen. Als der junge Wal- und Robbenjäger seinen obersten Herrn bemerkte, wollte er hastig aufstehen. Sein Erscheinen hatte ihn mit einem Schlag in die Wirklichkeit zurückgeholt. Die Gefährten, das Füllen der Wassersäcke. Herrgott, wie konnte er sich so vergessen. Sie wollten zurück zum Schiff und nun warteten sie sicher auf ihn. Fahrig gab er die Pfeife dem Alten zurück, der sie darauf ausklopfte. Doch Henry Sinclair gab Harald Eulenauge mit einer Handbewegung zu verstehen, daß er sitzenbleiben solle. Und so nahm der Earl von Orkney an dem Feuer Platz. Im Gegensatz zu Harald, der Junge wäre viel zu schüchtern gewesen, versuchte Harry, mit dem alten Häuptling ins Gespräch zu kommen. Natürlich blieb es dabei, daß der Schotte sprach und erzählte, während der andere nur hin und wieder lächelte. Aber er schien zu begreifen, daß die beiden nun gehen mußten und er erhob sich. Er ging zur Tür und wies irgendeine der Frauen an, ihm etwas zu bringen. Die beiden Seefahrer waren ebenfalls aufgestanden und schickten sich an, den Raum zu verlassen. Der alte Häuptling drehte sich um und sah jetzt dem Earl von Orkney direkt in die Augen. Sein Blick glitt an dem schottischen Krieger hinab. Seine knochigen Hände fühlten über die Maschen des eisernen Kettenhemdes. Dieses Metall schien ihm unbekannt. Schließlich deutete er auf Harrys Schwert.

Der holte es darauf aus der Scheide und reichte dem Alten den blanken Stahl, der ihn zum Lichte emporhob. Hell und strahlend blitzte die wohlgearbeitete Klinge im Schein der Sonne auf. Anerkennend prüfte der Daumen die Schärfe des Schwertes. Mit einem anerkennenden Nicken gab er die Waffe seinem Träger zurück.

Indessen trat eine der Frauen zu ihnen und drückte dem alten Häuptling etwas in die Hand. Für Harry hatte sie nur einen bitterbösen Blick übrig, während sie zu dem jungen Robbenjäger verstört aus den Augenwinkeln hinüber schielte. Dann verschwand die schöne Wilde wieder. Auf dem Platz zwischen den Häusern war es sichtlich still geworden. Von den Verwundeten und den Toten des ansässigen Stammes konnte man nichts mehr entdecken. Nur die Leichen der fremden Krieger lagen am Rande der Siedlung. Wahrscheinlich würde man sie verscharren. Die Männer der alten Welt wußten noch nicht, daß hierzulande die Toten verbrannt wurden. Der Kampf lag erst ein paar Stunden zurück und so hatte sich der so entsetzliche Geruch von Verwesung noch nicht ausgebreitet.

Der Alte drehte sich zu Harald. Auf den Handflächen hielt er dem jungen Mann ein Geschenk hin. Es war ein breiter Ledergürtel, bemalt mit Motiven, die Szenen aus dem täglichen Leben seines Volkes darstellten. „Komm Harald Eulenauge, Wir müssen gehen." Der Sohn der Orkneys nickte dem alten Häuptling zum Zeichen des Dankes zu und nahm seine Kette die er immer um den Hals trug, ab. Daran hing der Zahn eines Schwertwals, der ein Talisman und Andenken an die rauhe nordische See war. Er legte die Kette, sorgsam zusammen und überreichte sie dem Alten, der darauf gleich das bemerkenswerte Exemplar von einem Zahn bewunderte. Er lächelte erst Harald zu, dann Harry, bevor er sich umdrehte, um in seinem Haus zu verschwinden. Harry schlug seinem Gewährsmann auf die Schulter. „Komm, sie warten schon auf uns."

Die kleine Schar von den Orkneyinseln saß wartend und mißmutig am Bachufer. Von Zeit zu Zeit schmiß jemand ein kleines Steinchen in die dahineilenden Wellen, um sich durch die kleinen Strudel in seinen Gedanken ablenken zu lassen. Geredet wurde wenig und wenn es sich einrichten ließ, vermieden es die Seefahrer, überhaupt in Richtung des Dorfes zu blicken.

Langsam setzten sie sich in Richtung Waldrand in Bewegung, als Harald und der Earl zurückkamen. Es herrschte eine richtig bedrückende Stimmung und selbst Gwendolf vermied es, irgendeine bissige Bemerkung fallenzulassen. Die Männer wirkten in sich gekehrt, müde und abgeschlagen. Schweigend schleppten sie ihre gefüllten Wassersäcke den kleinen Pfad dahin.

Schwarzes Wasser

„Wir werden auf der anderen Seite des Fjords nach einer Möglichkeit suchen, ein befestigtes Lager zu errichten." „Verzeiht mir, Sir, aber ich halte es für ein waghalsiges Unterfangen, sich am anderen Ufer niederzulassen. Ich würde diesen Wilden kein zweites Mal trauen. Denkt daran, daß wir zwölf Männer verloren haben."

„Ihr habt recht, Angus. Doch hätten wir es vermeiden können?" „Gerade deswegen sollten wir das Schicksal nicht herausfordern, Sir."

„Wir haben uns nicht nur vorgenommen, dieses Land zu finden, sondern es auch zu erkunden. Was nützt es uns, weiter ruhelos mit unseren Schiffen herumzuirren. Glaubt mir, ich hätte mich eurer Meinung angeschlossen, wäre nicht unser junger Robbenjäger von Philips Schiffs gewesen. Wie hieß er doch gleich?"

„Harald Edwood", sagte Will. „Nach dem, was ihr erzählt habt, kann seine Handlungsweise für uns alle nur zum Vorteil gereichen", ergänzte Errol. „Ja sicher", bestätigte Harry, „daran besteht kein Zweifel. Den Burschen hat ein Hauch Gottes gestreift. Deswegen verstehe ich eure Ängste nicht, Angus."

„Ihr mögt ja recht haben, Sir. Und trotzdem: obwohl ich es nicht mit eigenen Augen sah, scheinen die Eingeborenen oder die Skrälinger, wie unsere Grönländer sie nennen, nicht viel Federlesens mit Fremden zu machen. Was Gastfreundschaft ist, wissen sie nicht."

„Malt nicht schwarz, Navigator", ermahnte ihn William MacLarren „Wir kamen immerhin gerüstet und in Waffen daher."

„Sollen wir diesen Teufeln unsere Kehle zum Gnadenstoß darbieten. Oder.." „Genug, Angus. Verschone mich mit diesem Geschwätz", unterbrach ihn der Earl. „Aber was ist, wenn die wilden Krieger zurückkommen?" fragte Ither vorsichtig. „Sie werden uns nicht angreifen", entschied Harry. „Nun, darauf würde ich mich nicht verlassen", entgegnete Will skeptisch, „oder hast du vergessen, was in Schottland die alten Barden von den Pikten erzählen. Frauen wie Männer, die keine Gnade kannten." „Bemalte Teufel in Menschengestalt", ergänzte Geoffrey MacLoyd. „Krieger, die das Blut ihrer Vorfahren tranken" fuhr John Leeword fort. „Heidnische Greuelmärchen", hielt ihnen Errol, der Templer, entgegen. Harry pflichtete ihm bei: „Errol hat ganz recht. Ihr seht alle Gespenster. Wir sind hier nicht in Schottland und diese Menschen sind keine Geschöpfe des Teufels. Wo habt ihr um Gotteswillen euren Verstand gelassen."

„Weißt du noch, was die Grönländer bei unserem letzten Landgang erzählt haben?" fragte ihn Geoffrey ernst.

„Die Wikinger aus dem Norden!" Harry mußte lachen. „Diese wilden, grimmigen Gesellen, Geoffrey. Ich weiß, es sind ganze Kerle und ich bin froh, daß sie nicht alle bei den Venezianern geblieben sind. Aber im Ernst: würdest du einen von ihnen die Hand reichen, gesetzt den Fall, sie tauchen zu Hunderten vor der Küste deines Landes auf."

„Ich hoffe für dich und uns, daß du recht hast. Die Entscheidung liegt natürlich ganz allein bei dir. Aber sage hinterher nicht, ich hätte dich nicht gewarnt. "

„Wie schön, daß du mich daran erinnerst." Harry trat an den anderen vorbei zum Fenster der Kajüte, um in die Nacht hinauszuschauen. „Ich weiß nicht, was wir uns hier die Köpfe heiß reden. Dieser junge Robbenjäger hat mehr Mumm bewiesen als jeder einzelne von uns alten Knochen", schimpfte Errol Eisenhand. „Habt ihr schon einmal daran gedacht, daß wir auch hier sind, um diese Wilden Gottes Wort zu lehren." „Du bist ein Christusritter, nicht wir", entfuhr es Angus Ork bitter. „Geh doch hin und bekehre diese Verrückten."

„Navigator", tönte es vom Fenster her. Angus Ork, der gedacht hatte, der Earl lausche in die Nacht hinaus, erstarrte schlagartig zur Salzsäule. „Ja, Sir", erwiderte er kleinlaut. „Ich sollte dich für solche Sprüche an die Rah knüpfen lassen. Errol Eisenhand vertritt auf dieser Fahrt das Wort Gottes und wer seine Auffassung angreift, greift auch mich an."

„Jawohl, Sir", stotterte der andere. „Gut, wenn es dir also klar ist, Angus, dann wirst du uns morgen höchstpersönlich an Land begleiten. Lange genug hast du dich hinter den Karten verschanzt."

Angus schwieg. Es war auch besser so. Woher sollte er auch wissen, welche Beziehungen sein Dienstherr zum Tempel besaß, daß David de Morlay sein Lehrer gewesen war. Hätte er jetzt widersprochen, wäre ein Donnerwetter auf ihn hernieder gesaust. Harry lehnte sich neben das Fenster und verschränkte die Arme. „Sagen wir mal so: Wenn wir morgen einen Platz finden, der sich gut verteidigen läßt, errichten wir ein Lager. Das ist mein letztes Wort." Noch am selben Tage gab der Earl dem Fjord den Namen „Bucht der Pikten".

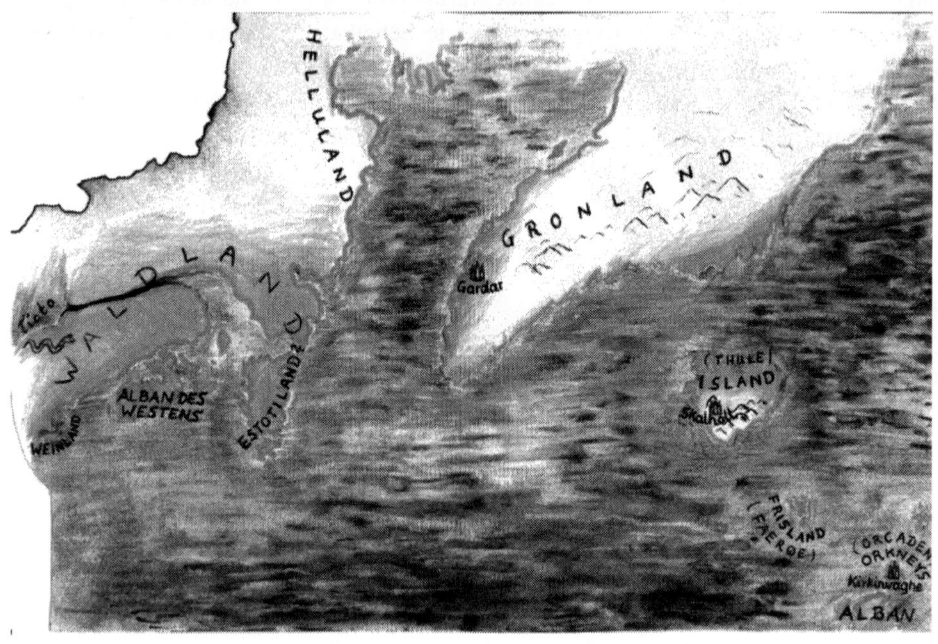

*

„Nie und nimmer hätte ich gedacht, daß wir hier solche Riesen aus dem Wasser ziehen." Niall betrachtete die fette Beute - ein Prachtkerl von einem Lachs - die an seiner selbstgebauten Angel zappelte. „Auch ein blindes Huhn findet mal ein Korn", spottete Lachlan und entblößte dabei seine Zahnstummel. „Komm zieh ihn ins Boot, Niall, sonst verlierst du ihn wieder" meinte Gunne, der sichtliche Bedenken hatte, der Fisch könnte doch nicht an einem Bratspieß enden.

Der junge Schotte aus dem Argyll warf den Lachs ins Boot. Sofort stürzte sich Gunne mit seinem Entermesser auf den wehrlosen Fisch und gab ihm den Fangstoß. Derweil bereitete Niall seine Angel für einen weiteren Wurf vor. Es lief erstaunlich gut heute. Dreizehn Lachse und dies in nur wenigen Stunden.

Lachlan schnipste das kleine Stück Holz, das er schon eine geraume Weile in der Hand hielt, ins Wasser. Dann verfolgte er, wie es mit der Strömung dahintrieb. Schließlich lenkte er seine Augen immer weiter - dorthin, wo der Fluß in einen zweiten größeren, der vom Norden kam, mündete. Dort irgendwo hatten sie vor ein paar Tagen diesen häßlichen Zusammenstoß mit den Eingeborenen gehabt. „Seltsam, daß wir noch keinen Besuch von den Wilden hatten. Oder was meint ihr?" fragte Lachlan die anderen.

Gunne hielt inne und schielte zu dem Geschützmeister hinüber. „Vermißt du sie? Ich nicht. Ohne sie wäre dies ein rundum phantastisches Plätzchen. Nicht wahr, Erik?"

Erik Sveighirson, der Sohn des Jägers der großen Seeschlange, antwortete nicht. Er lag am Ende des Bootes und döste vor sich hin. Über den Kopf hatte er sein Wams gestülpt, damit die Sonne ihn nicht sosehr verbrenne. Denn hier auf dem Wasser, wo eine angenehme Kühle herrschte, merkte man die Kraft der Sonne nicht sofort. Erik schien es zu genießen. Einen Schilfhalm im Mund dachte er auch nicht einen Augenblick daran, Gunne zu antworten. Er war weit weg mit seinen Gedanken, vielleicht zu Hause auf Hoy. Von Zeit zu Zeit fuhr ein Windstoß über das Boot und die Uferweide erfaßte mit ihren Zweigen die Köpfe der Männer.

„Daß ihr ja mit einem Boot voller Lachse wiederkommt", hatte der Earl Gunne, seinen Koch, gemahnt. Da Niall schon seit Tagen vor den anderen mit seiner Angel geprahlt hatte, ließen ihm die drei von den Orkneyinseln gerne den Vortritt. Und tatsächlich, die Ausbeute war beträchtlich. So viele fette und schwere Lachse, daß das Boot schon sichtlich tiefer im Wasser lag. Nicht mehr lange und sie würden zurückkehren müssen.

„Ich habe es schon immer gewußt. Er ist ein Angeber." Niall würdigte Lachlan keines Blickes. Der Geschützmeister wollte noch etwas sagen, doch ein Hustenanfall hinderte ihn daran. „Wahrscheinlich beißt nicht einmal eine Sprotte an, wenn du die Angel in die Hand nimmst", wies ihn Gunne zurecht. „Aber du hättest ja den Erkundungstrupp begleiten können." „Ach, hör mir doch auf", entgegnete Lachlan. „Etwa mit Sir Angus, diesem ewig muffligen Navigator, oder den Engländern von der Red Rose und ihrem Kapitän, der mir keineswegs geheuer ist."

Gunne lachte. „Dir kann man es wohl nie recht machen, Lachlan. Aber ich sage dir eines", und der ohnehin schon beleibte Koch, blähte sich auf, „hör auf, ständig herumzumaulen, davon werden dir deine Zähne auch nicht mehr nachwachsen und..." Gunne ließ eine kleine Pause. „was den schwarzen Ritter betrifft, so gestehe ich, daß er auch mir unheimlich ist. An dem Kerl ist etwas faul, das spüre ich in meiner großen Zehe."

*

Lange, sehr lange hatte der schwarze Ritter hin und her überlegt. Auch als er versuchte, seine Gedanken in Dünnbier zu ertränken, er konnte ihnen nicht entrinnen. Wie sollte er sich verhalten, was sollte er tun? Verblaßte doch immer mehr das, was ihn an sein früheres Leben erinnerte. An die Zeit, in der er noch mit einer Handvoll Strauchdieben durch die Grenzwälder Schottlands zog, an jene Tage, als er sich mit List und gespaltener Zunge bei den schottischen Adligen einschmeichelte, um sie anschließend gegen Northumberland oder andere mächtige Feudalherren des englischen Nordens aufzuwiegeln. Damals säte er Krieg und Verderben zwischen beiden Seiten, wobei er nicht schlecht verdiente.

Und alles im Dienste der englischen Krone und seines großen Gönners, des Herzogs von Lancaster. Doch er, der überall und nirgends zu Hause war, war nicht der Typ, der das Geld, das er von John von Gaunt erhielt, festzuhalten. Es zerrann ihm förmlich zwischen den Fingern, verschwand in Wirtshäusern und einigen unglücklichen Geschäften. Warum also das alles? Er wußte keine richtige Antwort auf diese Frage.

Nun, alt und grau geworden, begann er doch tatsächlich jene Kunst zu verlernen, auf der noch vor einigen Jahren sein Broterwerb aufbaute. Die Kunst der Intrige und des Verrats. Es begann mit jenem Tag, als er in die Dienste Sinclairs trat. Als er für den Earl Seeräuber zwischen den Inseln aufspürte, fing er an, seine Vergangenheit zu verdrängen. Eine Vergangenheit, in der man ihn noch den schwarzen George nannte.

Dafür schlüpfte er immer tiefer in die Rolle des tapferen unbekannten Ritters Philip. Daß ihm diese neue Maske gefiel, war - so seltsam es klingen mag - Sir Henry zu verdanken. Der Dienstherr des schwarzen Ritters unterschied sich nämlich in vielen Dingen von den draufgängerischen Rülpsen des schottischen Grenzlandes, die Philip nach wie vor verachtete.

Die Wende brachte dann jener verhängnisvolle Tag, an dem er dem Earl in die Grotte gefolgt war. Die Berührung jenes seltsamen roten Steines ließ eine andere, neue Seite in ihm auferstehen.

Sein altes Ich war nach wie vor John von Gaunt hörig, bestrebt, dessen Befehle genau und zur vollsten Zufriedenheit auszuführen. Der Lohn, der dafür winkte, war nach wie vor nicht zu verachten. Diese Seite verkörperte der schwarze George.

Doch dann war da noch Philip. Der Name, den er sich selbst gab, als er Sir Henry Sinclair in der Schlacht von Otterburn das Leben rettete. Die Schurken, die Lancaster ihm geschickt hatte, fand George sicherlich brauchbar und nützlich für seine Pläne. Philip dagegen fand diese englischen Schiffsmänner widerlich, abstoßend und obendrein hatte er durch ihre Rauflust und Großmäuligkeit seinen besten Steuermann verloren.

Nein, Philip wollte schon lange nichts mehr mit diesen Taugenichtsen und Strauchdieben zu tun haben. Doch hätte er seinen letzten Auftrag aus London ausführen können, wäre dies das Ende von Philip gewesen. Das ihm bestimmte Schicksal hatte jedoch anders entschieden und sandte, wie von höherer Macht, jenen Sturm, der den Earl zur Änderung seiner Seeroute zwang. Sonst wäre der Prinz von den Orkneyinseln direkt in die Fänge des englischen Admirals Richard von Arundel gesegelt. Tagelang nach dem Sturm konnte der schwarze Ritter seine Kajüte nicht verlassen, da ihn starke Gichtanfälle plagten, so als wären sie die Strafe für sein falsches Spiel.

Ja, er konnte es nicht verbergen. Die Jahre forderten ihren Tribut. Niemals hatte er früher daran gedacht, was einmal werden sollte, wenn er alt, grau und vor allem hilflos werden würde. Was aus ihm geworden wäre, hätte Arundel die kleine Orkneyflotte vor Irland versenkt. Nun, da ihn von Zeit zu Zeit die Gicht ereilte und auch die Kraft der Augen nachließ, war es wirklich eine Überlegung wert, ob er John von Gaunt noch die Treu halten sollte.

Jedoch war er - sehr zu seinem Ärger - zu tief in die Geschichte verwickelt und obendrein gab es noch dreiundzwanzig Mitwisser, Engländer, die auf der Red Rose angeheuert hatten. Dreiundzwanzig Seelen, die nur auf den Lohn warteten, den der Herzog ihnen versprach. Sicher hatte John von Gaunt einige von ihnen persönlich ausgesucht - sie wußten immerhin erstaunlich gut, ihre Zunge im Zaum zu halten. Kein anderer der Seeleute schöpfte auch nur den leisesten Verdacht. Doch wie würden sie sich verhalten, wenn sie ihn, Philip, zum Feind hätten. Dem schwarzen Ritter schwante nichts Gutes.

Nun streifte er mit einer Gruppe von Männern durch die Wälder Drogeos. Sie waren zum Morgengrauen aufgebrochen, um das Land hinter den Hügelketten zu erkunden. Doch sie kamen langsamer voran als erwartet. Immer dichter standen die Bäume, undurchdringlicher wurde das Dickicht am Boden, so daß die Männer sich ständig den Weg durchs Unterholz mit Äxten und Entermessern freischlagen mußten. Auch umgestürzte tote Baumriesen bildeten zum Teil fast unüberwindliche Hindernisse. Tiefgrünes Zwielicht herrschte unter den Baumkronen. Wenigstens waren sie den Eingeborenen gottlob bisher nicht begegnet.

Philip ging direkt hinter Dan Gray, dem englischen Lotsen der Red Rose. Dan konnte es sich nicht verkneifen, hin und wieder ein paar laute Flüche auszustoßen. Wahrscheinlich versuchte er auf diese Weise, seine Angst in diesem grünen Halbdunkel zu verdrängen. Als ein umgebogener Ast ihm vom Vordermann direkt ins Gesicht schlug, platzte ihm der Kragen.

„Herrgott, kannst du nicht aufpassen, Bursche. Oder soll ich dir eine Tracht Prügel verabreichen." „Dan!" warnte der schwarze Ritter seinen Lotsen, „laß ihn in Ruhe und halte endlich einmal dein loses Mundwerk." „Verzeihung, Sir. Aber der gottverdammte Robbenjäger scheint keine Augen im Kopf zu haben." „Genug jetzt", bestimmte Philip. „Der Wald wird immer dichter, man kann kaum zwanzig Fuß weit schauen und du krakeelst hier, daß wir spätestens zum Mittag die bemalten Teufel auf dem Leib haben."

„Die Pikten", flüsterte Dan leise und über seinen Rücken zog eine Gänsehaut. „Herrje, wenn ich nur daran denke, dann ist mir nicht geheuer, euch etwa?" „Du bist ein Feigling, Dan. Wozu hast du deine Streitaxt, Engländer. Nimm dir ein Beispiel an dem jungen Robbenjäger, den du beschimpfst. Er trägt die schußbereite Armbrust in seiner Linken." „Er will seine Haut retten, das ist alles", widersprach Dan.

„Du irrst dich. Der junge Edwood wird für zehn kämpfen im Gegensatz zu dir. Ich wäre schlecht beraten mit dir an meiner Seite, Engländer, hätte ich mein gutes Schwert im Lager zurückgelassen."

Da drehte sich der Lotse um und sah seinem Kapitän ins Gesicht. „Niemand nennt Dan Gray einen Feigling, Sir Philip", sagte er fest und setzte leise, fast unhörbar, hinzu. „Ich wünschte, ihr hättet damals den Mumm gehabt, die Red Rose gegen Irland zu lenken. Was soll nun aus unsrer Abmachung werden, die wir einst getroffen haben, Sir?!" Das letzte Wort dehnte der Lotse besonders lang.

Mit einer blitzartigen Bewegung packte der schwarze Ritter Dan und zog ihn zu sich heran. Dieser erschrak, als er den Gesichtsausdruck seines Kapitäns gewahrte. „Die Abmachung besagte: kein Sterbenswort in Gegenwart der anderen." Dan japste nach Luft. Philip zischte durch die Zähne: „Kein Sterbenswort! Oder willst du so wie Hugh und Jeff enden?"

Obwohl der Engländer schon krebsrot im Gesicht war, grinste er noch. „Ich dachte, wir sitzen alle im selben Boot, Sir." „So, dachtest du! Dann kannst du wohl auch das Geld, das dir der Herzog versprochen hat, in den Wind schreiben."

Dan blieb stumm, als ihn der schwarze Ritter wieder losließ. Wie im Taumel stürzte er weiter. Philip dagegen beachtete ihn nicht mehr und blickte hinter sich. Die ihm folgenden Männer hatten von ihrer kleinen Unterhaltung nichts mitbekommen. Olle Olsen, ein grimmiger Orkneywikinger, klein, stämmig und untersetzt, war zu sehr damit beschäftigt, mit seiner Axt die Schneise zu verbreitern, obwohl dies gar nicht vonnöten war.

Philip nickte ihm anerkennend zu. „Durch dich werden wir wohl den Weg zum Lager auch im Dunkeln wieder zurückfinden." „Das will ich meinen, Sir", höhnte Olle und ließ die Schneide seiner Axt erneut auf einen Ast herniedersausen.

Philip, der vergessen hatte, nach vorne zu schauen, stolperte über eine Wurzel und prallte gegen seinen Vordermann. Dan war seltsamerweise stehengeblieben. Philip wollte schon sagen: „He, von Rast kann noch keine Rede sein, Engländer." Doch dann merkte er, daß es eine andere Ursache hatte. „Was ist denn los? Warum geht es vorne nicht weiter?" fragte er Dan. „Wer weiß. Sieht ganz nach einer Rast aus", vermutete der Engländer.

„Na, warte mal." Philip drängte sich an ihm vorbei. Schließlich gelangte er bis zur Spitze des Zuges. Dort saßen ein paar Männer am Fuß einer mächtigen Buche, die einen freien Platz genoß, so wie eine Königin des Waldes. Philip erkannte sofort Ither Wobblestone, Angus Ork und Errol Eisenhand, den Führer des Erkundungstrupps.

Das weiße Leinenhemd, das der Tempelritter über dem Kettenhemd trug, leuchtete richtig im Dunkel des Waldes. „Habt ihr euch entschlossen umzukehren oder wollt ihr nur rasten?" fragte ihn Philip.

„Bevor wir den Kamm nicht erreicht haben, kehre ich nicht um, Sir Philip." Errol hielt dem schwarzen Ritter einen halb gefüllten Becher Wasser hin. „Dann rasten wir hier. Nun gut."

Errol Eisenhand war mit den Gedanken ganz woanders. „Wir bräuchten jemand", begann er schließlich, „der wie ein Marder zu klettern versteht. Ihr habt doch viele eurer Schiffsmänner dabei, Sir Philip. Ist vielleicht ein guter Kletterer darunter?"

Der schwarze Ritter überlegte. „Oh ja, natürlich. Nehmt meinen Ausguckmann. Keiner kommt so schnell die Wanten nach oben wie Harald Eulenauge, erzählen sich die Schiffsmänner." „Das muß ein Irrtum sein, Sir", tönte es aus dem Hintergrund, denn der junge Robbenjäger stand nicht allzuweit entfernt, so daß er den Vorschlag seines Kapitäns wohl vernommen hatte.

Dan Gray konnte ein hämisches Grinsen nicht unterdrücken. „Enttäusche uns nicht", rief Philip dem jungen Mann zu. „Du erhältst drei Silberstücke, wenn du es schaffst." „Seht doch selbst, wo die ersten Äste beginnen. Habe ich Krallen, mit denen ich mich am Stamm hinaufziehen kann."

„Krallen braucht ihr nicht, Schiffsmann", erwiderte Errol Eisenhand und wandte sich darauf an einen der Umstehenden „Gib ihm das Seil", sagte er zu ihm. Dann wandte er sich wieder dem jungen Robbenjäger zu. „Du bist also Harald Eulenauge, von dem der Earl mir schon erzählt hat."

Harald nickte. „Alle Achtung, Robbenjäger. Ohne euch wäre die Sache wohl damals nicht so glimpflich abgelaufen. Nehmt das Seil. Damit müßte es zu schaffen sein."

Harald nahm das Seil und wickelte ein Ende um den eingespannten Pfeil. Dann suchte er mit seinen scharfen Augen im Astwerk der Buche nach einem günstigen Ziel. Nur kurz darauf pfiff der Pfeil in die Höhe und mit ihm das Seil, das sich in Windeseile von der Rolle abdrehte. Harald konnte gerade noch das Ende des Seils erwischen, sonst hätte er einen neuen Versuch starten müssen. Dabei verließ er - der mit einer Harpune schon viele Wale und Robben gejagt hatte - sich auf seine flinke Hand. Angestrengt verfolgten er und auch die anderen, ob der Schuß sein Ziel erreicht hatte.

Das Glück war dem Robbenjäger hold, denn weder hatte sich der Pfeil verfangen, noch klatschte das ganze Seil wieder zurück. Nein, aus luftiger Höhe schoß der Pfeil mit dem Anfang des Seiles wieder zum Boden zurück.

Harald ergriff ihn schnell und brauchte jetzt nur noch beide Enden zu verknüpfen. Er band auch gleich eine Schlaufe, legte Armbrust und Kettenhemd ab und schwang sich an das starke Tau. Genauso gewandt, wie er die Wanten der Red Rose bis zum Ausguck turnte, zog er sich jetzt nach oben.

Als Harald den kräftigen Ast erreichte, erschrak er selbst ein wenig über die zurückgelegte Strecke. Wohl so fünfzehn Yard waren es sicherlich gewesen. Am Boden bemerkte er die zu ihm heraufblickenden Männer, die den Atem anhielten. Kleine Punkte waren es bereits.

Im Moment hatte Harald Eulenauge keine Zeit, sich weiter um sie zu kümmern. Das Ende des Baumes war noch lange nicht erreicht. Weiter mußte er, weiter nach oben.

Ein kurzer Blick auf den weiteren Weg genügte, um zu begreifen, daß er auch weiterhin auf das Seil nicht verzichten konnte, denn die Abstände der einzelnen Äste waren zu groß. Er lehnte sich gegen den Stamm und zog vorsichtig das Tau zu sich herauf. Als er es sich zur Hälfte über die Schulter geworfen hatte, kam das schwerste. Ihm fehlte die Armbrust und er befand sich auch nicht mehr auf dem Boden.

Damit der Anfang des Seiles etwas mehr Gewicht erhielt, knotete er zwei große Schlaufen zusammen und warf sie entlang des Stammes nach oben. Es brauchte vier Versuche bis Harald das Seil so günstig warf, daß es nicht nur über den dicken Ast rutschte, sondern das Ende auch zu ihm zurückfiel.

Schnell verknotete er das Tau und kletterte weiter. So sollte das noch zweimal gehen. Bald verschwand Harald Eulenauge für die anderen im Laubdach der Buche. Der junge Robbenjäger war mittlerweile in die Wipfelregion des Baumes vorgestoßen und hier und da bot sich ihm zwischen den dichtbelaubten Zweigen bereits ein schmaler Ausblick über das weite Land.

Er blickte nach Süden - die Richtung, in die der Erkundungstrupp unterwegs war. Der Kamm, den sie anstrebten, war nicht besonders hoch, eine leichte Hügelkette. Und dahinter? Was bereits jeder von ihnen vermutet hatte - hinter den Hügeln breiteten sich, wohin das Auge auch blickte, schier endlose Wälder aus. Eine endlose grüne Hölle.

Harald kletterte noch zwei Äste höher, wo es noch lichter und heller war. Vorsichtig bog er einen Zweig zu Seite. Eine Biene summte direkt an seinem Kopf vorbei - sie fühlte sich wohl bei ihrem Vormittagsflug gestört. Nun endlich konnte Harald uneingeschränkt in den Süden des Landes schauen. Heiß brannte ihm die Sonne auf die Stirn, die über einem wolkenlosen Himmel strahlte. Ein leichter Wind ging, so daß die Äste sich schwach bewegten. Im Westen erhob sich eine leichte Hügelkette und wenn es dem Robbenjäger vergönnt gewesen wäre, darüber hinwegzublicken, hätte er eine lange blaue Meeresbucht sehen können.

Der junge Mann versuchte sich irgendeinen markanten Punkt einzuprägen, der vielleicht von Interesse sein könnte. Fieberhaft suchten seine Augen in dem endlosen grünen Meer nach irgend etwas besonderem. Doch wohin er auch blickte - nichts, absolut nichts.

Vielleicht da - dort auf der linken Seite. Es hatte den Anschein, als ständen dort die Bäume etwas aufgelockerter, so, als befände sich dort eine Waldlichtung. Er versuchte sich die Richtung genau einzuprägen.

Als er sich umdrehte, konnte er durch die Zweige auch die in der Ferne liegende Meeresbucht gewahren. Die Masten der Schiffe, die im Fluß vor Anker lagen. Ja, Harald Eulenauge hätte noch eine ganze Weile hier oben zubringen können, doch gerade noch rechtzeitig fielen ihm die anderen ein, Errol Eisenhand, der Tempelritter und Sir Philip, sein Kapitän. Man erwartete ihn sicherlich schon.

Und tatsächlich. Die Männer des Erkundungstrupps waren schon ungeduldig geworden und wollten sofort wissen, warum der Robbenjäger so lange gebraucht hatte. „Nur nicht alle durcheinander", entschied Errol. Harald kümmerte sich gar nicht um die vielen auf ihn einstürzenden Fragen, sondern rollte in aller Ruhe das gebrauchte Seil wieder zusammen. Als er fertig war, übergab er es einem der Umstehenden und trat vor den Templer.

„Nun sprecht, Harald Eulenauge. Was erwartet uns noch am heutigen Tag?" fragte dieser. „Ich glaube, daß wir das Ende dieser Wälder wohl niemals erreichen werden, Sir", entgegnete Harald. „Jedenfalls heute nicht, und morgen auch nicht." „Konntet ihr denn über die Hügelkette sehen?"

Der Robbenjäger nickte. „Ja, aber es ist, wie ich euch sage." „Dann laßt uns umkehren", rief sofort Angus Ork, der die Möglichkeit sah, den Templer dazu zu bringen, den Rückzug zu befehlen. Es ärgerte ihn ohnehin, daß Sir Henry ihn diesem Trupp zugeordnet hatte. Der Earl wußte schließlich, daß sein Navigator den alten Templer nicht besonders mochte. Wahrscheinlich versuchte er ihn somit zu bestrafen. Niemand reagierte auch jetzt auf seine Äußerung, schon gar nicht Errol Eisenhand, außer vielleicht der junge Robbenjäger. „Dieser Schritt wäre sicher voreilig, edle Lords. Denn", Harald zeigte in südöstliche Richtung, „dort ist der Wald licht und hell. Vielleicht haben die Wilden an diese Stelle ein Hüttendorf errichtet. Wir sollten dies auf alle Fälle erkunden."

„Na, das ist ja eine vortreffliche Neuigkeit", seufzte Angus lauthals. „Sollen wir uns alle das Fell über die Ohren ziehen lassen? Ich bitt euch, Sir Errol. Oder wollt ihr etwa, daß wir wieder ein Dutzend Männer verlieren."

„Wir beide waren zu diesem Zeitpunkt an sicherem Ort, Navigator. Also verschont mich für heute mit eurem Geschwätz. Nun zu euch, Robbenjäger", der Templer wandte sich an Harald, „was denkt ihr, wie weit ist es bis zu jener Waldlichtung?" „Gut drei Meilen noch, Sir. Bis Mittag ist es aber zu schaffen." „Denselben Gedanken hatte ich auch. Wir brechen auf. Was meint ihr, Sir Philip?"

„Keine Frage", entgegnete der schwarze Ritter. „Wir brauchen Klarheit darüber, was Harald Eulenauge gesehen hat." „Dann brechen wir unverzüglich auf", sagte Errol Eisenhand laut und strich sich seinen Bart glatt. Bald hatte der Zug sich wieder formiert und verschwand im Dunkel des Waldes.

*

„Verdammt morastig hier", maulte Dan Gray. „Sei froh, Lotse. In diesem Sumpf treffen wir sicher auf keine fremden Pfeilspitzen." „Dafür gibt es hier ganz gemeine Stechmück..."

Dan kam nicht mehr dazu weiterzusprechen, denn plötzlich strauchelte er, seine Füße sausten in die Luft und der Oberkörper flog nach hinten. Philip wich ihm geschickt aus. Krachend klatschte der Engländer in eine Schlammpfütze.

„Du siehst gar nicht gut aus, Gray", bemerkte der schwarze Ritter hämisch. Dan konnte darüber allerdings nicht lachen. „Erspart mir euren Witz, Sir." Mühsam richtete sich der Lotse wieder auf. Er wischte sich die schwarze Schmiere aus dem Gesicht, die allerdings sehr klebrig und zähflüssig schien. Er hielt die Hand vor die Nase. „Es riecht ausgesprochen seltsam, Sir." „Seltsam? Nicht nur nach Schlamm und altem Moder. Fast so wie Öl." Sir Philip zeigte sich verwundert. Doch just in jenem Augenblick als ihm Dan seine Hand entgegenstreckte, wurden sie von Harald Eulenauge unterbrochen. „Seht nur", sagte er, „das muß die Lichtung sein."
Tatsächlich. Doch was war das? Nur noch ein paar vereinzelte Bäume ragten kahl und schweigend in den Himmel. Zu ihren Füßen befanden sich kleine schwarze Tümpel, durchzogen von fahlgelben Schilfgräsern. „Schwarzes Wasser", murmelte Harald Eulenauge. „Wir sollten nicht weitergehen", sagte Sir Philip zu dem Templer.
„Es ist verständlich, daß ihr verwundert seid, denn dies ist kein normales Moor, wie ihr vielleicht denkt." „Habt ihr uns an einen Ort des Teufels geführt, Ordensritter?" murrten bereits einige der Seeleute, denn nicht nur Dan Gray war in eine der schwarzen Pfützen gefallen. Nicht wenige waren es, denen diese Tümpel unheimlich erschienen.
Errol Eisenhand versuchte es ihnen zu erklären. „Eure Angst vor dem schwarzen Wasser ist völlig unbegründet. Vielleicht hat jemand unter euch schon mal etwas von der Heilquelle der Kirche St. Katherine gehört. Sie steht ganz in der Nähe von Edinburgh."
„Warum tötet es dann die Bäume, wenn es doch heilen soll", fragte Ither Wobbelstone den Templer. „Der Ölschlamm erstickt ihre Lebenskraft, denn sie sind ständig der schwarzen Quelle ausgesetzt. Würden wir jedoch damit einen Bottich füllen, das anschließende Bad täte uns sicher gut. Es hält Krankheiten von uns fern."
„Ihr wollt uns doch nur beschwichtigen", stichelte Angus Ork. „Trotzdem bin ich froh, wenn wir auch nur diesen Pfuhl gefunden haben." setzte er gleich zufrieden hinzu. „Ihr hattet wohl Angst, einmal euer Schwert benutzen zu müssen", hielt ihm der schwarze Ritter verächtlich vor und wandte sich wieder dem Templer zu. „Woher wißt ihr, daß dieser Quell dieselbe Heilkraft besitzt wie derjenige, von dem ihr spracht."
„Ich selbst habe etliche Kranke mit Erfolg behandelt. Und glaubt mir, ich kenne den Geruch des schwarzen Wassers. Er ist ähnlich dem Geruch von Pech und Teer. Doch laßt Sir Henry oder Sir William entscheiden, sie werden meine Worte bestätigen."

*

„Das schwarze Öl? Selbstverständlich hat es eine heilende Wirkung. Zum einen lindert es Schmerzen, zum anderen beugt es Krankheiten vor", sagte Harry bedeutsam. „Ich muß gestehen, daß ich noch nie davon gehört habe", entgegnete Philip. „Vielleicht sollte ich mich nun, da Anfälle von Gicht und Rheuma mich des öfteren heimsuchen, stärker damit befassen. Gestattet mir trotzdem, daß ich der ganzen Geschichte auch weiterhin argwöhnisch gegenüber stehe." „Wohl nichts kann uns vor den Qualen des Alters erlösen. Sind sie doch die Strafen für die Sünden unserer Jugend. Da ziehe ich lieber den frühen Schlachtentod vor, als daß als gichtgeplagter alter Mann ich scheide", witzelte

Ither Wobbelstone, worauf er aber einen finsteren Blicke Sir Philips erntete, der ihn sofort verstummen ließ.

„Ihr werdet noch Gelegenheit genug dazu haben, Sir Ither", wies Harry seinen Dienstmann zurecht und wandte sich darauf dem Templer zu. „Doch sprecht, Errol. Wie viele Säcke dieses kostbaren Öls habt ihr füllen können?" „Nicht viele, überwog doch die Angst unter meinen Männern, daß es ein Werk des Teufels sei."

Angus Ork, der Navigator, der in einer Ecke des Blockhauses stand, schwieg dazu. Er war vorsichtiger geworden, sich in Gegenwart des Earls zu äußern, vertrat er doch nach wie vor den Standpunkt, diesen unglückseligen Ort lieber heute als morgen zu verlassen und weiter an der sicheren Küste entlangzusegeln.

„Wie ist es um den Zustand der Mannschaften bestellt?" fragte Harry weiter. „Nun, durch die Strapazen der Seereise und der vergangenen Wochen haben wir noch einmal so viele Männer verloren wie im Kampf gegen die Eingeborenen. Einige plagen sich immer noch mit Geschwüren oder Zahnausfall herum." „Dann hast du sicher schon einen guten Einfall, Errol." „Nun sicher. Wir sollten einige der leeren Fässer holen, die in den Rümpfen unsrer Schiffe auf uns warten und sie mit dem schwarzen Öl füllen." „Ihr sprecht mir aus der Seele, Tempelritter." Darauf blickte sich Harry im Raum um. Der Navigator zuckte zusammen, so, als befürchtete er, noch ein zweites Mal in den Urwald geschickt zu werden. Der Earl entschied jedoch anders. „Unsere Freunde aus Lothian haben seit zwei Tagen Wache auf der St. Katherine. Du, Errol und der Navigator, ihr beide werdet sie ablösen. Ich glaube, Will und die anderen sind ganz froh über die Abwechslung, die sie erwartet."

„Ihr redet alle so, als würde dieses schwarze Öl tatsächlich Wunder vollbringen", bemerkte Philip. „Es roch doch eher nach Pech und Teer."

„Dies ist wohl wahr", entgegnete ihm Errol Eisenhand. „Oft ist die Medizin die beste, die Abscheu erregt und bitter ist. Doch diese zähe fettige schwarze Masse darf wohl als Balsam der ganz besonderen Art gelten. Jedwede Wunden, die man im Kampfe trägt davon - die hilft sie schließen. Und obendrein ist's gut, das Öl, wenn Furunkel, Schorf und Auswüchse, gleich welcher Art dich plagen. Doch was eure Leiden betrifft, Sir, so müßt ihr wissen, daß ihr die Uhr nicht zurückdrehen könnt. Denn verjüngen kann euch ein Bad im schwarzen Wasser wohl sicherlich nicht." „Trotzdem ist es doch erstaunlich, daß ihr noch nie davon hörtet", fragte Harry vorsichtig an, wobei er dachte, endlich einmal mehr über die Vergangenheit des schwarzen Ritters zu erfahren. Doch der hielt sich - wie es schon immer seine Art gewesen - bedeckt. „Es gibt keinen in den Pentlandbergen, der sie nicht kennt, die Quelle des heilenden Wassers von St. Katherine. Damals, in den Tagen, als die Pest Schottland verheerte, suchten wir oft Schutz in der Mauern der Kirche St. Katherine."

„Sprecht nicht von diesem Fluch der Menschheit, Sir; ich bitt euch." „Nun dann, den Kranken, die wir haben, wird's Heil und Gnade bringen. Denk also daran, Errol, wenn du mit Angus Ork an Bord der St. Katherine zurückkehrst, Sir William und dem Baumeister die leeren Fässer mit auf den Weg zu geben.

*

„He, roter Teufel, du bist ja ganz außer Atem", rief John, der gerade vor der Hütte des Earls sein Wams flickte, Niall zu. „Was gibt es denn, was so wichtig ist?" Niall begriff recht schnell, daß er nicht so einfach an dem großen John Leeword vorbeikam. „Ihr habt gut lachen, Meister Leeword", keuchte er mühsam. „Aber wenn ihr wüßtet, daß die gottlosen Wilden uns einen Besuch abstatten, würdet ihr anders reden."
Ehe John etwas darauf erwidern konnte, öffnete sich die Tür des Blockhauses. „Was ist denn los Hochländer? Du schreist, als ob sich ein Stein erbarmen möchte."
„Seht es euch doch selbst an. Seht es doch selbst." Harry wurde sofort unruhig. „Sie haben doch nicht etwa unsere Schiffe angegriffen?!" „Nein, Sir Henry", erwiderte der schwarze Ritter, der eben hinzukam. „Ich glaube, sie kommen in friedlicher Absicht."
„Wahrscheinlich sind sie aus dem Dorf auf der anderen Seite des Flusses."
„Dann müssen wir schnell handeln", sagte Geoffrey, der mit einigen anderen ebenfalls aus dem Blockhaus herausgetreten war. „MacLoyd hat recht", pflichtete Ither bei. „Einige von unseren Schiffsmännern scheinen nur darauf zu warten, den Wilden das Fell über die Ohren zu ziehen." Als der Olifant von Gwendolf Hellebrogge ertönte, wußte der Earl, daß es höchste Zeit war, den Schauplatz des Geschehens zu betreten.
Er und seine Begleiter eilten den dem Fluß zugewandten Palisadenzaun zu. Inzwischen hatte sich die Nachricht wie ein Lauffeuer herumgesprochen. Dichtes Gedränge herrschte bereits auf den Wehrgängen. „Das müßt ihr sehen, Sir", rief Gunne, der hinter sich den Earl erblickt hatte. Harry erklomm als erster die Holzleiter zum Wehrgang. Ihm folgten Will, Geoffrey, John, Ither, der rote Niall und Sir Philip. Sie drängten sich an den anderen vorbei, bis sie zu einer freien Stelle kamen. Harry lugte mit seinem Kopf über die Palisadenspitzen hinweg, den Blick hinunter zum Wasser gerichtet. Und wirklich, da waren sie. Da drüben, bei den Schiffen, die auf der Mitte des Flusses lagen. Harry blickte hinüber zu den Schiffen. Nur wenige Längen neben einer Barke glitten fünf vollbesetzte Boote dem Ufer entgegen. So an die dreißig Krieger zählte Harry. Dumpf atmete er auf, als er bemerkte, daß die Gäste kaum Interesse an seiner Flotte zeigten. Auf allen Schiffen war jeweils nur eine Notbesatzung zurückgeblieben und der Earl bedauerte in diesem Augenblick seinen Leichtsinn. Sicherlich hätten Errol Eisenhand und Sveighir Wackerbart die Koggen bis zum letzten Mann verteidigt und außerdem bezweifelte er, daß die Wilden ihnen eins der Schiffe entführen würden.
Mittlerweile schlugen die Boote am Ufer an. Einige der Ankömmlinge sprangen heraus. Es waren zwölf Mann, die den Pfad zum Lager einschlugen, während die anderen bei den Booten blieben. Als sie näherkamen, entdeckte Harry, daß der alte Häuptling sich unter ihnen befand. Er war der einzige, der nicht nur Hosen aus Wildleder, sondern auch ein Oberteil trug. Die Häupter der Männer schmückten Federn. Ihre Gesichter und

Körper waren - wie schon beim ersten Zusammentreffen - bemalt, nur daß sie diesmal andere Farben aufgetragen hatten.

„Wie es scheint, kommen sie in friedlicher Absicht", stellte Harry fest. „Aber es sind die bemalten Teufel, die uns überfallen haben", murrten einige der Männer, die bereits schon den Bogen oder die Armbrust bereit hielten. „Haltet euch zurück", rief ihnen der Earl zu. „Nichts geschieht ohne meinen Befehl!" „Was willst du denn tun?" fragte Will den Freund. „Denkst du etwa, sie kommen in Frieden? Immerhin tragen sie Bogen und sicher auch andere Waffen."

„Woher diese Furcht, Will. Da sind zwölf Männer und dir zittern im Angesicht unserer Übermacht die Knie." Harry schüttelte den Kopf. „Der alte Häuptling des Stammes ist unter ihnen, an dessen Feuer ich noch vor über zwei Wochen saß. Das ist der Augenblick, auf den ich die ganze Zeit gewartet habe." Er drehte sich um, als ob er nach irgend jemanden suchen würde. Allein er fand ihn nicht in der Menge, doch blieb sein Blick schließlich auf dem schwarzen Ritter hängen. Sir Philip machte keinen guten Eindruck. Er hielt sich, einige Schritte von ihm entfernt, an einer Palisade fest und rang, wie es schien, nach Luft. Die strähnigen Haare hingen wirr vom Haupt herab, seine Miene war blaß, fast leicht verzerrt im Schmerz. Wahrscheinlich war ihm der schnelle Lauf vom Blockhaus bis zum Zaun nicht gut bekommen. „Was ist mit euch?" fragte Harry.

„Kaum der Rede wert, Sir", japste Philip. „Das Alter ist's, das mir zu schaffen macht. Aber sagt, was ihr wollt und ich stehe zu eurer Verfügung." „Wißt ihr, ob euer Ausguckmann im Lager weilt, ich könnt den Robbenjäger jetzt wahrlich gut gebrauchen."

Während der Kapitän der Red Rose nach Harald Eulenauge suchen ließ, waren die zwölf Männer vor dem Tor des Lagers angelangt. Da Sir Henry darauf bestanden hatte, mit ihnen zu verhandeln, öffnete sich für sie das große Holztor des Lagers.

Sobald die bemalten Krieger des Westens es durchschritten hatten, sahen sie sich einem großen Halbkreis bewaffneter Männer gegenüber. Nicht alle schauten neugierig oder gar freundlich, denn etliche waren darunter, die damals einen guten Gefährten im Pfeilhagel verloren hatten. Sie dürsteten immer noch nach Rache, doch die Furcht vor den harten Strafen des Earl der Orkneys hielt sie zurück.

Sir Henry, der Prinz von den Inseln, war im Gegensatz zu ihnen außerordentlich wißbegierig, nun endlich mehr über Drogeo zu erfahren und vielleicht etwas Licht ins Dunkel um die Geheimnisse seines Papyrus zu bringen. Doch zunächst geschah gar nichts.

Die beiden so gegensätzlich und verschiedenen Welten beäugten einander nur, bis endlich der alte Häuptling das Schweigen brach. Er sagte irgend etwas - natürlich verstand es keiner von den Seefahrern - und darauf schritten zwei seiner Männer nach vorn. Sie legten unmittelbar zu Füßen des Earls wertvolle Pelze, Ketten aus bemalten Steinen und Tierkrallen nieder. Da wies der Häuptling im scharfen Ton seine Krieger zurecht. Er hatte unter den versammelten Seeleuten Harald Eulenauge entdeckt, der ihm schweigend zunickte.

Sofort trat einer der beiden bemalten Krieger auf den Robbenjäger zu - die Umstehenden erschraken heftig und wollten ihn schon zurückhalten. Doch allein der Fremde war schneller als sie. Er verbeugte sich tief vor Harald, womit er die Orkneywikinger beschämte und legte dem Robbenjäger eine Kette um, die mit den Krallen eines Bären geschmückt war. Dann sagte er noch ein zwei Worte und zog sich zurück.

Die Kette rief unter den Seefahrern Erstaunen hervor. Denn selten hatte einer von ihnen so lange Bärenkrallen sehen. Zwar gab es schon lange keine Bären mehr auf den Orkneys, doch verdankten die Inseln dem großen wilden Bär, dem Ork, schließlich ihren Namen. Und wer die Krallen eines Bären trug, war weitaus höher angesehen, als jemand der sich mit den Stoßzähnen des Walrosses oder dem Horn des Narwals schmückte. Und so stieg der junge Robbenjäger weiter in der Achtung seiner Gefährten.

Doch außer Harry wußte niemand, daß es ein Gegengeschenk war für die Kette mit Schwertwalzahn, die Harald einst bei dem alten Häuptling gelassen hatte. „Das kostet dich einen Platz am Tisch des Prinzen", riefen ihm einige zu. „Damit haben sie nicht unrecht", ergänzte Harry, „laßt uns zu Tisch gehen."

Er gab seinen Gästen ein Zeichen, ihm zu folgen. Sofort bildete sich eine Gasse, die die bemalten Krieger durchschritten, denn vielen der Seefahrer waren diese Eingeborenen mit dem dicken schwarzen Haar immer noch unheimlich. Der Weg führte die Gäste quer durchs Lager bis zum Blockhaus des Earls.

Dort bat Harry seine Gäste, an einem Tisch neben dem Blockhaus Platz zu nehmen. Als der alte Häuptling nicht sofort reagierte machte er es ihm vor und setzte sich auf die Bank. Dann lud er abermals mit einer Handbewegung sein Gegenüber ein. Schließlich sagte einer der bemalten Krieger etwas zu seinem Häuptling, worauf dieser zur Bank ging. Bald saßen Harry, Will, Geoffrey und der jungen Harald Eulenauge auf der einen Seite des Tisches und der Häuptling mit zwei seiner Begleiter auf der anderen Seite.

Indem der alte Häuptling nach Osten zeigte, eröffnete er den Dialog. Harry wußte, worauf er anspielte und bestätigte durch ein Nicken dessen Vermutung, was soviel heißen sollte wie: „Jawohl, wir kommen von der anderen Seite des Meeres."

Als hätte er den inneren Hilferuf des Earls gehört, eilte Ither mit einem Stapel zusammengerollter Pergamente aus dem Blockhaus heraus und legte sie auf den Tisch. Vorsichtig sortierte sie Harry auseinander. Schließlich schien er gefunden zu haben wonach er suchte. Er breitete die Seekarte über das Holz aus, wobei Will sie mit einer Hand festhielt. Es war eine der vielen Kopien des Papyrus. In mancher Hinsicht unvollständig und bei weitem nicht so exakt übertragen, enthielt sie doch alle wesentlichen Details, die Harry für dieses Gespräch benötigte.

Mit großem Erstaunen beugten sich der alte Häuptling und seine zwei Begleiter über die Karte. Harry zeigte ihm, wo sie herkamen, den Weg, den seine Flotte genommen hatte und den derzeitigen Standort des Lagers. Vorsichtig befingerten die Eingeborenen das

Pergament. Es folgten Szenen von nicht zu verstehenden Wortfetzen und verrückten Gebärden mit dem Ergebnis, daß die drei begriffen, was der Earl mit der Karte meinte.

Jedoch als Harry mehr über Drogeo wissen wollte, ob es noch etwas hinter den tiefen Wäldern läge, ob es dort eventuell mächtigere, weiterentwickelte Völker gäbe, stieß er nur auf Achselzucken und Verwunderung. Auch Geoffrey, der sonst so helle Kopf, hatte keine Idee, wie man die Antwort auf all diese Fragen bekommen konnte. Da erinnerte Will Harry an jene Schlange, die nur auf dem Papyrus zu sehen wäre.

Als William MacLarren den Papyrus erwähnte, horchte Philip, der im Hintergrund stand, auf. Es war also doch wahr. Sir Henry war im Besitz einer uralten Karte, die er sicher aus den Händen des alten Morlay erhalten hatte. Woher konnte er sonst so viele Kopien anfertigen, die sich ja bis jetzt als erstaunlich exakt erwiesen hatten. Und wieder erwachte in ihm der alte Instinkt des Jägers, des schon längst tot geglaubten George. Er nahm sich vor, im Verlauf des weiteren Gespräches genau aufzupassen.

Harry ließ sich von Ither Wobbelstone ein Stilett bringen. Mit diesem ritzte er zunächst eine sich windende Schlange ins Holz. Die Augen des alten Häuptlings wurden immer größer, bis er einen lauten Ruf ausstieß. Sofort fielen alle seiner bemalten Krieger auf die Knie und auch er und seine beiden Begleiter verbeugten sich.

Nun verstand Harry gar nichts mehr. Ratlos sah er sich um. „Verfluchtes heidnisches Pack“, tönte es im Hintergrund aus den Reihen der Seeleute und Orkneywikinger. Es war niemand anders als der gewaltige Gwendolf Hellebrogge, der seinem Ärger Luft machte, denn dem Riesen war die ganze Szene sowieso mehr als oberfaul vorgekommen. „Versteht ihr nicht, Mylord, es sind Götzenanbeter“, warf Ither ein. „Diener des Teufels“, zischte einer der Grönländer. „War es nicht die Schlange, die die Sünde auf die Erde brachte“, warf ein Dritter ein.

Nun befand sich Harry in einer Zwickmühle. Will hatte eines der geheimen Zeichen des Papyrus erwähnt und sie waren damit prompt auf die Nase gefallen. Zudem war er jetzt seinen Mannschaften eine Erklärung schuldig.

„Was wollt ihr? Daß ich sie verbrennen lasse?“ „Warum nicht“, rief einer aus der schützenden Menge. „Daß ihr versoffene Bande nicht einmal über euren Horizont hinausdenken könnt“, gab der Earl wütend zurück. Er stand auf und schritt auf Gwendolf zu. „Da hast du mir eine schöne Suppe eingebrockt. Wenn ich heute zwölf in friedlicher Absicht gekommene Männer töte, haben wir dafür morgen zweitausend von ihren Kriegern auf dem Hals und ich fürchte, daß selbst du dann in Schwierigkeiten kommen wirst. Aber wahrscheinlich geht dies nicht in das Spatzenhirn eines Fleischklotzes.“ Gwendolf Hellebrogge wurde rot und murmelte etwas in seinen Bart hinein. Der Earl schritt die Reihen seiner Männer ab. An der Stelle, wo vorhin der Ruf „Warum nicht“ ertönt war, blieb er stehen. „Ein für alle mal: wir sind hier nicht auf dem Kreuzzug. Wir wissen fast nichts über dieses Land und seine Bewohner, aber wollen schon unsere Schwerter und Äxte in Blut tauchen. Ich habe beschlossen, das Lager in der nächsten Woche aufzugeben, dies ist mein letztes Wort. Und nun geht an eure Arbeit.“ Mürrisch zerstreuten sich die Schiffsmänner. Es gab nur einen, der schmunzeln mußte, allerdings sah es niemand.

Als Harry wieder an den Tisch zurückkehrte, hatte Geoffrey eine Idee. „Wenn die alten Schriften besagen, daß ein großes Volk in Drogeo lebt, dann male doch an die Stelle, wo du es vermutest, jene Schlange ein."

Das tat denn auch Harry und zeigte dem alten Häuptling, der mittlerweile wieder aufblickte, die Stellen auf der Karte. Der einer der beiden jüngeren Krieger begann darauf zu reden, woraus natürlich niemand schlau wurde. Er zeigte immer wieder auf die Karte und gestikulierte im Anschluß wild mit seinen Händen. „Das bringt uns nicht weiter", sagte Harry. „Wir werden die Bucht wieder verlassen müssen und südlichen Kurs nehmen. Wahrscheinlich finden wir dort eine Antwort auf unsere Fragen."

Danach wechselte der Earl das Thema. Er wollte von dem Alten mehr über jenen Zwist und die Kämpfe der verfeindeten Stämme an dieser Küste erfahren. Doch auch hier zeigte sich, daß die Sprachbarrieren einfach zu groß waren. Als die Sonne die oberen Zweige einer hohen Schierlingstanne erreichte ,machte der Häuptling ein Zeichen, daß er zu gehen wünschte. Und so wie sie urplötzlich aufgetaucht waren, verschwanden sie auch wieder und die Ruhe kehrte ins Lager zurück.

*

An Bord der Schiffe hatte man kaum etwas vom Geschehen an Land bemerkt. So teilten seit zwei Tagen Errol, der Templer und der Navigator einander die Wache auf dem Flaggschiff der Flotte. Als der Earl am Abend zur St. Katherine hinüberrudern wollte, trat ihm der schwarze Ritter in den Weg. „Mit Verlaub, es war recht unklug von euch, Sir, daß ihr die Schlange heute erwähnt habt" Harry ahnte nicht den Hintersinn in diesen Worten. „Ihr wollt sicherlich wissen, warum ich darauf gekommen bin?" „Nun Mylord, das steht mir nicht an. Aber es ist unklug, über dergleichen Dinge offen vor der Mannschaft zu plaudern." „Meßt dem nicht soviel Bedeutung bei, Philip. Ihr kennt sicherlich die hohen Erdhügel aus der Keltenzeit." „Das große Pferd von England, Sir?" „Genau dieses. Und Fischer von den Orkneys, die es schon vor vielen Jahren einmal nach Drogeo verschlagen hatte, erzählten mir von ähnlichen Hügeln. Nur zeigten sie andere Tiere, unter anderem eine große Schlange." „Ihr spracht mit jemand, der diese Küste schon betreten?" „Nun ja, warum soll ich euch's nicht erzählen Philip. Schon lange tot ist jener Wal- und Robbenjäger, von dem ich diese Geschichte hörte." „Von ihm habt ihr sicherlich jene genauen Karten erhalten, mit denen wir so zielsicher dieses Land fanden."

In diesem Augenblick merkte Harry, daß er sich verstrickt hatte. Natürlich nahm ihn der schwarze Ritter auf den Arm. Doch was wollte er wirklich. Zum ersten Mal kamen ihm Zweifel, ob es wirklich richtig gewesen war, Sir Philip in seinen Dienst zu nehmen. „Diese Karten sind Kopien von alten Grönlandfahrern der letzten Jahrhunderte und nun haltet mich nicht länger auf, Philip." Damit ließ er den anderen stehen und verschwand zum Ufer, wo die Boote lagen.

*

„Guten Abend. Wie ich sehe, scheint bei dir keine Langeweile aufzukommen." Errol Eisenhand saß beim trüben Schein einer Kerze und kritzelte etwas auf ein Pergament. Sicherlich trieb er seine biologischen Studien voran, denn er hatte vor sich auf dem Tisch einige getrocknete Pflanzen liegen. Als er aufblickte und Harry bemerkte, legte er Gänsekiel und Pergament beiseite.

„Kommt ihr wegen der Eingeborenen, die uns heute überrascht haben?" „Gewissermaßen ja, Errol." „Und was erzählen sie; drohen sie etwa erneut mit ihren Pfeilen?" „Ganz im Gegenteil. Sie halten uns für Götter. Spätestens als ich die Schlange aus dem Papyrus erwähnte." „Also haben wir nichts zu befürchten?" „Von den nackten Wilden? Nach dem heutigen Tag wohl kaum. Trotzdem habe ich beschlossen, nächste Woche weiterzusegeln."

Errol Eisenhand schaute verwundert. „Was hat dich denn dazu bewogen?" „Es ist nicht gut für die Mannschaft, solange an einem Ort zu bleiben. So etwas kann nur mit einer Meuterei enden und wir waren heute nahe an einer solchen. Unsere Leute bekamen Oberwasser, als die Wilden wie aus heiteren Himmel sich vor uns auf den Boden warfen." „Wie kam es denn dazu?" fragte Errol erstaunt. „Ich ritzte nur eine kleine Schlange in die Tischplatte - du weißt - so eine wie sie der Papyrus zeigt. Wie konnte ich denn ahnen, daß..." „Daß die Schlange die Sünde verkörpert, weil sie den Menschen aus dem Paradies vertrieb. Jetzt verstehe ich. Damit hält man die Wilden hier für Diener des Teufels, worauf sich unser Schiffsvolk von Gott berufen fühlt, die Heiden zu erschlagen. Wir werden es in Zukunft schwerer haben, Harry."

„Das ist doch euer Kreuzzugsgedanke, Errol. Sprecht nicht mit der Zunge des Tempels zu mir", sagte der Earl bitter. Errol Eisenhand stand auf und nahm zwei Holzkrüge vom Haken. Dann hebelte er ein kleines Faß mit Dünnbier auf und füllte die Krüge. „Muß ich euch an den alten Morlay erinnern oder haben euch die letzten Wochen den wahren Blick auf den Tempel getrübt?!"

„Dann hilf mir, Errol. Finde ich wirklich den Vorhof der Hölle, wenn ich weiter nach dem Land suche, das der alte Bill Wilson fand,?" „Dann hättest du wohl niemals mit ihm gesprochen. Aber siehe jene endlosen üppigen grünen Wälder voller Wild. Klare Flüsse und Seen, reich an Fischen und Wasservögeln. Wir haben ein Paradies gefunden. Sicher erzählte dir David die Geschichte von Hiram, dem Maurer, die auch Salomon den Weisen und Bilqis, der Königin von Saba berührt." „*Makbenach*", sagte der Earl. „Makbenach", erwiderte Errol und stellte die Krüge auf den Tisch. „Hüte dich davor, Mord, Totschlag und schnöde Beutegier unter unserem Schiffsvolk aufkommen zu lassen, denn nichts anderes verbirgt sich dahinter. Es wird uns alle entzweien; auch uns, die wir glauben, nicht davon betroffen zu sein. Das wird der Zeitpunkt vom Anfang des Untergangs dieses so seltsam anmutenden Paradieses sein und was die Schlange betrifft, so war es doch das Paradies, in dem sie zu Hause war. Sie ist eines der ältesten Geschöpfe jener Welt." „Du hast vergessen, daß sie es war, die die Verdammnis über uns brachte." „Sir Henry, Prinz von den Inseln, kann es sein, daß Handeln und Denken bei dir zweierlei Dinge sind?! Es waren die Päpste, ihre Inquisition und die christlichen Könige des Abendlandes, die den Tempel zerstörten. Sprach Morlay zu dir nicht von den Elohim, den Urgeistern, die seit Anbeginn der Tage die Welt bevölkern. Sie schufen die Erze und auch die fünf Kristalle."

Harry verschluckte sich, worauf er husten mußte. „Die fünf Kristalle, woher wißt ihr davon?" fragte er völlig verdutzt den Tempelritter, der ihm durch jene letzte Andeutung unheimlich wurde. Sein Herz fing an zu rasen. Um ihn herum drehte sich alles. Er sah wie Errol die Lippen bewegte, aber er verstand ihn nicht. Es war fast so, als wechselte der Traum die Wirklichkeit ab. Längst versunkene Bilder tauchten auf.

Iain, der alte Barde vom Hofe des guten Königs John, nannte die fünf Kristalle beim Namen. Nie hätte Harry damals geahnt, daß diese Edelsteine tatsächlich einmal seinen Weg kreuzen könnten: Thyrion, der Helle oder Dwardenos, der Rote. Plötzlich nahm er wieder das dunkle, nur vom Schein einer flackernden Kerze erleuchte Zimmer wahr. Errol Eisenhand hatte den Bierkrug zu ihm herüber geschoben und Harry genehmigte sich sofort einen Schluck des kalten Dünnbieres. Der schlechte Geschmack ließ ihn vollends ernüchtern und er fragte den Templer, ob er wohl die wundersame Geschichte von König Fionn kennen würde.

„Iain MacMhuireadhach war nicht nur ein Meister seines Fachs", gestand Errol, „nein, er öffnete mit seinen Worten auch vielen die Augen und Herzen. Aus solchem Mund sprach zu uns der wahre Christ und nicht aus Rom oder Avignon, Mylord."

„Er erzählte auch von einer Schlange, Errol", entgegnete Harry und wischte sich den kalten Schweiß von den Schläfen. Er spürte, wie er am ganzen Körper klebte. Der Templer lächelte nur. „Ich weiß", erwiderte er. „Der Bergkönig zeigte sich in vielen Tiergestalten, auch in der großen Seeschlange. Es war die Urmutter, die einst die Schlange Ophis auf die Erde sandte, damit sie Adam und Eva lehre, dem eitlen Gott Jehovah nicht zu gehorchen. Die Christen der Ostkirche, die Byzantiner, sahen in dieser Schlange Christis erstes Erscheinen auf Erden."

„Du sprichst gegen die Worte des Heiligen Vaters gleich einem Ketzer." „Über ein Jahrtausend ist seit Christus Auferstehung vergangen und seitdem haben die Patriarchen in Rom die Schrift immer wieder aufs Neue ausgelegt. Natürlich immer wie es ihnen für die Erweiterung ihrer Macht brauchbar erschien. Ich bin mir manchmal im Zweifel, ob sie Gott meinen, wenn sie davon sprechen." „Da hast du zweifellos recht, Errol. Denk nur an Bischof William zurück und sein schreckliches Ende. Denk nur daran, daß Goewerth einst dasselbe Kreuz auf dem Gewande trug, wie du es heut noch tust. Ihr Gelübde - nichts als eine leere Formel, eine Maske, die zu Staub zerfallen ist." „Doch auch sie können auf den rechten Weg zurückfinden, wenn sie Gott in seiner Gesamtheit verstehen", entgegnete der Templer. „Nur wenige Menschen habe ich erlebt, die sich gewandelt haben, oft war's zum Schlechten, Errol. Drum löse auf die Rätsel, in denen du zu mir sprichst"

„Bernhard von Clairvaux, der Templern und Zisterziensern gleichermaßen zur Taufe verhalf, rief das Hohelied der Liebe in den düsteren Schein der Kirche zurück. In vielen seiner Predigten tritt eine heilige Jungfrau auf, die gleichzeitig Braut Salomons und Christi ist. Die schwarze Madonna, die da sprach: 'Ich bin braun und gar lieblich, ihr Töchter Jerusalems' bestimmte Bernhards Leben.

Denn außer Vater, Sohn und Heiligem Geist ist es Sophia, die Urmutter, die das Wort Gott in seiner Gesamtheit zur Vollendung bringt. Sie kam zu uns in der Gestalt von Bilqis, der Königin von Saba, von Maria Magdalena und von Fatima, der Tochter Mohammeds.

Sie, die die Patriarchen in Rom als dumme, unwissende und fordernde Frau verachten, die sie am liebsten totschweigen würden. Ohne Sophia hätte es den Gott Jehovah, aber auch den Erlöser nie gegeben. Aus ihrem Lächeln heraus wurde die Weltseele geboren; konnten die vielen kleinen Urgeister, die Elohim erwachsen. Ihr Geist lebte in Christus, aber auch in Hiram, dem Baumeister und dem weisen König Salomon. Ja, zu einem kleinen Teil lebt er in einem jeden von uns, denn sie ist die Hüterin der Seelen.

Seelen, die eingezwängt sind in einen Leib, den Jehovah am siebenten Tag seiner Schöpfung erschuf. Dieser Leib wird wieder zu Erde, aus der er geformt wurde." „Erde zu Erde und Asche zu Asche." „Du sagst es. Seele und Leib sind am Anfang eins. Doch die Gier nach Macht und Reichtum verändert uns. Der Leib zwingt der Seele Ketten auf. Er knechtet sie, legt sie in Eisen, so daß sie nicht mehr atmen kann oder völlig abstirbt.

Doch welche Ironie. Im Augenblicke unseres Todes stirbt jener Leib, aber nicht die Seele, die er umschließt. Zu Staub zu zerfallen ist ihm bestimmt. Er kehrt in den Schoß der Erde zurück, während die Seele befreit von ihrer Last dem Licht entgegeneilt.

Es ist so, als ob Himmel und Erde sich getrennt haben. Als ob das Universum gespalten ist. Während der eine sein Geld im Beutel zählt, verendet der andere im Hunger und Elend. Und würde der eine nicht im Schmutz und Abfall leben - dann wäre wohl der andere dazu verurteilt, bis zum jüngsten Tag auf das Wachsen des Geldes in seinem Beutel zu warten. Und wenn auch zählt der Mammon nur in dieser Welt - die Seele kennt den Klang der Münze nicht.

Doch wer sie mit dem Schwert vertreibt, die fetten Bäuche, der züchtet neue - dies, Harry, ist gewiß. So irren wir im Kreis des wüsten Landes nur herum und sehen nicht, daß es vor unseren Füßen liegt - das Paradies."

„Ich fürchte, die Nebel sind zu dick vor unseren Augen, Templer." Errol trank einen Schluck Dünnbier und erwiderte bitter. „Du weißt, ich habe lange Jahre in der Mission der heiligen Johanniter in Edinburgh Kranke und Sterbende gepflegt. Oft flehte mich ein Bruder Mönch nach der Errettung seiner Seele an, gestand die Frevel seines Lebens. Frei von Schuld war keiner von ihnen. Doch auch wenn der Nebel noch so dick ist vor unseren Augen, so sollten wir nicht bis zu dieser Stunde warten. Der Blick zurück, der dann erfolgt, ist bitter, glaub mir Harry. Reiß sie im Leben auseinander, diese Nebel, setz Mammon, Macht und Glanz nicht als das höchste Ziel, denn sie verdunkeln nur.

Achte alle und reich ihnen die Hand soweit du es vermagst. Dem Nächsten, dem Clan, dem Land, ja allen, die du triffst auf deinem Weg. Vermeid Geschwätz - dies dreht den Spieß nur um - und handle mit der Tat, wie Christus uns gelehrt. Laß uns bauen an diesem Haus, an einem Stein der Stadt der ewigen Glückseligkeit."

„Verspricht uns nicht der Papst ein Paradies im Himmel?" „Sicher tut er das. Weil er fürchtet, daß wir ein Paradies auf Erden errichten könnten. Darum sähen sie die Zwietracht unter uns. Hetzen uns Inquisition und Verräter auf den Hals. Du weißt selbst, wie viele von ihnen nur Werkzeuge sind, Harry - MacWquire und Goewerth. Wenn derjenige, der mit Schwert und Macht zerstört, sehen könnte, daß er sich selbst das Haus zertrümmert, in dem er lebt, dann wären wir wohl ein Stück dem Paradiese näher."

„Ist es denn nicht das Schwert, das die Ritterorden gegen die Heiden führt", gab Harry zu bedenken. Errol fuhr sich nachdenklich durch seinen grauen Bart. „Dem habe ich nichts entgegenzusetzen. Auch das Abendland beging unverzeihliche Fehler bei der Befreiung des heiligen Grabes im Lande Outremer. Wie haben uns erst die Christen des Ostens gefeiert, als sie von unseren großen Siegen gegen die Türken hörten. Doch wie sehr verfluchten sie uns, als sie das Meer von Blut gewahrten, das durch die Gassen der heiligen Stadt strömte. Die Barbaren des Westens waren es, die mit nie gekanntem Grauen ihre früheren Unterdrücker ablösten und das Reich des Schreckens errichteten. Laut haben die Ritter den Namen des Märtyrers geschrien und dabei tausendfach der Urmutter Sophia das Schwert in den Bauch gerammt. Leider wurde auf diesem Fundament auch der Tempel begründet.

Die Wunden schlossen sich und einige der Barbaren lernten bald, daß die wahre Lehre Gottes im Osten, in Outremer zu suchen war. In jener Zeit - es lebte gerade der heilige Bernhard - verliehen Baumeister der Einheit von Maß, Form und Proportion ein neues Gewicht. Hirams Geist gelangte in den Okzident."

„Wo ist er geblieben, Errol; dieser Geist. Was ist aus den Ideen des heiligen Bernhard geworden? Warum konnte der so mächtige Tempel zerschlagen werden und warum haben sich seine kümmerlichen Reste voll Haß auf den jeweils anderen gespalten? Weht nur noch Odem des schwarzen Todes über dem Abendland?"

„Zu zerstritten waren wir und unsere Gegner gleich einer Mauer aus Stahl. Zu einfältig, um König und Papst auch noch den letzten aller Schritte zuzutrauen. Wo das Gute gegen das Böse ficht, Mylord, muß stets das Gute doppelt so stark sein, das solltet ihr wissen, Mylord. Denn nur das Böse kennt kein Gesetz."

„Laß diese Förmlichkeiten, Errol", sagte Harry, während er aufstand und zu dem Holztrog unter der Kajütenluke ging. Das Wasser lief unter Hemd und Wams am Körper hinab, aber es erfrischte den verschwitzten Körper. „Verzeih, Harry, aber ich glaube, daß ein Douglas oder Stuart sehr auf die Etikette achten würde." „Vergleich mich bitte nicht mit den Stuarts, sondern beantworte mir lieber meine Fragen", entgegnete Harry dem Templer.

„Willst du wirklich wissen, warum das Hohelied der Liebe, warum Bernhards Worte verstummt sind. Verbinden hätten wir müssen, das wäre unsere Rettung gewesen; Christen und Moslems zusammenführen. Es gibt genügend Beispiele, daß es im Kleinen gelang. Oft nur von kurzer Dauer, denn es gab genügend Mächtige, denen diese Inseln ein Dorn im Auge waren. Doch sag mir, was ist ein Gott wert, wenn man ihn dir mit Schwert und Tod aufzwingt. Der alteingesessene Klerus und seine Bluthunde haben das Spiel gewonnen, nicht zuletzt, weil es in den eigenen Reihen der Templer viele Verräter gab.

Die Folgen sind unübersehbar. Islam und Christentum stehen sich unversöhnlicher denn je gegenüber. Die Türken, die Barbaren Kleinasiens, stehen vor Konstantinopel und sie werden eines Tages, wenn das Abendland sich weiter in Selbstzerfleischung übt, die Sichel über der Hagia Sophia aufpflanzen."

Der Earl schritt langsam an den Tisch zurück und setzte sich und lächelte müde. „Wie es scheint, kämpfen wir gegen einen siebenköpfigen Drachen, Errol." „Ein Untier, dem für jeden abgeschlagenen Kopf zwei neue wachsen, so scheint mir", ergänzte der Tempelritter.

„Du weißt, daß selbst mir als Earl eines weitgehend unabhängigen Inselreiches die Gefahr, vom Papst exkommuniziert zu werden, ebenso droht, wie jedem anderen. Obwohl mancher König gerne in Kirkinvaghe residieren würde - ich werde niemals für unseren Glauben öffentlich streiten können, Errol."

„Vor zwanzig Jahren herrschte große Not und Elend in den Fischerhütten der Orkneys. Wer nicht von Seeräubern geplündert wurde, dem stahlen die Schergen des Bischofs das letzte Vieh aus dem Stall. Hast du das vergessen, Harry? Spricht nicht dein Glaube durch den neuen Frühling, der auf den Inseln Einzug gehalten hat. Zeig mir den König, der seinem Volke dient."

„Ist er nicht viel zu süß, der Honig, den du ums Maul mir schmieren willst. Wie arm dünkt mich, so bin ich doch, wenn ich sowohl den Tempel als auch die Maurergilde streng verleugnen muß, vom Hohelied der Liebe ganz zu schweigen."

„Fester denn je sitzt die mächtige römische Kirche im Sattel. Und das Abendland wird für lange Zeit verloren sein, fürchte ich. Doch eines Tages - vielleicht erst in tausend Jahren - wird unsere Zeit kommen, die Botschaft Bernhards, den Geist von Hiram zu verkünden. Dies wird der Tag werden, an dem die Menschheit die Einheit mit der göttlichen Urmutter Sophia begreift."

Errol bekreuzigte sich und stand auf. „Vielleicht finden wir es ja doch in diesem Teil der Welt, das irdische Paradies", sagte er dabei und verschwand in einer Ecke der Kajüte.

Harry überlegte, aber er kam einfach nicht darauf, was er den Ordensritter noch fragen wollte. Warum hatte ihm der alte Morlay damals nicht alles erzählt. Vielleicht weil er fürchtete, daß sich sein Schützling von seinen Ideen abwenden könnte und somit eine künftige Heimstatt der schottischen Templer oder auch Maurer - wie sie sich jetzt nannten - gefährdet wäre. Es waren nämlich nicht nur die einfachen Bauhütten der Meister, sondern hier verbarg sich die wahre Rückkehr zu Gott.

Es war nur die Sanduhr gewesen, die Errol herumdrehte. Als er sich wieder zum Tisch zuwandte, hielt ihn der Earl auf. „Wir brauchen ihn jetzt." Der Templer stutzte „Ich meine den Papyrus. Was ich suche, finde ich nur auf dem Papyrus."

Errol, der den Schlüssel zu der alten Eichentruhe des Earls besaß, schritt auf jene zu. Es gab nur zwei Schlüssel. Einen trug Harry ständig bei sich. Den anderen tauschten die Gefährten der Karte unter sich aus. Dies richtete sich danach, wer gerade die Befehlsgewalt auf der St. Katherine hatte. So erhielt ihn Errol Eisenhand von William MacLarren, als er diesen vor zwei Tagen ablöste.

Der Templer öffnete das Schloß und kramte im Inneren der Truhe herum. Schließlich brachte er das so vertraute Metallrohr zum Vorschein. Er klappte den Deckel der Truhe sanft zu und kehrte zum Tisch zurück.

Dort blätterte er erst einmal das Wachs vom Verschluß des Metallrohres - die Schriftrolle war seit Kirkinvaghe erst zweimal entnommen worden - und öffnete ihn anschließend. „Ich glaube, wir benötigen noch mehr Licht", stellte Harry fest und entzündete daraufhin eine weitere Kerze. Keine zwei Augenblicke später lag der gelbliche Papyrus vor den beiden Männern ausgerollt auf dem Tisch.

„Du willst wissen, wo genau die Erdhügel liegen, stimmt's?" fragte Errol. „Stimmt genau", bestätigte Harry und fuhr mit dem Finger über Drogeo. „Sieh, hier sind wir. Und hier, wo die Karte endet, sind jene Tierzeichnungen zu sehen. Und dort, da ist die Schlange." Er sah auf. „Was meinst du, Errol; ob wir dort die Antwort auf unsere Fragen finden?" „Nun, der Ort liegt gute dreihundert Meilen von der Küste entfernt. Wenn es uns vergönnt sein sollte, bis dorthin durchzudringen. Du weißt, wie dicht die Urwälder hier wachsen."

„Die Seefahrer früherer Zeitalter müssen es doch auch bis dahin geschafft haben", entgegnete der Earl. „Vielleicht standen damals diese Wälder noch nicht." Errol blieb skeptisch. „Das bezweifle ich stark. Denn es gibt keinerlei Hinweise auf große Siedlungen oder dergleichen."

Harry suchte nach einer Erklärung der kleinen Tierzeichnung. „Sieh hier, in Ägypten ist ebenfalls eine Schlange abgebildet. Vielleicht stehen beide in einem Zusammenhang."

„Der wird in der Tat bestehen. Möglicherweise deutet sie auf die Göttin Isis hin, die die alten Ägypter verehrten. Sie wacht über das Land am Nil und sicherlich ist sie mit der Urmutter Sophia gleichzusetzen."

„Das ist es", rief Harry freudig erregt aus. „Das Symbol der Schlange muß hier eine ähnliche Bedeutung haben, sonst wären die bemalten Krieger Drogeos vor uns nicht in den Staub gefallen" „Natürlich! Das ist es. Dann laß uns keine Zeit verlieren", gab Errol zurück. „Wir waren ohnehin lange genug hier. Sag mal, was schleppst du eigentlich in dem Fellbeutel herum, der neben der Tür liegt"

Harry schielte zur Tür hinüber. Tatsächlich, der Fellbeutel. Er verbarg doch die kostbaren Geschenke, die der alte Häuptling im Lager zurückgelassen hatte. Wertvolle Pelze und bemalte Steine. „Du kannst es dir ja einmal ansehen."
Während der Templer den Beutel holte, rollte der Earl den Papyrus wieder zusammen und schob ihn in das Metallrohr zurück. „Was ist denn das?", fragte Errol erstaunt als die Pelze auseinanderfielen. „Das habe ich ja noch gar nicht gesehe..., Stop, Moment mal." Harry hielt inne. Natürlich, es war die Pfeife des alten Häuptlings und ein kleiner Lederbeutel, der sicher das seltsame Kraut enthielt, womit sie gestopft wurde. Das lange Holzrohr war mit verschnörkelten Wellenlinien verziert, die sich im flackernden Kerzenlicht zu bewegen schienen. Harry schaute noch einmal hin. Er glaubte zu träumen. Es war nicht nur eine einfache Wellenlinie. Hier wand sich eine Schlange, mit abgespreizten Schuppen, fast so als wären es Federn. Eine gefiederte Schlange.

Der Zweikampf

Regnerisches Wetter setzte ein, als die Flotte der Orkneys Anfang Juli wieder auf Fahrt ging. Die Laderäume unter Deck waren bis zum Bersten gefüllt mit Fleisch, Wildfrüchten, Trinkwasser und Holz. Sieben Schiffe verließen die Bucht der Pikten in die entgegengesetzte Richtung, aus der sie gekommen waren. Noch am selben Tag konnten sie nördlich im Dunst eine langgezogene Insel wahrnehmen, die sie von der übrigen großen Meeresbucht abschnitt. Nach den Bezeichnungen des alten Papyrus mußte es irgendwo weiter westlich eine schmale Durchfahrt geben, um in den Süden zu gelangen. Jedenfalls hatten die Seefahrer der vergangenen Zeitalter eine solche gekennzeichnet, was bedeutete, daß der Teil Drogeos, den sie bis jetzt betreten hatten, nichts weiter als eine Insel war. Der Earl gab ihr den Namen Heughland, Alban des Westens. Heughland bedeutet soviel wie die 'das Land der niedrigen Hügel'.
Da er vermeiden wollte, die wesentlich längere Strecke direkt an der Küste Heughlands zum großen Ozean zurückzulegen, versuchte er die Durchfahrt zu finden. Immer wieder erkundeten die kleineren, wendigeren Barken und Schniggen Flußmündungen - mit dem gleichen Erfolg. Das Fahrwasser wurde bald zu schmal und flach, um darin zu fahren und ins Land konnte man nicht weit schauen. Weiterhin wurde die Küste von dichten Wäldern bedeckt. Die alten Wikinger hatten diesen Flecken Erde zurecht Waldland genannt. Auf die bemalten Ureinwohner Drogeos - die die Grönländer nach wie vor als Skrälinger bezeichneten - stießen sie allerdings nicht mehr.
Dafür erreichten sie nach etlichen Tagen tatsächlich einen größeren Strom, der sich breit und träge in den Sund ergoß. Sir Henry schickte eine Schnigge den Fluß hinauf, damit sie in Erfahrung brächte, ob der Fluß befahrbar wäre. Gegen Abend kehrte sie zurück und der Lotse der Schnigge war zuversichtlich, auch im Angesicht des größeren Tiefgangs der zwei Koggen.

„Nicht so ruckartig! Wir müssen alle zur gleichen Zeit ziehen", rief John Leeword den anderen zu. Das straff gespannte Tau lockerte sich wieder etwas. Der kräftige Freibauer aus dem grünen Tal der Esk zog mit zwanzig starken Männern die St. Katherine die Strömung hinauf. Alleine kam die Kogge nicht mehr dagegen an. Konnte die Mannschaft doch auch keine Riemen verwenden, so wie die kleineren Schiffe, die nicht so weit aus dem Wasser ragten. Nun war die St. Katherine bereits zweimal auf schlickigen Untergrund gelaufen. Um dies zu vermeiden, hatten nicht nur die zwei Lotsen, sondern auch Björn Walzahn, der Steuermann, alle Hände voll zu tun. Schon an der Form der Wellen erkannten die erfahrenen Seeleute, ob Gefahr im Anzug war oder nicht.

Wenn dann Iain Flachsnase die gemessene Tiefe von ein Faden fünfzig zum Ufer hinüber brüllte, wurde es für John Leeword und seine Männer ernst. Sie mußten langsamer ziehen, bis das Manöver geglückt war.

Doch der Fluß wurde zusehends schmaler und flacher. Immer öfter geschah es, daß die Männer am Tau die Kogge über den Grund des Flusses schleiften. So konnte es nicht weitergehen! Der Earl ließ seine Flotte stoppen und sandte Erkundungstrupps den Flußlauf voraus. Erst am nächsten Morgen tauchten sie wieder zwischen den Uferbäumen auf. Ihre Worte zerstörten auch die letzten Hoffnungen unter dem Schiffsvolk.

Fünf Meilen aufwärts würde der Fluß einen Knick nach Norden machen. Mit einem Faden Tiefgang wäre er dann auf gar keinen Fall mehr schiffbar, jedoch befände sich ungefähr zwei Meilen westlich von dieser Stelle ein anderer Wasserlauf, der nach Südwesten, also in ihre Richtung fließen würde.

„Man müßte eine Schneise durch den Wald hauen und die Flotte dieses Stück über Land ziehen." Als der rote Niall, der dem Erkundungstrupp angehörte, diesen Vorschlag unterbreitete, erntete er giftige Blicke und laute Gegenrufe unter dem Schiffsvolk. So mancher versuchte den Earl umzustimmen, doch lieber den Weg außen herum zu nehmen. Vor allem Angus, der Navigator, schimpfte wieder wie ein Rohrspatz. Allein Will, Geoffrey und Errol rieten Harry, nicht auf diese Stimmen zu hören. „Ich hatte nie vor umzukehren", erwiderte er völlig gelassen. „Zwei, drei Meilen - davor sollten wir nicht zurückschrecken." „Sind denn die Hügelketten hoch, die es zu überqueren gilt?" wollte Errol von Niall wissen. „Das Land ist flach. Wir haben Glück", antwortete dieser. „Na, wenn das so ist, dann liegt ein gutes Stück Arbeit vor uns, Männer", entschied der Earl der Orkneys.

Angus Ork hob warnend den Zeigefinger. „Es wird nicht leicht sein, die Schiffe aus dem Flußbett zu heben; vor allem die schweren Koggen." „Die einzigen Schwierigkeiten liegen darin, daß wir eine flache Furt finden müssen", hielt der Earl ihm entgegen. „Hast du nicht von einer Biegung des Laufes gesprochen, Niall?" „Ja, sicher, an der

Flußbiegung ist auf der südlichen Seite ein schönes, flach ansteigendes Sandufer. Wenn wir es schaffen, Sir - dann dort."

„Nun denn", beendete Harry die Unterhaltung, wobei er sich zum letzten Male an seine Kapitäne und Ritter wandte, „laßt eure Männer die Äxte und Sägen schärfen. Wir werden wohl gute zwei Wochen brauchen, um eine Schneise zu schlagen.

*

„Seht euch das an, Sir." Harry trat an die Reling. Tatsächlich. Dort am Ufer stand ein Hüttendorf. „Die Skrälinger, rief Leifur mit seinem finsteren Baß. „Die Pikten", ein anderer. Einige bekreuzigten sich, so, als ob sie nichts Gutes ahnten.

Der Platz an der Küste war gut gewählt. Der Strand erstreckte sich auf gute hundert Fuß. Sicherlich war er bei Ebbe doppelt so breit. Im Augenblick ging die Flut noch zurück. Das Ufergestrüpp war bis auf einige schnell wachsende Birken ausgelichtet; das dahinter liegende Dorf großzügig angelegt. Zu drei Vierteln war es von Palisaden umzäunt. Weithin sichtbar entstieg einzelnen Hütten weißer Rauch. Halb im Wasser lagen auch einige ihrer Einbäume. Harry kratzte sich nachdenklich am Kinn. Einerseits war er neugierig, endlich wieder auf die bemalten Menschen Drogeos zu treffen, andererseits wußte er, welche Probleme damit verbunden waren.

Viele der Seeleute hatten den letzten Zusammenstoß nicht vergessen und der Earl befürchtete, daß es wieder zu einer ähnlichen Situation kommen könnte. Deswegen war es auch gut gewesen, daß es während ihres Weges über Land zu keiner Begegnung mit den bemalten Kriegern kam. Sie hatten all diese Tage keine Deckung. Meist waren die Schiffsmänner des Abends völlig erschöpft von der Plackerei des Tages. Einem Überraschungsangriff der Ureinwohner wären wohl viele zum Opfer gefallen. Jetzt, da die Schiffe wieder im Wasser dahintrieben, boten sie den Orkneywikingern Schutz und Sicherheit.

Keiner von ihnen hatte den Augenblick vergessen können, als man die St. Katherine, wie bei einem Stapellauf in den Fluß setzte. Nur wenige Stunden später erfaßte sie ein starker Sog. Es war der Sog einer zurückdrängenden Flut und er brachte die Schiffe schnell und sicher bis zur Mündung des Flusses. Wie staunten die Seefahrer, als sie die südliche Bucht erreichten. Der Unterschied zwischen Ebbe und Flut war tatsächlich gewaltig. Ja, er betrug über vier Faden. Dergleichen gab es in Schottland und auf den Orkneys nicht.

Mittlerweile waren sie nun schon drei Tage in der südlichen Bucht zwischen Heughland, dem Alban des Westens und dem Festland unterwegs. Harry zog seine Stirn in Falten.

„Was wirst du tun?", fragte ihn William MacLarren. „Unsere Boote hinüber schicken und ihnen erklären, daß wir ihr Land in Besitz nehmen? Das Banner Orkneys und Rosslyns aufpflanzen?" Der Earl bemerkte, wie ihn seine Schiffsmänner beobachteten. Harry wußte, daß sie alle auf seine Entscheidung warteten. Er blickte über sie hinweg, hoch zum Ruder, wo John Leeword stand. „Halte aufs Ufer zu; wir ankern", rief er ihm zu. Ohne auch nur im geringsten seine Miene zu verziehen, drehte John bei.

Das Signal war für die anderen Schiffe der Flotte unverkennbar. Als jedoch die Ankertrossen hinuntergelassen waren, geschah zunächst nichts. Die Seeleute standen an der Reling, dem Ufer zugewandt und verhielten sich abwartend. Die Einwohner des Dorfes kamen einer nach dem anderen an den Strand hinunter. Einige trugen Bogen und Äxte, doch es sah nicht aus, als würden sie den Kampf mit den Fremden suchen.

Nach Ablauf einer Sanduhr wurden die Beiboote zu Wasser gelassen. Ein Schiffsmann nach dem anderen seilte sich hinab. Von den Gefährten der Karte begleiteten Harry nur Will und John. Errol Eisenhand blieb als Stellvertreter des Earls auf der St. Katherine zurück.

Noch wesentlich umfangreicher als beim ersten Mal hatten die Seefahrer sich bewaffnet. Es gab keinen in den Booten, der nicht ein Kettenhemd oder einen Lederkoller trug und neben so manchem Orkneywikinger lehnte ein runder Holzschild. Es war geradeso, als würden sie in die Schlacht ziehen.

Sieben Boote waren es, die aufs Ufer zuhielten. Jedes Schiff hatte ein gutes Dutzend streitbarer Männer ausgewählt - das war ungeschriebenes Gesetz. Mit jedem Schlag der Riemen kamen sie dem Ufer näher und es waren mehr Einzelheiten der Dorfbewohner zu erkennen, die sie am Strand erwarteten.

Ihre Frauen hatten die Wilden im sicheren Schutz der Palisaden verborgen - jedenfalls konnten die Seefahrer nur Männer, allerdings jeden Alters, ausmachen. Auf irgendeine Weise unterschieden sie sich von ihren Brüdern aus Heughland. Ja, natürlich - es war die Farbe. Daß diese Krieger nicht so starke Bemalung am Körper trugen, war verständlich. Sie waren gerade bei der Verrichtung ganz normaler Tagesarbeit gestört worden und befanden sich nicht auf dem Kriegszug. Ein Teil durchstreifte sicherlich die Wälder, um zu jagen und die im Lager Zurückgebliebenen waren völlig überrascht, ja überrumpelt worden. Mit neugierigen, aber auch argwöhnischen Augen sahen sie in die Bucht hinaus, harrten dessen, das da auf sie zukam.

Die meisten trugen Hosen aus Wildleder. Einige Ältere verhüllten die Oberkörper mit einem Wams. Wunderschöne Muster waren in ihre Kleider eingewebt. Keines der Gesichter war durch einen Bart geziert - dafür schmückte sie langes Haupthaar. Die Seefahrer zählten so an die hundertfünfzig Krieger. Sie dagegen waren höchstens sechzig - doch wohl gerüstet. Über der Begegnung beider Gruppen schien etwas Unheilvolles zu liegen. Errol Eisenhand, Geoffrey MacLoyd und Robert Ruthven, die von der Reling der St. Katherine aus zusahen, spürten dies genau. Ob sie Recht behalten sollten?

Die Boote hatten mittlerweile das Ufer erreicht. Ein paar der Schiffsmänner blieben darinnen sitzen, ihre Hände um die Riemen gelegt, so daß im Falle eines Angriffs ein schneller Rückzug möglich war. Der Rest betrat den Strand. Mit einem Abstand von zehn Schritten auf die Skrälinger kamen die Reihen der Seefahrer zum Stehen

Der Häuptling der Waldkrieger begann als erster zu sprechen. Natürlich verstand ihn niemand - bis auf seine eigenen Leute. Um die Situation zu entschärfen, trat Harry hervor, die Hand zum Gruß erhebend. Der andere erwiderte ihm mit Gesten und in seiner Sprache, doch es klang mehr als würde er seinen Kriegern etwas befehlen.

Da winkte der Earl zwei seiner Männer hervor, die vor dem Häuptling ein kostbaren Pelz niederlegten. Auf dem Fell lagen Figuren, geschnitzt aus Elfenbein. Gleichzeitig bot Harry dem Häuptling an, Platz zu nehmen - er selbst ließ sich auf einem Holzklotz nieder. Glücklicherweise hatte ihn jemand in einem der Beiboote vergessen, so daß der Earl sich nicht auf den Boden niederlassen brauchte. Denn mit den Beinschienen, die Harry ebenso wie eine leichte Rüstung über dem Kettenhemd trug, wäre dies sicher mit Schwierigkeiten verbunden gewesen.

Der Skrälinger betrachtete die Geschenke mit lebhaftem Interesse. Es waren zum Teil Figuren eines Schachbrettes wie der Wirt, die Königin oder der Ritter aber auch Tiere, wie der Walfisch, der Otter oder die Schlange. Die Finger glitten prüfend über die filigrane Handarbeit und er nickte anerkennend dem Earl zu. War er mit einer Figur fertig, reichte er sie nach hinten zu seinen Kriegern. Dort kam es zu einem regelrechten Tumult, denn jeder wollte das Wunderwerk als erster bestaunen. Der Häuptling beachtete es gar nicht - sollten doch seine Unterführer Ordnung in die Reihen seiner Krieger bringen. Allmählich beruhigte sich die Masse.

Harry atmete auf. Die erste Hürde schien geschafft. Der Häuptling versuchte jetzt mit einfachen Gesten, den anderen nach seiner Herkunft zu fragen. Er wollte wissen, wie man so große schwimmende Häuser bauen kann, was die Fremden an ihre Küste verschlagen hätte und was ihre Absichten wären. Natürlich wartete auch der Earl der Orkneys mit seinen Fragen auf und so baute sich Stein um Stein ein Gespräch zwischen den beiden Männern auf. Niemand der Zuhörer bemerkte, wie schnell die Stunden verrannen, aber auch nicht, wie sich einige Seeleute heimlich davonstahlen.

*

Zuerst waren hohe, schrille Schreie zu hören - keine hundert Schritte entfernt. Sie kamen vom Dorf herüber. Unverkennbar Frauen, die sich der Zudringlichkeit fremder Männer widersetzten. Dann folgte das Geklirr von Waffen und der Todesschrei eines Mannes. Harry sah irritiert in seine Reihen zurück. Sveighir Olafsen, einem langbärtigen zotteligen Ungetüm von den nördlichen Orkneyinseln, wich das Blut aus dem Gesicht. „Jens, Eckbert und Finleas fehlen, Sir." „Wer weiß, wie viele noch", dachte Harry und war sofort im Bilde. Dem Earl war als würde ihm das Blut in den Adern gefrieren. Jetzt war alles zerstört und hoffentlich gelang es dem Rest, die heile Haut zu retten. Diese gottverdammten Schurken mußten unbemerkt ins Dorf gelangt sein - wohl weil alle männlichen Skrälinger am Ufer versammelt waren.

„Mach dich auf was gefaßt", flüsterte Will leise, der hinter ihm stand. Die Blicke des Häuptlings und seiner Krieger verfinsterten sich. Waren sie zuvor noch voller Neugier gewesen, drückten ihre Mienen jetzt bitteren tödlichen Haß aus. Ihre Hände umspannten fest ihre Waffen - sonderbar geformte Äxte mit Steinschneiden, Messer aus Obsidan und Keulen aus Holz. Der Earl erhob sich vorsichtig von seinem Sitz und trat in den Kreis seiner Männer zurück. Die Hand ertastete vorsichtig den Knauf des Schwertes. Das Schiffsvolk drängte sich dicht zusammen - die Schildträger traten in die erste Reihe. Argwöhnisch musterte der Häuptling der Skrälinger diese Mauer aus Eisen. Die Gegner nahmen sich ins Visier. Noch war alles ruhig, auch die Schreie waren verebbt - man hatte wohl die Eindringlinge erschlagen. Vorsichtig bewegten sich die Reihen der Seefahrer rückwärts. Schritt um Schritt.

Sicher wäre es zu keinem Kampf gekommen, wenn nicht einer der jungen Wilden die Beherrschung verloren hätte. Als er mit einem lauten Kriegsgeheul nach vorn stürzte riß er die anderen mit sich. Wie Raubkatzen sprangen sie die Mauer der Seefahrer an, die sie bald aufgebrochen hatten. Sicher verfügten die Männer des Abendlandes über bessere Waffen, waren ihre Körper mit Kettenhemden und Lederkollern geschützt. Doch die wilden Krieger glichen dies durch erstaunliche Schnelligkeit und Wendigkeit aus. So kostete der unverzeihliche Frevel der eigenen Leute manchem Seemann das Leben. Wehe dem, der sich zu weit vor wagte - er wurde von den Wilden unbarmherzig niedergemacht.

John und Gwendolf kämpften an Harrys Seite und hinderten so die zahllosen Angreifer daran, den Earl zu attackieren, denn auf ihn schienen sie es besonders abgesehen zu haben. Die Skrälinger merkten bald, daß sie den Stahlklingen und schweren Doppeläxten wenig entgegenzusetzen hatten und zogen sich auf Befehl ihres Häuptlings durchs Ufergebüsch in ihr Dorf zurück. Zurück blieben zahllose Tote und Verwundete. „Verdammt", schrie Harry laut, „wie konnte das nur passieren." Wütend stieß er die Spitze seines Schwertes in den Sand. „Was soll mit denen geschehen, die hinter den Palisaden gefangen sind?" fragte Gwendolf Hellebrogge vorsichtig. Will schüttelte den Kopf. Harry glaubte sich verhört zu haben. „Befreien?! Diese räudigen Hunde. Seht", und er wies auf die verstreuten Leichen „welche Suppe sie uns eingebrockt haben. Kein Wort mehr von ihnen. Höchstwahrscheinlich haben die Wilden ihnen schon den Garaus gemacht." Die übrigen Ritter stimmten dem zu. „Los, zu den Booten", tönte es durcheinander. Ein paar der Männer deckten ihren Rückzug mit Schilden, denn die Skrälinger schossen bereits die ersten Pfeilsalven aus ihrem Hüttendorf. „Rudert schneller, legt euch in die Riemen, Männer", feuerten die Ritter und Unterführer die Mannschaften an. Es dauerte noch eine ganze Weile, bis sie aus dem Schußfeld ihrer Gegner waren.

An Bord der Schiffe ließ der Earl erst einmal die Toten und Verwundeten zählen. Siebzehn Mann waren gefallen, ein gutes Dutzend verwundet und acht Seeleute galten als verschollen. Allerdings hatten sie fünf Skrälinger gefangen, von denen der erste noch vor Anbruch der Nacht an seinen schweren Verletzungen starb. Das schwarze Öl, daß sie an Bord in Fässern verstaut hatten, erwies sich jetzt als erstaunlich nützlich, da es viele der Wunden schneller heilen ließ.

Auch an Harry waren die Ereignisse des Tages nicht spurlos vorüber gegangen. Er hatte zwar keine körperlichen Verletzungen davongetragen, doch ihn befiel noch am gleichen Abend schweres Fieber, das ihn aufs Bett warf.

Errol Eisenhand und William MacLarren übernahmen den Befehl der Orkneyflotte und steuerten weiter südlichen Kurs. Die Gefährten der Karte machten sich ernsthafte Sorgen. Nicht um den Zustand ihres Freundes, der sich - wenn auch nur langsam - wieder erholte, sondern um die Veränderung, die bei den Besatzungen der Schiffe zu beobachten war.

Unter dem Schiffsvolk begann es zu rumoren. Niemand wollte verstehen, wieso der Earl nicht hart durchgegriffen hatte. Warum entsandte er keine Strafexpedition, um die Wilden zu bestrafen? Es wurden sogar Stimmen laut, daß es niemand den Seeleuten verdenken könnte, sich an den Frauen der Skrälinger vergangen zu haben. Sie waren doch nur gottlose Heiden, mit denen man ruhig so verfahren könne. Doch es gab auch andere, die weiterhin fest zu Sir Henry standen. Junge, energische Männer wie der rote Niall oder Harald Eulenauge, der ab sofort zur Mannschaft der St. Katherine gehörte.

Von einer dritten Gruppe, den englischen Seeleuten der Red Rose, wußte allerdings niemand. Sie verstanden es abzuwarten, bis ihre Stunde gekommen war. Gespannt verfolgten sie, wie sich die Stimmung innerhalb der Mannschaften auf den einzelnen Schiffen verschlechterte. „Diese Zwietracht kann uns nur von Nutzen sein", meinte Dan Gray lachend zu seinem Kapitän. Der schwarze Ritter wußte nun, daß die Zeit für ihn arbeitete.

Nach nur drei Tagen verließ die Flotte die Meeresbucht und die Insel Heughland, Alban des Westens verschwand am östlichen Horizont. Wieder lag der weite Ozean vor ihnen. Da der Wind nur sehr schwach wehte, trieben die Schiffe langsam in Richtung Süden. Harry hatte Errol in jener Nacht einst erklärt, eine Insel anzusteuern, die vor einer Landspitze liegt, um von dort mit einer Streitmacht zum Festland überzusetzen.

*

„Sieh nur, das muß es sein, Will. Das ist die Insel, von der ich euch erzählt habe. Sie scheint überschaubar zu sein."

„Dies muß Weinland sein", rief Einar Gustafson erfreut aus. „Jene Insel war der südlichste Punkt, den der große Leif Erikson einst erreichte. Hier muß es neben Fisch und Wild auch wilde Weinstöcke geben." „Auf der Insel? Bei Gott, schon lange rann kein guter Wein mehr durch meine Kehle", gab Ither dazu.

„Einen besseren Platz werden wir wohl kaum finden", flötete Gunne, der Koch im Überschwang vor sich hin. „Das sehe ich auch so, Gunne", bestätigte ihm der Earl. „Du wirst dort mit den anderen den Winter verbringen." Gunne erschrak. „Und ihr, Sir?" fragte er vorsichtig. „Ich werde mich auf eine sehr lange Reise begeben, von der ich vielleicht erst im Frühjahr zurückkehre." „Eine Expedition? Noch steckt euch die Krankheit in den Knochen. Ihr solltet kürzer treten, Sir." Ither Wobbelstones Bitte klang durchaus ernst. Auch Angus Ork, der Navigator, zeigte sich besorgt, daß sein viel älterer

Dienstherr versuchte - kaum auf den Beinen - den Heißsporn zu spielen. „Habt ihr vom letzten Gefecht noch nicht genug? Auch wenn ihr meiner Warnung wenig Glauben schenkt, so glaub ich, diesmal übernehmt ihr euch. Oder habt ihr vergessen, wie viele Tage ihr in eurer Butze lagt." „Du bist vortrefflich, was die Kunst betrifft, ein Portolan mit Leben zu erfüllen. Doch droht Gefahr und gar der Tod - das Herz des Hasen schlägt in deiner Brust, Navigator. So höre - es war die Schuld der eigenen Leute, die mir die Seele hat zerrissen. Mein Schwertarm, der ist nach wie vor mit wackerer Kraft gerüstet." Geoffrey schüttelte bedenklich den Kopf. „Unterschätze das Alter nicht, Harry. Zwar ist der Mut des Löwen in dir, doch Mut allein reicht oft nicht aus mein Freund." Harry war durch das Fieber noch zu schwach, um seine Gedanken klar ordnen zu können. „Schöne Freunde hab ich", erwiderte er zornig und schritt zum Achterschiff hinüber. Krachend flog die Tür zur Kajüte zu.

Gunne so wie die anderen Schiffsmänner verstanden nichts. Rein gar nichts. Was sollte das bedeuten - eine lange Reise? Der Alte wurde immer rätselhafter. Nur die Gefährten der Karte wußten, was der Earl damit gemeint hatte.

Mitte September war das Lager fertig. Zwei Tage vor seinem Aufbruch trat der Prinz von den Inseln des großen Orc vor seine Leute. „Wir sind am Ziel unserer Reise, Männer. Die kalte Meeresströmung, die uns bis hierher getragen hat, scheint vor dieser Küste zu verebben. Auch ist uns der Wind, der Koggen und Barken lenkte, seit Wochen nicht mehr gewogen. Nun, da wir uns hier auf Land befinden, ist's angenehm, die warme würzige Seeluft aus dem Süden zu spüren.

Auf unseren Streifzügen haben wir festgestellt, daß die Insel unbewohnt ist. Es gibt Fische und Wild in Hülle und Fülle. Darum werden wir hier den Winter ohne größere Schwierigkeiten überstehen. Was mich betrifft, so werde ich in zwei Tagen mit einer Schar von hundert Männern aufbrechen, um ins Innere des Landes vorzustoßen. Was uns erwartet, ist ungewiß. Ich habe unser letztes Zusammentreffen mit den Skrälingern noch in sehr guter Erinnerung. Also, wer sich entschließt, mich zu begleiten, sollt nicht nur gut die Waffen führen können, sondern vor allem verstehen, sein Hirn zu gebrauchen. Sonst", er ließ eine kleine Pause, „sonst könnte es unser aller Tod sein."

*

Was war das? Irgend etwas mußte die Hirschrotte beunruhigt haben. Unmöglich, daß sie der Grund war - kam der Wind doch von der anderen Seite. Aber was war es dann? Die junge Raubkatze hielt die Nase nach oben, um Witterung aufzunehmen. Da - tatsächlich - ein ganz schwacher Geruch drang von dort drüben, vom Waldesdickicht herüber. Doch es genügte der kleinen Silberlöwin, denn vor jenem Tier, das unverwechselbar roch, hatte sie die Mutter immer gewarnt. Im Gegensatz zu allen anderen Tieren benutzte es nur zwei Beine, um sich fortzubewegen. Gefährlich waren aber vor allem die spitzen Stöcke, mit denen ein Zweibeiner allem nachjagte, das sich bewegte. Die Mutter hatte einmal mit so einem spitzen Stock Bekanntschaft gemacht und war danach tagelang krank.

Behutsam setzte die kleine Silberlöwin eine Tatze vor die andere, dabei den Körper geduckt haltend. Vorsichtig spähte der Kopf der Raubkatze hinter der entwurzelten Eiche hervor. Dort - dort vorne waren sie. Mit zwei, drei Sätzen huschte sie zu einem Ahorn hinüber, den sie in Windeseile emporkletterte, um sich zwischen dem dichten Laub der Krone zu verstecken. Hier, im dichten Schutz des Baumes, war die Silberlöwin sicher vor den Zweibeinern. Neugierig äugte sie durch das Blattwerk.

Es war ein langer Zug, der sich durch den Wald nach Westen schlug. Die Männer trugen schwer an ihren Waffen und Packsäcken. Zwei Wochen war die Schar, angeführt vom Earl der Orkneys, nun schon unterwegs und auf keine Menschenseele gestoßen. Ihre Gedanken kreisten hauptsächlich um den täglichen Hunger und Durst, den es zu stillen galt. Sicher bot der Wald viel, doch oftmals reichte es nicht für alle. So mancher mußte abends mit knurrendem Magen unter seine Felldecke kriechen. Jeder - nicht nur die erfahrenen Bogenschützen - wußte, daß sie ihre Pfeile nicht sinnlos verschießen durften. Sie hatten nicht die Zeit, die Fährte eines verletzten Hirsches zu verfolgen und darum ließen sie lieber einmal ein Wildtier ziehen, als sich im zweifelhaften Jagdglück zu versuchen.

Unten am Meer führte Robert Ruthven, der Ritter vom grünen Baum, in der Abwesenheit Sir Henrys die Geschäfte. Ihm zur Seite standen Angus Ork und Sir Philip, der schwarze Ritter. Der Earl hatte sie beauftragt, die umliegenden Küstengewässer mit kleinen Schniggen zu erkunden. Dabei wußte er vor allem seinen ewig nörgelnden Navigator bestens aufgehoben.

Im Moment verschwendeten Harry und seine Begleiter allerdings keine Gedanken daran. Sie fieberten jedem Hügel, jedem Bergkamm entgegen, weil sie dahinter das große Abenteuer vermuteten. Doch der Wald wollte kein Ende nehmen. Immer weiter nach Westen der aufgehenden Sonne entgegen - dort wartete ihr Ziel. Vielmehr als einigen Tierzeichnungen, die auf dem Papyrus verzeichnet waren, jagten sie nicht hinterher. Ihre Vorstellungen waren unklar, ja verschwommen. Genau wußte der Earl auch nicht, was er suchte. Doch er hoffte das Land zu finden, von dem der alte Fischer Bill Wilson einst erzählt hatte.

Von den drei Wilden - ein weiterer war inzwischen gestorben - erfuhr er zwar eine Menge über das Land an der Küste, über die Sitten und Gebräuche ihres Volkes, doch Bills Geschichten konnten sie nicht bestätigen. Dafür lehrten sie die Männer aus dem Abendland einfache Worte ihrer Sprache, wodurch das furchtbare Bild, das die Wilden bei den Orkneywikinger hinterlassen hatten, mehr und mehr zu bröckeln begann. Die drei jungen Männer gehörten dem Stammesverband der Wapanaki an, was soviel hieß wie „Leute im Sonnenaufgang". Auf der großen Meeresinsel, die der Earl Heughland nannte, siedelten die Micmac, die ebenfalls zum Stammesbund des Wapanaki gehörten. Hin und wieder kam es zu Kämpfen zwischen beiden um Jagd- und Fischgründe. Einer von den drei Wilden - er hieß „Leuchtende Wolke" - hatte vor zwei Tagen Spuren eines ihm fremden Stammes entdeckt und seitdem verhielten sich die Männern des Earls besonders aufmerksam. Leuchtende Wolke und Niall hatten zusammen die Fährte einer Hirschrotte gefunden, doch das scharfe Auge des Wapanaki erkannte im Moos den Fußabdruck eines Menschen. „Er ist ganz frisch", stellte er fest. „Früher oder später mußte es mal so kommen", murmelte der Earl dumpf. „Dann laß uns doch den Weg quer durch den Wald nehmen", entgegnete Will. „Es ist vielleicht das Beste", entschied Sir Henry.

Sie gelangten in einen lichten Wald, dessen Boden mit Blaubeergestrüpp überwuchert war. Hier und da schlug sich einer der hungrigen Männer seitwärts in die Büsche. Als sie ihr Weg immer steiler ins Tal führte, warnte der zweite Wapanaki, namens „Roter Fisch" vor der gefährlichen Nähe eines Flußlaufes. „Bald kommen Fluß. Werden dort auf Hütten fremden Volkes stoßen", sagte er ernst. Jedoch blieb ihnen kaum eine andere Wahl als weiterzugehen. Als der Hang sich richtig abschüssig zeigte, wurden auch die Blaubeerbüsche seltener und nur noch vereinzelt langte einer mit der Hand nach den Beeren am Wegesrand.

Außer Niall. Er bemerkte nicht, daß die anderen schon weitergegangen waren. Die Greenhörner hatte er sicherlich bald wieder eingeholt. Er wollte gerade einen besonders große Blaubeere im Mund verschwinden lassen, als er einen brennenden Schmerz verspürte. Er drehte sich um. Vor ihm stand ein Mädchen - eine Wilde. In der rechten Hand trug sie einen Knüppel. Ihre Augen waren weit aufgerissen. Niall merkte, wie sie zitterte, dann schmeckte er im Mund das Blut und der Schmerz der Wunde kehrte zurück. Dem jungen Schotten wurde schwarz vor Augen.

*

Es mochte später Nachmittag sein. Niall spürte, daß die Kraft der Sonne zur Neige ging. Sie stand bereits über den Bäumen und er lehnte gefesselt an der Wand einer Hütte. Vorsichtig sah er sich um. Wo waren seine Bewacher? Hinter der Hütte war Stimmengewirr zu vernehmen. Das Dorf war von einem starken Palisadenzaun umgeben. Selbst wenn er sich hätte befreien können - ungesehen wäre er wohl nicht davongekommen.

Und wie sich Niall mit Fluchtgedanken trug, kam plötzlich jemand um die Ecke. Es war die junge Frau, die ihm mit dem Knüppel zugesetzt hatte. Diesmal trug sie in ihrer Hand keinen Knüppel, sondern eine Schale aus Holz. Sie lächelte.

Als Niall es erwidern wollte, wurde er sofort wieder an seine Kopfwunde erinnert. So gelang es ihm nur, die Miene zu einem gequälten Grinsen zu verziehen. Sie achtete nicht weiter darauf und beugte sich zu ihm herab. Während er gierig schlürfte, begann sie zu reden. Es war mehr so, als ob sie schimpfte, denn sicherlich nahm sie an, er würde kein Wort verstehen. Viel verstand er allerdings wirklich nicht, doch hatte er von den drei Wapanaki wenigstens soviel gelernt, um zu wissen, daß auch Sir Henry und die anderen entdeckt waren.

Niall konnte nur vorsichtig trinken. Dabei sah er die Frau an. „Wo sind sie?" fragte er leise in der Sprache der Wapanaki. Die junge Frau erschrak heftig. So heftig, daß sie ihn

grob zur Seite stieß, wobei sich der Inhalt der Schale über Niall ergoß. Doch das bemerkte der junge Schotte gar nicht. Er hatte nur noch Blicke für die schöne Wilde, die, wenn sie zornig war, ihm noch viel mehr gefiel.
Das schwarze Langhaar verschwand jedoch so schnell, wie es gekommen war. Wieder hörte Niall hinter der Hütte laute Stimmen. Nur diesmal schienen alle wild durcheinander zu schreien. „Jetzt werden sie mich wohl rösten", dachte er und begann heimlich zu beten.

*

„Für den Rest des Tages haben wir Ruhe." Der Earl der Orkneys setzte sich müde auf einen der Steine des Felsmassivs. „Und außerdem ist dies ein sicherer Platz für die Nacht." „Aber wir wollten doch über den Fluß?" fragte Andrew. „Bist du wahnsinnig", fauchte Erik Sveighirson ihn an. „Die wissen doch genau, wo wir sitzen. Der Fluß ist breit und dort unten schießen sie uns ab wie die Hasen." „Genug", unterbrach sie Errol Eisenhand. „Wartet die Zeit ab, Burschen." Er zeigte zum Fluß hinunter. „Das Wasser fließt in südliche Richtung." „Du meinst zum Meer?", fragte Will. „Nun ja, das auch, MacLarren. Soweit brauchen wir nicht zu gehen. Nur hier - an einer solch gefährlichen Stelle - sollten wir den Fluß meiden. Sicher ist er hier flach - doch bieten wir in der Tat eine gute Zielscheibe für die Wilden." „Du hast recht, Errol. Doch dieses Mal werde ich nicht vor den Wilden davonlaufen. Laßt uns am Feuer einen Plan aushecken, wie wir es anstellen, die Skrälinger zu überrumpeln."
„Wahr gesprochen, mein Prinz", lobte Gwendolf Hellebrogge. „Beim Ruf meines Olifanten - ich werde die Wilden lehren, wie sie einen Wikinger von den Orkneys gebührend zu empfangen haben."
Will knabberte an einem Stück gedörrten Fleisch. Was Gott dem Riesen von den Inseln an Kraft gab, hatte er wohl an Gehirn eingespart. Gwendolf war schnell mit dem Maul, aber hier in diesen Wäldern reichte es nicht aus, einfach nur den Helden zu spielen. Selbst Errol und Geoffrey runzelten die Stirn.
Sir Ither, der etwas abseits stand, spähte durch die Zweige der Weide hinunter zum Fluß. Zu weit wagte er sich nicht hinter dem Stein hervor, denn er wollte nicht Pfeilen der Wilden zum Opfer fallen. Unten am Flußufer - gute zwanzig Fuß tiefer gelegen - war alles ruhig. Kleine Büsche, Erlen und Weiden säuselten leise im Wind. Gleichmäßig schoß die Strömung über die Kiesel hinweg. Das Wasser war so klar, daß man bis auf den Grund sehen konnte. Ither war noch sehr aufgewühlt. Zu schnell waren die Ereignisse des Tages über sie hereingebrochen, daran erinnerte ihn seine Wunde. Der Speer eines Wilden hatte ihn an der Schulter verletzt. Gott sei Dank hatten sie diese kleine Felsgruppe gefunden, hinter deren Wänden sie vorerst sicher waren. Ither dachte zurück, wobei ihm die Wut hochstieg. Urplötzlich - mitten im Wald - waren die Orkneywikinger aus dem Hinterhalt angegriffen worden.

107

Schon gleich in den ersten Augenblicken verloren sie fünf Mann - erschlugen aber auch etliche der Wilden, die sich zu weit aus dem sicheren Unterholz wagten. Bald merkten ihre Gegner, daß sie sich die Zähne ausbeißen würden und ließen ab.

Sir Henry tat gut daran, dem Frieden nicht zu trauen. Da eine Verfolgung der Angreifer zu riskant war, zog er sich mit seinen Männern zurück und fand nach einigen Suchen jene Felskuppen über dem Fluß. Hier ruhten sie sich aus, verbanden ihre Wunden und begruben die Toten.

*

Die Nacht zog herauf. In ihrem Schlupfwinkel über dem Fluß hatten die Männer kleine Feuer angezündet. Ringsherum lagen Wachen verteilt, die auf jede Bewegung im Dunkel der Nacht achten sollten - neben sich schußbereit Bogen oder Armbrüste.

An einem der Feuer saßen der Earl und seine engsten Gefährten. Sir Henry wollte von den drei Wapanaki wissen, zu welchem Stamm diese Krieger gehören könnten. „Es sind keine Wapanaki - wenn es das ist, was ihr wissen wollt“, antwortete ihm Leuchtende Wolke. „In diesen Wäldern lebt das Volk der Mohecan“, sagte Flinker Otter. „Sind die Mohecan ein sehr kriegerisches Volk?“ fragte Errol Eisenhand. „Es kommt selten vor, daß sie unsere Pfade kreuzen. Sie haben ihre Jagdgründe hier - am großen Fluß. Wir am Meer.“ „Griffen sie uns deshalb an, weil wir ihrem Wild nachstellten?“ „Sicher waren auch sie jener Hirschrotte auf der Spur. Wir haben die Hirsche verjagt und darum ihren Zorn heraufbeschworen.“ „Seit Tagen sind sie uns sicher auf der Spur“, bemerkte Roter Fisch. „Erst als wir in die Nähe ihres Lagers gelangten, schlugen sie zu.“ „Sicher ist es auf der anderen Seite des Flusses“, meinte Will. „Worauf ihr wetten könnt“, rief Gwendolf und spielte dabei mit seiner Axt. „Die sollen mich morgen kennenlernen.“ Auf einen strafenden Blick des Earls hin war er jedoch still. Es entstand eine ungewollte Pause, bis schließlich Geoffrey den Mund aufmachte. „Sag mal, Harry, wo ist eigentlich dieser rothaarige Bursche aus dem Argyll?“ „Niall? Ja, du hast recht. Er ist spurlos verschwunden.“

*

„Was haben die nur mit mir vor?“ dachte Niall, als er von den Wilden aus dem Dorf geführt wurde. Ein große Anzahl Krieger begleitete ihn. Sie schlugen einen Weg ein, der sehr feucht und modrig war. In der Nähe hörte man einen Fluß rauschen. Da sah Niall es auch schon durchs Ufergebüsch glitzern. Ihr Weg führte sie eine ganze Weile am Fluß entlang, bis sie zu einer Stelle gelangten, wo der freie Himmel über ihnen war. Dort hielt der Zug.

Niall musterte seine Umgebung. Es war eine kleine Lichtung am Ufer. Ein idealer Platz für ein Blockhaus, um darin bis ans Ende der Zeit zu wohnen; jagen gehen, Fische fangen. Der Fluß wies an dieser Stelle eine Furt auf. Sicher war er nicht allzu tief, doch immer noch gute hundert Fuß breit. Auf der anderen Seite stiegen die Berge steil an. Nach dem Lauf der Sonne zu urteilen, war er vor seiner Gefangennahme von dort gekommen. Ob die anderen wußten, wo er war?!

108

Aus dem Ufergebüsch sprangen zwei Skrälinger hervor. Sie gestikulierten laut mit Nialls Bewachern, der selbst kein einziges Wort verstand. Auf einmal hörte man den Ruf eines Horns erschallen. Ein Horn, wie es die Normannen blasen, wenn sie in die Schlacht ziehen. Es war der Olifant von Gwendolf Hellebrogge, der da ertönte und Niall andeutete, daß seine Gefährten in nächster Nähe waren. Schon schlug sein Herz höher, denn er fing wieder an, an seine Rettung zu glauben. Der junge Mann aus dem Argyll sah sich um. Auf der gegenüberliegenden Seite des Flusses ragten ein paar Felsen zwischen den Bäumen hervor. Moment mal! Hatte er eben dort ein paar Schatten gesehen?! Wenn sich der Earl und seine Männer verschanzt hatten, dann nur dort.
Worauf warteten die Wilden? Sie schien der Klang des Horns nicht im mindesten zu stören. Scheinbar gelangweilt blickten sie hinüber zu jenen Felsen. Da löste sich aus dem Ufergebüsch ein Boot, ein Einbaum der Wilden. Es trug vier Skrälinger und eine Niall vertraute Gestalt. Das war einer von seinen Leuten. Das lange weiße Leinenoberteil, mit dem roten...
Natürlich, das rote achtspitzige Kreuz. Das war der Tempelritter. Was hatte denn das zu bedeuten?! Wollte man ihn gegen einen Wilden austauschen?! Was anderes kam für Niall nicht in Frage. Endlich - das Boot hatte den Fluß überquert. „Was geht hier vor, Sir?“, fragte er Errol, der auf ihn zukam. Sicher würde man ihm gleich die Fessel durchschneiden. „Wir liegen hinter den Felsen, Niall. Im Augenblick sind hundert Augenpaare auf uns gerichtet.“ „Gibt es denn keinen Gefangenenaustausch?“ „Nein“, sagte Flinker Otter, der den Templer begleitet hatte. Niall bemerkte ihn erst jetzt. „Nein? Was hat das zu bedeuten, Sir?“ „Daß all unsere Hoffnungen auf dir ruhen.“ „Ihr macht Witze, Sir Errol.“ „Mitnichten, junger Freund. Mitnichten. Aber du sollst wissen, daß der Earl auf dich setzt.“ „Auf mich setzt? Warum? Ihr sprecht in Rätseln.“
„Du kannst dir sicherlich denken, daß wir bis zum Hals in Schwierigkeiten stecken. Aus freien Stücken haben wir uns weiß Gott nicht hinter den Felsen verschanzt.“ „Es gab einen Kampf?“ „Du sagst es. Krieger der Mohecan - so heißt dieses Volk - überfielen uns. Wie es aussieht, haben sie dich vorher gefangen.“
„Ja, das ist wahr. Aber, wenn ihr mich nicht austauschen wollt, welche Hoffnungen verknüpft ihr dann mit mir? Redet, Sir.“ Errol Eisenhand antwortete nicht sofort. Er schien nach Worten zu suchen.
Niall starrte ungläubig auf den Templer. „Warum habt ihr und Flinker Otter euch dieser Gefahr ausgesetzt?“ fragte er. „Man hat uns freien Abzug gewährt, für den Fall...“ „Für den Fall, daß ich den Mohecan geopfert werde. Na ausgezeichnet; Sir. Das sind ja vortreffliche Neuigkeiten.“
„Heute früh im Morgengrauen sandten uns die Mohecans zwei Unterhändler. Wie es scheint, treibt sich gerade einer ihrer großen Häuptlinge in den Wäldern herum. Er riet ihnen dazu, ihre Götzen zu befragen. Die entschieden wohl, daß du kämpfen sollst. Du hättest unsere Augen sehen sollen, als sie erzählten, daß du noch lebst.“

„Der Earl glaubt den Heiden doch nicht etwa? Nie und nimmer lassen sie uns gehen, wenn ich den Kampf gewinne." „Ihr habt mein Wort, weißer Mann, daß die Mohecan nicht mit gespaltener Zunge sprechen", sagte Flinker Otter mit ernstem Gesicht.

„Und wenn ich verliere?" „Das will ich doch nicht hoffen, Niall", erwiderte Errol. „Sicher werden wir uns über die Wälder zurückziehen können, doch der Tribut wird hoch sein. Eine Rückkehr zum Meer erscheint dann unausweichlich."

Niall wurde aschfahl. „Auf Leben und Tod" Errol Eisenhand nickte. „Ein Gottesgericht, Niall. Gibt es noch etwas, das du mir vorher anvertrauen willst?" „Wozu, Sir? Ein Tempelritter tötete meinen Großonkel. Ich weiß nicht, ob ich es für ein gutes Omen halten soll, daß ausgerechnet ihr über den Fluß gesetzt seid."

„Die Mohecan wollen beginnen, wie es aussieht", unterbrach Flinker Otter die beiden. „Wohl an", sprach Niall „Es sei." Flinker Otter und der Templer traten zurück.

Die Skrälinger hatten einen Kreis gebildet. In die Mitte schlugen sie einen Pflock. Niall glaubte zwischen den Kriegern den großen Häuptling zu erkennen, von dem Errol gesprochen hatte. Er trug lange Ledersachen und sein Haupt zierten längere und kostbarere Federn als das der anderen. „Seltsam", dachte der Schotte, „fast wie bei uns in den Hochlanden."

Nun wurden an dem Pflock zwei Seile befestigt. Die Skrälinger befreiten Nialls Hände von den Fesseln und gaben ihm seine Streitaxt zurück. Nun konnte er sich endlich des Lederkollers entledigen, der ihn ohnehin nur behindert hätte. Er warf ihn Flinken Otter vor die Füße. Dann banden ihm seine Bewacher das Ende eines Seils um den Leib, das andere ergriff einer ihrer Krieger. Niall musterte ihn. Ein wahrer Hüne; ein Kraftpaket aus Fleisch und Fett. Seinen Gegner - den er zweifellos zu erledigen gedachte - würdigte er keines Blickes.

Auf eine Handbewegung des Häuptlings verstummtem alle. Dann streckte dieser seine Arme gen Himmel und begann, für Errol und Niall unverständliche Worte zu murmeln. „Sicherlich ruft er die Geister seines Volkes an, um den Segen für seinen Kämpen zu erbitten, der gottlose Heide", dachte Niall und sah hinüber zu den Felsen.

Tatsächlich - Errol hatte recht. Sie waren hervorgekommen. Auf den Spitzen der Felsen und unter den Bäumen leuchteten die Kettenhemden in der Sonne. Kein Pfeil, kein Speer - nichts konnte sie jetzt noch schrecken. Die Seefahrer des Abendlandes wollten wie die Mohecan ihren Streiter anfeuern. Nur der Fluß trennte sie und die Lichtung.

Der Häuptling murmelte noch immer. Auf einmal mischte sich ein Ton in seine Worte, den Niall bestens kannte. Finrod und Douglas waren es. Die zwei hatten ihre Dudelsäcke vom Schiff bis hierher mitgeschleppt. Niall hielt sie für verrückt, doch nun war er den beiden dankbar. Zur Begleitung schlugen drei kleine Harfen und Gwendolf blies sein schönes elfenbeinernes Horn.

Dem Hünen wurde seine Kriegsaxt gereicht. Ein bogenförmiges Gerät mit einem scharfen Keil aus Obsidan in der Mitte. Gwendolf Hellebrogge, der furchteinflößende

Orkneywikinger wäre wohl ein ebenbürtiger Gegner für diesen Riesen gewesen. Niall war zwar kräftig, aber wirkte in Vergleich zu seinem Gegenüber fast wie ein Zwerg.

Die Musik ebbte ab. Der Kampf begann. Die beiden Gegner umkreisten sich. Der rote Niall vergaß seine Umgebung, ja alles um sich herum und konzentrierte sich nur auf den Mohecan. Der Hüne war ungeheuer flink und beobachtete jede Bewegung von ihm. Mal täuschte er einen Angriff vor - schnellte jedoch sofort wieder zurück. „Wie lange wird er das Spiel noch spielen", dachte Niall. Er wußte nicht, daß der Wilde ihn langsam zu zermürben suchte. Erst wenn die Aufmerksamkeit des Schotten und seine Kraft nachlassen würden, wollte er ihn erledigen.

Daß Niall ihn zuerst angreifen könnte, fürchtete er nicht. Doch da irrte er sich. In Nialls Adern floß auch das Blut der Sippe des wilden Achlan, den Morlay einst im Zweikampf besiegte. In einem von niemand geglaubten, gewaltigen Satz sprang der Mann aus dem Argyll den Mohecan an.

„Ich werde nichts von ihm übrig lassen", sagte sich der Hüne und zielte mit der Axt nach dem Gegner. Es sah so aus als würde der mit der rechten Seite aufkommen, auf der er auch die Waffe hielt. Doch kurz bevor Niall auf den Boden aufsetzte, schnellte sein linkes Bein vor und er knickte zur Seite weg.

Der fürchterliche Hieb des Mohecan schlug ins Leere. Niall streifte allerdings seinen Gegner noch im Fall am rechten Oberschenkel. Sofort schoß das Blut aus der Wunde. Der Hüne verbiß sich den Schmerz. Diesen Augenblick nutzte Niall, um wieder auf die Beine zu kommen. Er beäugte wachsam den anderen. Der fletschte die Zähne als Antwort auf den Triumph des Schotten. Entsetzte Gesichter bei den Umstehenden und Freudenschreie auf der anderen Flußseite bezeugten, daß der erste Punkt an den Mann aus dem Argyll ging.

Sie nahmen ihr altes Spiel wieder auf. Niall merkte, daß der Mohecan nicht mehr so gewandt und schnell in seinen Bewegungen war. Doch auch er mußte sich jetzt etwas anderes einfallen lassen. Den gleichen Trick durfte er nicht noch mal anwenden.

Nun griff sein Gegner an. Gleich drei, vier Mal hintereinander, doch Niall wich ihm jedesmal geschickt aus. Dem Hünen stieg die Wut in den Kopf. Längst hatte er seine kühle nüchterne Art abgelegt, wohl auch durch die schmerzhafte Wunde am Bein. Er verdoppelte seine Anstrengung, so daß Niall bei seinem Angriff nicht mehr rechtzeitig zur Seite springen konnte und zu Boden stürzte. Schon raste die todbringende Klinge auf ihn zu. Geistesgegenwärtig riß er das Bein nach oben und erwischte die lockere Schlaufe des Seiles, das der andere um den Körper gewunden hatte. Er zog sie so weg, daß der Mohecan sich unweigerlich darin verhedderte.

Die Waffe des Hünen zielte in eine andere Richtung und der Schotte wehrte sie mit seiner Streitaxt ab. Ehe der wilde Krieger wieder auf den Beinen war, hatte sich Niall aufgerappelt und seinerseits einen Hieb ausgeteilt.

Wiederum streifte er den Mohecan nur - diesmal an der Schulter. Laut ertönte der Jubel von den Felsen herüber. Nun kannte der Hüne kein Halten mehr. Wild um sich schlagend drängte er Niall in eine Ecke des Kreises. Da er schon viel Blut verloren hatte, waren die Schläge nicht mit der ganzen Kraft geführt, so daß Niall sie abwehren konnte. An seinen Gegner kam er allerdings nicht mehr heran.

Schließlich setzte er alles auf eine Karte und sprang links an dem Riesen vorbei. Es gelang, denn der Mohecan konnte sich nicht mehr so schnell wenden wie zum Anfang. Trotzdem erwischte er den Schotten noch knapp, wobei er ihm die Seite schrammte.

Es war nicht tief - nicht einmal das Gesicht verzog Niall. Er war vorbei, das war die Hauptsache. Der Hüne drehte sich, um den Kampf wiederaufzunehmen. Doch er war noch langsamer geworden. Er wußte nun, daß er den Schotten nicht mehr erreichen konnte. So wartete er. Sollte der andere doch kommen.

Der dachte gar nicht daran, anzugreifen. Niall verhielt sich abwartend, den Koloß wohl im Auge behaltend. Dessen Wunden waren offenbar nicht so stark, daß er von alleine in die Knie gehen würde. Der Schotte versuchte eine letzte Strategie. Alles auf eine Karte.

Zum zweiten Mal sprang er mit einem gewaltigen Satz den Gegner an. Der Hüne achtete genau auf jede Fußbewegung Nialls. Zu spät bemerkte er, daß der andere überhaupt nicht die Absicht hatte, ihm eine Falle zu stellen. Vergeblich versuchte er, den Schlag der schottischen Streitaxt abzuwehren. Sie traf ihm an Hals, worauf er sofort in die Knie ging. Wiederum war der Hieb nicht tödlich, denn es war dem Mohecan mit seiner Waffe noch gelungen, dem Schlag die Wucht zu nehmen.

Niall purzelte über den Skrälinger hinweg und kam erst nach einigen Yards zum Stehen. Er drehte sich um. Seine Waffe lag bei dem Hünen, dem das Blut über die Brust strömte. Der Schotte schaute erst zu Errol Eisenhand hinüber, dann zu dem Häuptling.

Der brauchte nur die Hand zu erheben als sich auf den Felsen laute Jubelschreie entluden. „Jetzt bin ich quitt mit dem Earl. Für heute und für alle Tage, Sir", sagte Niall, dem herbeieilenden Errol Eisenhand. „Der Häuptling heißt uns an seinen Feuern willkommen", erklärte Flinker Otter den beiden Männern.

*

Sir Henry wußte nicht, auf welche Weise er dem roten Niall danken sollte. Es war doch richtig gewesen, daß er den jungen Mann aus dem Argyll, aus dem Clan der MacGroons eine Chance gegeben hatte. Sofort, nachdem der Earl und seine Männer über den Fluß gesetzt waren, schlug Sir Henry den Hochländer zum Ritter und gab ihm das Kettenhemd des gefallenen Sven Feanlyn.

Dann zogen sie friedlich zum Dorf der Mohecan, obwohl Gwendolf Hellebrogge ein Kampf lieber gewesen wäre. Doch die Meinung des gewaltigen Orkneywikingers teilten die wenigsten.

Der Earl gab sich diesmal nicht mehr so aufgeschlossen gegenüber den Ureinwohnern wie bei seinem letzten Treffen. Er hatte die Geschehnisse an der Küste beim Stamm der Wapanaki noch in guter Erinnerung und auch diesmal war das Blut seiner Männer geflossen. So waren seine Antworten auf die Fragen des Häuptlings der Mohecan knapp und spärlich. Natürlich war die kühne Schar aus dem Abendland auch müde und

zerschlagen von den Anstrengungen der letzten Wochen. Sir Henry nahm sich vor, mit seinen Fragen nach der gefiederten Schlange und dem Lande, von dem einst der alte Fischer von Ork Skerry ihm erzählte, zu warten.
An den Bäumen begannen sich bereits die Blätter zu färben. Der Herbst hielt Einzug in Drogeo.

Die fünf Stämme der großen Schlange

Die Hütte in der Mitte des Dorfes war groß und geräumig wie ein Haus. Die Außenwand bestand aus Pfählen, die mit Rinde fest verschnürt waren. Nach oben waren die Rindenfasern zu einer bogenartigen Rundung gebunden. Am Boden des Hauses saßen an einem Glutfeuer der Häuptling mit seinen Unterführern und einigen Frauen auf der einen und der Earl der Orkneys mit seinen engsten Vertrauten auf der anderen Seite. Sie alle löffelten Brei aus Holzschüsseln und tranken dazu ein vergorenes Gesöff, daß man als Kräuterbier bezeichnen könnte. Der Brei war aus einer seltsamen Kolbenfrucht zubereitet. In der Nähe des Dorfes hatten die Mohecans nämlich kleine Felder angelegt. Mitten im Wald.
Die Orkneywikinger staunten nicht schlecht, denn dergleichen Ackerfrüchte gab es im Abendland nicht. Hier wuchsen hohe Stauden mit breiten grünen Blättern. Weit über zwei Yards ragten diese Pflanzen aus der Erde hervor. Bis zu fünf Kolben reiften allein an einer Staude heran. Sie waren mit Fasern umhüllt, hinter denen sich die eigentliche Frucht verbarg. Wenn man die Körner der Kolbenfrucht abschälte und anschließend zerstampfte, konnte man aus der so gewonnenen Stärke allerhand machen. Nicht nur der Templer Errol Eisenhand zeigte sich angesichts des Nutzens dieser Pflanze begeistert.
Man konnte aus dem Mehl Fladen backen, aber auch einen solchen Brei, wie ihn die Männer zur Zeit zu sich nahmen. Beim Essen führten sie eine Unterhaltung, wobei Flinker Otter und Leuchtende Wolke übersetzten. Die Frage nach dem, was hinter dem Gebirge im Westen lag, stand im Raum. Die Mohecans warnten Sir Henry und seine Männer davor, weiter nach Westen zu gehen. Dort würde ein großes Volk leben - die Irinakhoiw. Im Gegensatz zu den Wapanaki waren sie nicht mit den Mohecans verwandt. Seltsam verhielten sich die obersten Stammeshäuptlinge als der Earl sie nach den großen Erdhügeln fragte. Sie hielten es für gefährliche Zauberei und rieten ihm ab, danach weiter zu suchen. Vielleicht wollte man an diesen Orten böse Geister bannen, sagte einer. Darauf erzählten die Häuptlinge dem Earl und seinen engsten Gefährten gleich ein ganzes Dutzend Geschichten über die Wälder und die gefährlichen Geister, die in ihnen hausten. Nur als er wieder die gefiederte Schlange erwähnte, horchten die Wilden auf.
„Ihr Geist ist groß, doch hütet euch vor der bösen Macht, die in ihr wohnt“, sagte der große Häuptling. Fragend sah Sir Henry den Tempelritter an. Der zuckte nur mit den

113

Achseln. „Dort hinter den Bergen, meine Brüder", fuhr der Mohecan fort, „hat der Geist der Schlange die Herzen der Irinakhoiw verdunkelt."
So mancher der Orkneywikinger winkte ab. „Fauler Zauber. Dies ist doch nur elendigliches Gewäsch", sagten sie. Sir Henry merkte schon, daß er auf diese Art nicht weiter kommen würde. Geoffrey beugte sich nach vorne. „Es ist anzunehmen, das die Irinakhoiw uns nicht freundlich empfangen werden, Harry", flüsterte er dem Earl ins Ohr. „Aber schlimmer als der Zusammenstoß mit denen da kann es kaum kommen." „Du hast recht", entgegnete Harry. „Ich habe nicht erwartet, daß sie ihre Feinde loben."
Der Häuptling zeigte sich erstaunt, als ihm Flinker Otter erzählte, daß die Fremdlinge trotz seiner Warnung ins Land der bösen Geister ziehen wollten. Der Earl winkte ab, als er es erneut versuchte, sie von ihrem Vorhaben abzubringen. Nach langen Hin und Her erklärten die Mohecan, der Bitte Sir Henrys nicht nur zu entsprechen, sondern ihm auch erstklassige Fährtensucher mit auf den Weg zu geben. Wahrscheinlich war der Häuptling auch froh, auf diese Art und Weise die unheimlichen Gäste seines Stammes wieder los zu sein.

*

Die meisten der kühnen Schar aus dem Abendland waren froh, diesen Ort verlassen zu können. Träumte doch gar mancher noch von den großen Schätzen, die er zu finden gedachte. Der Earl zog sogar in Erwägung, an den großen Seen, von denen die Mohecans gesprochen hatten, Schiffe zu bauen, um damit die ausgedehnten Küsten zu erkunden. Vor Beginn des Winters wollten sie auf alle Fälle ihr Ziel erreichen.
Mitte Oktober brach der ganze Haufen auf. Darunter eine große Anzahl Führer der Mohecans, die sie sicher über die Berge geleiten wollten. Diese kannten die Hauptpfade von Hirsch, Reh und Elch und so kam man gut voran. Der Wald nahm kein Ende, nur daß statt der mächtigen Eichen und Ahornbäume nun auch Tannen und Föhren das Bild bestimmten. Sir Henry nannte die vor ihnen liegenden Berge die dunklen Berge, denn nur selten sahen er und seine Männer die Sonne. Und wenn, lag es daran, daß ein umgestürzter Waldriese eine Lücke in das grüne Netz gerissen hatte. Als der Paß nahte, schlug der Earl vor, Späher über den Kamm zu senden. „Warum sollten wir uns vor den Irinakhoiw verstecken?" fragte Errol Eisenhand. „Schicken wir doch die Späher direkt zu ihren Hütten. Während sie unsere friedliche Absicht verkünden, warten wir in aller Ruhe auf den Felsen des Kamms." „Ein guter Einfall."
Einen Tag später erreichten sie die felsigen Gipfel der dunklen Berge. Der Fels war rot und leuchtete wie eine Flamme in der Abendsonne. Die Föhren, die jetzt ihre einzigen Begleiter waren, wuchsen nur noch vereinzelt zwischen den Steinen. Wind und Sturm hatte ihnen einen seltsam gedrungen Wuchs verpaßt. Der Earl ließ seine Männer anhalten.
Da waren sie nun. Unter ihnen lagen bewaldete Hügelketten und schließlich die Ebene. Weit, sehr weit konnte man ins Land hineinschauen. Doch weder die großen Seen sah

man in der Ferne, noch Weiden und Felder, die auf Menschen hindeuten könnten. Nirgendwo erhob sich der Rauch eines Lagerfeuers, das Land schien unbewohnt.

Fünf Mohecans und zwei Wapanaki wurden die Täler hinab geschickt. Im Gepäck hatten sie wertvolle Geschenke des Earls, so kleine Elfenbeinschnitzereien und Schmuck aus Eisen. In der Zwischenzeit errichteten die Orkneywikinger Befestigungen auf den Felsen, falls die Antwort der Irinakhoiw aus Speeren und Pfeilen bestand. Dazu rodeten sie die Föhren auf den umliegenden Berggipfeln. In den Nächten erzählten die zurückgebliebenen Skrälinger Schauergeschichten über die Stämme unmittelbar am Fuße der Berge.

Entsetzliche, grausame Kreaturen würden dort hausen. Wilde, die nicht einmal davor zurückschrecken würden, ihre Gefangenen zu verspeisen. Bei einigen der Orkneywikinger hinterließen diese Schauergeschichten einen starken Eindruck. Nicht so bei Sir Henry und den Gefährten der Karte. Der Earl verstand beim besten Willen nicht, wieso er diese Märchen ernst nehmen sollte. Wäre auch nur ein Körnchen davon wahr gewesen - er hätte wohl keinen der sieben dazu bewegen können, ins Tal hinabzusteigen.

Zwei Tage später - der Himmel war wolkenverhangen - kamen die Späher zurück. Sie wurden begleitet von Kriegern der Irinakhoiw. Rein äußerlich unterschieden sie sich kaum von denen, die östlich der dunklen Berge lebten. Dem Flinken Otter fiel es nicht leicht, ihre bildhafte Sprache zu übersetzen. Doch so viel war klar. Die Seefahrer aus dem Abendland waren willkommen. Für die Dauer ihres Aufenthaltes sollte jegliche Fehde zwischen den Mohecans und Irinakhoiw ruhen.

Der Earl fragte, welche Garantien er dafür hätte. Erstaunt gab der Krieger - ein hochaufgeschossener Mann mit einer mächtigen Holzkeule - zurück, daß er noch nie sein Wort gebrochen habe. Er tat beleidigt, daß der andere eine solche Vermutung überhaupt äußerte und seine Narbe, die er auf der linken Wange trug, schwoll vor Zorn rot an.

Ein anderer, gut zehn Jahre älter und wohl der Anführer der Irinakhoiw, beschwichtigte ihn. Dann dankte er Sir Henry für die Geschenke und entbot den Gruß seines Häuptlings. Rundherum zufrieden befahl der Earl der Orkneys den Aufbruch.

So verließ die Schar ihre sichere Bergfestung und folgte den Wilden der neuen Welt ins Tal. Nicht lange - bereits nach einem Tag - erreichten sie eine kleine Siedlung. Der Empfang verlief unerwartet freundlich, was so gar nicht in die Reden der Mohecans paßte. Trotzdem nahm sich Sir Henry vor, auf der Hut zu sein.

Der Stamm, bei dem sie zu Gast waren, nannte sich selbst Mohawks. Die Mohawks waren einer der fünf Stämme der Irinakhoiw. Im Gegensatz zu den Skrälingern jenseits der dunklen Berge wohnten sie in langen, großen Häusern. Deren Grundgerüst bestand gleichfalls aus zusammengebundenen Holzpfählen. Die breiten Zwischenräume an Seiten und Dach wurden mit Baumrinde und Schilfmatten abgedeckt. Ja richtig, Schilf.

„Schilf in solchen Mengen. Da kann es nicht weit sein bis zu dem großen See", sagte Errol Eisenhand. In der Tat bestätigten die Mohawks, daß es bis dorthin nur noch wenige Tagesmärsche wären. An den Ufern des Sees Tioto würde sich das Hauptdorf ihres Clans befinden.

Gleich am nächsten Tag brachen die Orkneywikinger auf. Je weiter sie in die Ebene gelangten, um so schneller trugen sie ihre Füße. Zu lange waren sie nun in den Wäldern umhergeirrt, es drängte sie wieder zu ihrem Element, den dahineilenden Wellen des Meeres.

Auf ihrem Weg bis zum Hauptlager der Mohawks durchquerten sie drei weitere Dörfer. Um eine Siedlung war jedesmal ein Gürtel mit kleinen Feldern angelegt, auf denen gearbeitet wurde. Dann tauchten auch gleich die Palisaden eines Dorfes auf. Aus den Langhäusern entstieg weißer Rauch, der Sir Henry Rast und ein gutes Essen verhieß. Ihre Ankunft mußte sich mit Windeseile westlich der dunkeln Berge herumgesprochen haben, denn kaum betraten sie ein Dorf, wurden sie fürstlich empfangen und feierlich in eines der Langhäuser geführt. Der Earl vergaß wohlweislich nicht, den Häuptlingen Geschenke zu überreichen, geschnitzte Figuren aus Elfenbein, die bei den Mohawk großes Erstaunen hervorriefen.

Wie wunderte sich Sir Henry, als sie das letzte Dorf auf dem Weg zum großen Lager verließen. Sein Haufen war beträchtlich angewachsen, mischten sich doch in die Reihen seiner Männer viele Mohawks. Er brummte nur, denn was sollte er auch anderes machen, als die Skrälinger gewähren zu lassen.

Viele Anzeichen verrieten der Schar aus dem Abendland, daß das große Lager nicht mehr weit sein konnte. So erblickten sie mehrere Möwen, was ein lautes Gejohle hervorrief. Auch verwandelte sich ihr Wildpfad in einen schnurgeraden, breiten Weg, der durch die Ebene führte. Zu beiden Seiten lichtete sich der Wald und wurde schließlich durch weite Felder abgelöst. Die Orkneywikinger sahen, wie Frauen die Kolbenfrüchte von den hohen Stauden pflückten. Auf anderen, bereits abgeernteten Feldern lockerten Männer die Erdkrume mit einem Grabstock auf.

Mittlerweile kamen dem Zug immer öfter Menschen entgegen, die sich wahrscheinlich auf dem Weg von oder zur Feldarbeit befanden. Die Frauen trugen hohe Bastkörbe voll mit reifen Kolbenfrüchten.

„Ich wette, es ist keine Meile mehr bis zum Meer, Sir", rief Gwendolf Hellebrogge dem Earl fröhlich zu. „Ich kann es förmlich riechen." Gwendolf hatte tatsächlich eine gute Nase, denn an der nächsten Wegbiegung tauchten die Spitzen einiger Langhäuser auf. Dies mußte das Lager sein, von dem alle gesprochen hatten. So erreichte die Schar, geführt vom Earl der Orkneys, am letzten Tag des Oktobers 1395 den großen See.

*

„Wo liegt das Land, aus dem ihr kommt?" fragte der Häuptling den Earl der Orkneys. Der Mohawk war eine sehr würdevolle Person. Der ruhige Blick war nicht ernst, aber bestimmt. Auch er trug wie alle Skrälinger keinen Bart. Seine Haare hatte er unter einer hirschledernen Kappe versteckt, die mit langen Federn geschmückt war. Wams und Hosen waren ebenfalls aus gegerbtem Leder.

116

„Viele Sonnen dauert der Weg bis zu den Inseln der hellhäutigen Männer", erwiderte Flinker Otter dem Häuptling der Mohawhk. „Er führt über das große Wasser, das im Osten liegt. Man braucht ein schwimmendes Haus, um es zu schaffen."

„Es ist also wahr, daß das hellhäutige Volk im Land der aufgehenden Sonne wohnt", stellte der Häuptling zufrieden fest. „Wir kennen seine Krieger und ihre schwimmenden Häuser", erzählte er weiter und die Orkneywikinger bekamen große Ohren, als ihnen Flinker Otter die Worte übersetzte. „Meine Ahnen", so fuhr der Häuptling fort, „erzählten mir von zwei solchen Ungetümen, die sie einst vor vielen Sommern auf den Wellen des großen Sees Tioto sahen. Diese Männer kamen nicht in Frieden. Sie standen im Kampf mit unseren Nachbarvölkern im Norden. Oben am großen Fluß."

„Er kann nur von Paul Knudson, dem Norweger, reden", rief da Erik Sveighirson dem Earl zu. „Mein Vater erzählte mir von ihm." Ja sicher", bemerkte Ither Wobblestone, „auch ich habe von seiner Meerfahrt gehört. Es gelang ihm, einen Weg nach Grönland durchs Eis zu finden, so wie dem Venezianer Zeno."

„Königin Margarethe war nicht gerade von seinen Entdeckungen begeistert", erwiderte Sir Henry leise. „Wohl weil er ohne Gold und Silber zurückkehrte." „Finden wir denn keine Schätze?", fragten da einige der Orkneywikinger zurück. „Ich fürchte, es sieht nicht gut aus, Männer", sagte da der Earl zu ihnen. „Ihr wißt, daß wir nach Ende des Winters wieder ans Meer müssen." „Ich habe es schon lange aufgegeben, irgendwelche Schätze zu finden, mein Prinz", warf der gewaltige Gwendolf etwas brummig ein.

Der Häuptling der Mohwak bemerkte die Unruhe unter seinen Gästen. „Ist euer Weg der eurer Vorväter? Seid ihr gekommen, um ihr Blut zu rächen? Oder..." Er hatte noch nicht zu Ende gesprochen, da fuhr ihm eine alte Frau mit einer energischen Handbewegung dazwischen.

Der Häuptling wurde rot und begann fahrig eine Pfeife hervorzukramen. Nun hatte man nicht mehr den ruhigen bestimmten Eindruck von ihm. An dieser Stelle sei gesagt, daß die Irinakhoiw seltsame Menschen sind. Ohne Zweifel war ein Häuptling eine wichtige Persönlichkeit, doch konnte er sich nicht im mindesten mit einem abendländischen Fürsten vergleichen. Nein, nein. Er wohnte in einem Langhaus mit seiner Familie und etlichen anderen Familien zusammen. Obendrein gab es in einem Dorf mehrere, die die Funktion eines Häuptling innehatten. So war es üblich, daß unter dem Dache eines Langhauses eine Frau, oft die Älteste und Erfahrenste, das Sagen hatte.

Flinker Otter übersetzte ihre Worte nicht, so daß die Orkneywikinger annahmen, daß sie den großen Häuptling wohl gemaßregelt hatte. Der Earl versuchte, die Situation zu entschärfen, indem er über ihre Meerfahrt und ihre ersten Erlebnisse in Drogeo erzählte. Er schilderte die Anstrengungen des Weges durch die tiefen, scheinbar undurchdringlichen Wälder.

Der Mohawk gewann seine Ruhe zurück. Bequem saß er auf der niedrigen Holzbank, rauchte seine Pfeife und hörte bedächtig zu, als Flinker Otter ihm die Worte des Earls übersetzte. Zu einer anderen Zeit könnte er immer noch die seltsamen Krieger nach ihren eigentlichen Absichten fragen.

Sir Henry kam ihm zuvor, als er erwähnte, daß sie sich auf der Suche nach den großen Erdhügeln befänden. Diese müssen im Land liegen, das die großen Sonnen regieren." Die Mohawks stutzten. „Das Land der großen Sonnen?! Sind die hellhäutigen Männer etwa große Zauberer? Suchen sie etwa die Orte der heiligen Erdgeister?" fragten sie.

Da ergriff eine andere, jüngere Frau das Wort: „Höre Fremder. Weit, sehr weit ist es bis zum Land der großen Sonnen. Selbst ein Vogel braucht viele Tage, denn es liegt noch hinter den südlichen Bergen. Eis und Schnee werden euch überraschen, wagt ihr den Marsch. Ihr solltet hier bleiben."

Der Earl verzog keine Miene, obwohl sein Herz einen Sprung machte. Wenn das keine Einladung war?! Nun brauchte er nicht selber danach zu fragen. Längst war es zu spät, kleine Barken zu bauen, um mit ihnen die Küsten des Sees Tioto zu erkunden. Und zurück bis zum Meer - dazu war der Weg zu weit. Schon in wenigen Wochen konnte ein Schneesturm aus dem Norden das Land mit Frost und klirrender Kälte überziehen. Da war es doch besser, an einem warmen Lagerfeuer zu sitzen und die steifen Gelenke zu wärmen.

Dafür mußte er sich den Mohawk gegenüber erkenntlich zeigen. Er blickte zuerst den Häuptling an. Der blieb stumm - dann sie. Ihr schwarzes Haar war außergewöhnlich lang und um den Hals trug sie Schnüre, an denen wunderschöne Muscheln aufgehängt waren. Vielleicht hatte es nichts zu bedeuten, aber keine der anderen Frauen trug einen solch prachtvollen Halsschmuck. Man nannte sie Hiawatowa.

Viele unter den Orkneywikingern fanden es allerdings ausgesprochen seltsam, daß keiner der Skrälinger der Frau widersprach. „Was sind das für Krieger?" murmelte Gwendolf. „Waschlappen!" Aber die Seefahrer wußten noch wenig von den Irinakhoiw. In diesen Wäldern war es undenkbar, daß die Frau vom Willen des Mannes abhing. Daß niemand im Kreise der Mohawk Einspruch erhob, lag schlichtweg daran, daß das schöne Langhaar ihrer aller Oberhaupt war - der wahre Clanhäuptling. Der Krieger, der mit den Fremden verhandelte, war dagegen nur ein Unterhäuptling. Denn das große Dorf mit seinen Vorposten bildete einen Clan und mehrere Clans einen Stamm. So zählte der Stamm der Mohawks drei Clans. Die vielen kostbaren Muscheln jedoch waren tatsächlich ein Zeichen hoher Würde.

Sir Henry, der nicht wußte, wen er vor sich hatte, langte nach seinem Packsack. Nach einigem Wühlen brachte er ein Stück bläulich glänzenden Stein ans Licht. Lange, sehr lange hatte er dieses besondere Stück aufgehoben. Das war kein weißes Elfenbein, entsprungen einem Walroßzahn. Nein, dies war Speckstein, ein kostbares Material, das im feuchten Zustand leicht zu bearbeiten war. Es gehörte auch nicht zu den vielen Schnitzarbeiten, die während der langen Meerfahrt nach Drogeo entstanden waren.

Diese Arbeit hatte der Earl vor sehr langer Zeit in Schottland gefertigt. Sie stellte eine Normannenburg auf einem Felsen dar. Keine andere als die Burg Rosslyn hoch über der nördlichen Esk. Nun trennte sich Harry von seinem Lieblingsstück und er hatte gut daran getan, es bis zu diesen Augenblick aufzuheben. „Wir stehen in eurer Schuld“, sagte er zu den Mohawks. „Kein anderer Stamm hat uns mit solch offenen Armen empfangen wie euer. Nehmt dies hier als Dank dafür, daß wir euer Gastrecht in Anspruch nehmen dürfen.“

Nachdem sie die Worte von Flinker Otter vernommen hatten, lächelten die Mohawks nur. Damit schien alles gesagt. „Bei der Heiligen Mutter, dies war das letzte Geschenk“, flüsterte Harry zu Will, der neben ihm saß. „Ich weiß“, erwiderte sein alter Freund.

*

„Schlag mir den Ball rüber“, schrie Niall. Er sprang in die Höhe, wobei er mit seinem Schläger herumfuchtelte. Doch vergeblich. Dieser überheblich wirkende Skrälinger drängte ihn ständig zur Seite.

Aber jetzt. Jetzt, endlich ging es wieder nach vorn. Finrod spielte den Ball Erik Sveighirson zu. Und der schlug lang über den Platz. Wie ein Wiesel schoß der rote Niall hinter seinem Bewacher vorbei. Rechtzeitig hatte er die Lücke erkannt, in die Eriks Paß zielte.

Aber was war das. Der baumlange Mohawk war gleichfalls mitgelaufen und reckte nun seinen Schläger in die Höhe. Genau mit der Oberkante des gebogenen Zedernholzes erwischte er noch den Ball. Niall verfluchte den Riesen und konnte nur noch mit den Augen verfolgen, wie der Ball an den Rand des Spielfeldes flog.

Und schon starteten die Mohawks ihren nächsten Angriff. Es war wieder nicht gelungen. Nun würden sie gleich zwölf Punkte hinter den Skrälingern liegen.

Das Ballspiel war äußerst beliebt bei den Irinakhoiw. Man brauchte dazu nur einen Stab, gefertigt aus dem festen Holz der Zeder. Die Aufprallfläche für den Ball - ein mit gegerbten Leder überzogener Stein - bildete ein Geflecht aus Bast. Es spannte zugleich den Stab, der somit der äußere Rahmen des Schlägers war.

Das Ziel des Spiels bestand darin, daß eine Mannschaft den Ball in oder über das Tor des Gegners schlug. Dies bestand aus zwei senkrechten Holzstämmen, die in Höhe von gut fünf Yards mit einem senkrechten Holzstamm verbunden waren. Natürlich war es nicht gerade einfach, den Ball über das Tor zu schlagen. Den Mohawks jedoch gelang es heute gleich dreimal. Die meisten der Orkneywikinger betrübte die hohe Niederlage nicht, denn für ihre Verhältnisse hatten sie ganz gut gespielt. Einige, hauptsächlich die Schotten wie Niall, kannten ein ähnliches Ballspiel aus ihrer Heimat. Nur wurde hier mehr am Boden als durch die Luft geschlagen.

Sir Henry war froh über jede Abwechslung, die sich ihm und seinen Männern bot. Sollten sich die jungen Seefahrer auf dem Spielfeld tummeln, ehe sie Händel und Streit mit den Dorfbewohnern anfingen. Und außerdem hielt sie die Vorbereitung für den kalten Winter in Atem. In Windeseile hatten der Earl und seine Männer am Rande des Palisadendorfes ein kleines Langhaus gebaut. Dafür erhielten sie tatkräftige Unterstützung der Mohawk. Die Skrälinger staunten, mit welcher Leichtigkeit die Äxte der Fremden die Bäume des Waldes fällten. Weder Bronze noch geschmiedetes Eisen schienen hierzulande bekannt zu sein. Verständlich, daß nicht nur die engmaschigen Kettenhemden, sondern vor allem die dänischen Doppeläxte und Schwerter ein großes Interesse erregten. Für die Mohawk ruhte ein großer Geist in dem glänzenden Metall.

Da sich die Kunde von der Ankunft der hellhäutigen Männer bald im ganzen Land der Irinakhoiw herumgesprochen hatte, kamen oft Gäste in das Dorf am Ufer des großen Sees. Entweder benutzten sie den Landweg oder erschienen mit Booten auf den blauen Wellen Tiotos. Dadurch erfuhren die Orkneywikinger, daß zum Volk der Irinakhoiw vier weitere Stämme gehörten, die Onodaga, die Oneida, die Cayuga und schließlich die Felsenleute, die Seneca. In allen Stämmen und ihren Clans gaben die Frauen den Ton an. Den weiblichen Oberhäuptlingen stand ein Krieger zur Seite, der durch den Rat aller Frauen gewählt wurde. Daneben gab es noch Häuptlinge für Feste, für die Verhandlungen mit anderen Clans und für die Wahrung des Rechts.

Wie alle Skrälinger schienen auch die Irinakhoiw keinerlei Geld zu besitzen. Mehr als ein bißchen Hausrat und ein paar Jagdwaffen konnte keine Familie ihr Eigen nennen. Das Vermögen, hauptsächlich die Nahrungsvorräte, wurden gemeinsam verwaltet.

Als mit Beginn des Dezembers die starken Winterstürme einsetzten, blieben die Besucher aus. Einsamkeit senkte sich über das Dorf am See Tioto. An den warmen Feuern hörte man, wie draußen der Nordwind ums Haus pfiff. Nach nur drei Tagen war das ganze Land von einer dicken Schneedecke überzogen. Nur noch selten verließen die Menschen die schützenden Langhäuser.

Drinnen erzählten die Seefahrer von den Weiten des Meeres, von den grünen Orkneyinseln und von Schottland. So manches Herz wurde von Wehmut erfaßt. Von der Sehnsucht nach der Heimat. Harry dachte an Janet und seine Kinder. An seine Wasserburg in Kirkinvaghe, aber auch an das grüne Tal der Esk. Selbst Gwendolf Hellebrogge, dem Rauhbein, stiegen die Tränen in die Augen, als Finrod und Douglas auf ihren Dudelsäcken die alten Weisen spielten.

So verging die Zeit bis zu dem Tag, da die Geburt Jesus Christus gefeiert wurde. Das Fest wurde im großen Langhaus des Dorfes an einem Lagerfeuer begangen. Dichtgedrängt saßen Kinder, Frauen und Männer im Kreise versammelt. Um ihre Kleider hatten sie zusätzliche Felle gehüllt, damit ihnen nicht kalt wurde. Errol Eisenhand erzählte Geschichten aus dem heiligen Lande Outremer. So erfuhren die staunenden Mohawk von Christis Wundern auf Erden und von seinem Märtyrertod am Kreuz. Viele der Skrälinger machten große Gesichter. Vor allem verstanden sie nicht, warum ein einzelner die Leiden der ganzen Welt auf sich nahm.

*

„Sir! Sir Henry, werdet doch endlich wach." „Wer verscheucht mir meine Träume." Harry schlug die Augen auf. Es war noch dunkel um ihn herum. Irgend jemand rüttelte an seiner Felldecke. Die Stimme kannte er doch. Es war Erik Sveighirson. „Was ist denn los?" brummte der Earl ungehalten. „Es ist doch noch mitten in der Nacht." „Es geht um den alten Leeword. Schnell, ihr müßt kommen."

„John?!" Harry war mit einem Schlag hellwach. „Was ist mit ihm?" „Er muß schon seit Tagen starke Schmerzen haben. Diese Nacht hörte ich ihn im Fieber reden."

Harry war fassungslos. John hatte nie viel gesprochen. So war es gar nicht aufgefallen, daß der alte schottische Freibauer sich immer mehr zurückzog. Vor drei Tagen war er mit Geoffrey Eisangeln gewesen, nur daß der Baumeister früher zurückgekehrt war. Irgend etwas mußte dort geschehen sein und Harry ahnte auch schon was. „Sveighir! Wecke den Templer." Der Orkneyfischer nickte.

Einige Augenblicke später verließen drei Gestalten das Langhaus. „Wo könnte er denn hin sein?" fragte der Earl die beiden anderen. „Wir müßten seine Spuren finden." „Ausgezeichnet, hier sind mindestens hundert verschiedene Spuren im Schnee." „Laß mich mal überlegen", sagte Errol Eisenhand. „Das ist es. Er ist zum See hinunter." „Zum See?, Was will er denn da?" Harry verdrängte den Gedanken daran, was seinen alten Freund zum Wasser zog.

Die drei Männer verließen die schützenden Palisaden des Dorfes. Der Weg zum Ufer des großen Sees Tioto betrug nicht mehr als eine viertel Meile. Er war auch im Winter ausgetreten, denn viele der Frauen und Männer vertrieben sich die Zeit mit Eisangeln.

Es war eine Vollmondnacht und der Weg gut zu sehen. Immer schneller eilten die drei Männer voran, denn Sveighir glaubte die Fußspuren des alten Leeword erkannt zu haben. „Er zieht das linke Bein nach. Weißt du, was das heißt?" Errols Stimme klang müde und hoffnungslos. „Sicher ist es erfroren. Sein Stolz sagt ihm, daß er nicht als Krüppel leben will. Hätte Sveighir mich nicht geweckt, wir hätten den alten John Leeword nie wieder gesehen."

„Da seht doch", rief der junge Orkneyfischer. Die drei Männer hielten den Atem an. Dort vorne keine fünfzehn Schritte vom Seeufer entfernt, lag ein Mann im Schnee. John hatte es nicht mehr geschafft, ohne ein letztes Lebewohl aus dem Leben zu scheiden. Harry lief los.

John lebte noch. Aber er redete irre und erkannte nicht, wer vor ihm stand. Als Errol sein linkes Bein anhob, schrie er auf. „Vermutlich hat er den Stiefel gar nicht mehr ausgezogen. Wir müssen ihn ins Lager schaffen." Es war leichter gesagt als getan, denn John war groß und schwer. Widerstandslos ließ er sich von den dreien packen. Harry spürte, daß er die Last kaum noch halten könne, aber er biß die Zähne zusammen. Den beiden anderen ging es ähnlich.

Als sie das Holztor zum Dorf erreichten, trat ihnen jemand in den Weg. Es war Hiawatowa, das schöne Langhaar und Clanhäuptling bei den Mohawk. Neben ihr standen einige Krieger, allesamt gehüllt in dicke Fellmäntel. Hiawatowa sah John an, sah in seine irren Augen, in sein fieberglühendes Gesicht. „Folgt mir", sagte sie barsch, „wir haben kein Zeit zu verlieren." Nicht alle Mohawk begleiteten sie. Drei Männer entschwanden in Richtung Süden, im Dunkel des Waldes. An ihren Stiefeln trugen sie Schneeschuhe mit einem Rahmen aus Zedernholz und einem Geflecht aus Leder.

Der Earl, Errol und Sveighir machten sich keine Gedanken weiter, welchen Auftrag sie hatten. Sie folgten Hiawatowa in ihr Langhaus. Zurück blieb die Stille der klaren Winternacht, die über Drogeo lag.

*

John hatte sofort das Bewußtsein verloren. Im hohen Bogen flog der Stiefel ins Feuer. Der Fuß war schon schwarz, da war nichts mehr zu retten. „Er muß ab", stellte Errol fest, „und zwar schnell. Hole eine starke Axt, Sveighir."

Der Orkneyfischer wollte schon losstürzen, da hielt ihn Hiawatowa zurück. Wortlos zeigte sie auf eine der Frauen, die um sie herumstanden. Diese trug ein Beil in der Hand, dessen breite Schneide wie ein scharfer geschliffener Kristall aussah. Die drei Männer staunten. So etwas hatten sie noch nie gesehen. Es war nicht für den Kampf gedacht, sondern ein chirurgisches Instrument.

Die Frau reichte das Beil an Hiawatowa. Sie gebot Errol und dem Earl, den Liegenden festzuhalten. Dann hielt das schöne Langhaar die Schneide des Beiles in die Flammen. Harry, der sich mit dem Templer zu John hinabbeugte, kam diese ganze Szene wie ein böser Traum vor. Drüben lagen die anderen immer noch in tiefem Schlaf. Es war wohl erst wenige Stunden nach Mitternacht.

Warum hatte John nichts zu ihm gesagt?! Bestimmt war er mit dem Fuß ins Eis eingebrochen, aber war das ein Grund zu schweigen?! Vermutlich hatte er die erfrorenen Zehen nicht weiter beachtet und so war der kalte Tod rasch weiter gekrochen. Verdammt, wenn dieser alte Esel doch nur früher gekommen wäre.

Der Earl lenkte seine Blicke auf Johns Gesicht, dann zum Feuer und schließlich im gesamten Raum umher. Er war nicht sehr groß und durch Schilfmatten von den übrigen abgeschirmt. Jede Familie besaß einen solchen Raum innerhalb eines Langhauses und in jedem dieser Räume brannte auch ein wärmendes Feuer. Der Rauch zog über ein Loch in der Decke ab, das bei Regen oder Schnee verriegelt werden konnte. Die Atmosphäre war gespenstisch. Das unruhige Flackern der Flammen warf von Zeit zu Zeit einen Schein auf die Gesichter derer, die um John herumstanden. Die beiden Frauen hielten Felle und Lederriemen bereit. Unten am Feuer kniete Hiawatowa und drehte das Beil über brennenden Scheiten. Der Kristall fing bald an rot zu glühen, doch er erlosch schnell, zog sie ihn aus dem Bereich der Flammen.

Viermal wiederholte Hiawatowa diese Prozedur, dann war es gut. „Jetzt", deutete sie den beiden Männern an. Mit einem kräftigen Hieb schlug die Frau zu.

*

„Was war das?" Geoffrey fuhr hoch. „Wo kam der Schrei her? Das war doch John, beim Teufel. Er sah sich um. Überall hörte er nur das gleichmäßige Schnarchen der Männer um ihn herum. Hatte er geträumt?! Herrgott war das kalt. Er kroch noch tiefer in seine Decke hinein. Mit den Augen lugte er zum Feuer hinüber. Es war schon fast

122

heruntergebrannt, doch die Buchenscheite sorgten für eine gute Glut. Langsam duselte er wieder ein.

*

„Wie lange schläft er nun schon?" Geoffrey erhielt keine Antwort auf seine Frage. Harry hatte sie schlichtweg überhört. Der Earl war müde und abgespannt.

Was sollten sie nur mit John machen? Sie konnten ihn doch nicht den weiten Weg bis zum Meer zurück mitschleppen. Und weiter nach Westen?! Der Gedanke war so absurd geworden, daß allein an sein Aussprechen nicht im mindesten zu denken war. Schon bei der leisesten Andeutung würden seine Männer meutern. Es schien ihm, als hätte Margarethe recht gehabt. Gold und Edelsteine, nein, das hatte er hier nicht gefunden.

Sie warnte ihn damals mit dem Schicksal des Norwegers Paul Knudson, der nur mit einer Handvoll kranker und zerlumpter Seefahrer über das Meer zurückkam. Schade, daß er ihn nie gesprochen hatte. Die Königin würde niemals Männer wie ihn oder Knudson verstehen können. Sie lebte in einer anderen Welt, eingezwängt von den Dogmen des Papstes und der Kirche, denen man nur mit Macht, Intrige und Bergen von Gold begegnen konnte.

Er, Henry Sinclair, würde das Drogeo, das Waldland, nicht mit leeren Händen verlassen und nach wie vor war für ihn dieses Land ein Paradies. Obwohl er das Volk, bei dem Bill einst gefangen war, nicht gefunden hatte. Mittlerweile war es auch nicht mehr wichtig, was sich hinter den Erdhügeln, der Schlange und anderen Hinweisen auf dem Papyrus verbarg.

War nicht vieles von dem, was ihm Errol einst auf dem Schiff erzählte, Wirklichkeit geworden?! Die Skrälinger an der Küste, die Clans am großen Fluß und ganz besonders das Volk der Irinakhoiw. Ihnen allen merkte man an, daß ihre Seelen freier waren; ihr Dasein kaum von Gier nach Macht und Reichtum geprägt war. Und hier mußte er nun John Leeword..."

Plötzlich wurde der Earl aus seinen Träumen gerissen. Jemand schob den Schilfvorhang beiseite und trat in den Raum. Es war Hiawatowa, das schöne Langhaar mit den rehbraunen Augen. Hinter ihr stand ein Mann, ein Krieger der Mohawk. Harry erkannte ihn sofort wieder. Er gehörte zu jenen, die vor fünf Nächten im Wald verschwunden waren. Hiawatowa hatte sich bis jetzt ausgeschwiegen, welchen Auftrag sie erfüllen sollten.

Sie beugte sich geschwind hinab zu dem in Fellen gewickelten Freibauern. John schlief fest. Eine der bei ihm sitzenden Frauen hatte ihm von Zeit zu Zeit die Stirn gewaschen.

„Wenn das Fieber in den nächsten Tagen nicht schwächer wird, muß er sterben", hatte Errol Eisenhand gesagt. Er und auch die Frauen der Mohawk versuchten mit Kräuterwickeln, seinen Zustand wenigstens zu stabilisieren.

Hiawatowa murmelte unverständliche Worte, die die anwesenden Schotten und Orkneywikinger stark an Zauberei erinnerten. Doch keiner traute sich, irgend etwas zu sagen. Im Abendland wäre ihr wohl kein langes Leben beschieden gewesen, denn

123

schnell war die Inquisition dabei, jemanden der Hexerei zu bezichtigen. Schließlich faßte die Frau unter den dicken Wolfspelz, den sie über ihren Gewändern trug.

Harry durchzuckte es jäh, als er gewahrte, daß sie einen funkelnden Stein in der Hand hielt. Er war wie gelähmt. Es war ein großer Smaragd und er leuchtete sattgrün im Glanze des Feuers. Der Kristall schien sofort alle im Raum in seinen Bann zu ziehen, doch Hiawatowa ließ sich davon nicht beeindrucken.

Sie strich sich das lange schwarze Haar aus dem Gesicht und säuselte weiter, ohne den Gleichklang in ihrer Stimme auch nur einmal zu verändern. Auf Johns Gesicht tanzte ein grüner Schein. Gebannt warteten alle auf das, was geschehen würde. Zwar war der alte Leeword schon ein paarmal aufgewacht, aber jedesmal hatte er nur zusammenhangloses Zeug gelallt. Harry, der ganz fest glaubte, den dritten der fünf Steine vor sich zu sehen, wagte als erster, an ein Wunder zu glauben. Und das Wunder geschah.

Ganz langsam schlug John Leeword wieder die Augen auf. „Ich sehe, der Frühling ist zurückgekehrt", war das erste, was er sagte. Hiawatowa zog sich sachte zurück, wobei sie den Smaragd in der Hand behielt. Der Kranke versuchte den Oberkörper aufzurichten, da bemerkte er, daß der Raum voller Menschen war. Nun stutzte John.

„He, Geoffrey, was ist? Warum steht ihr da alle so rum?" fragte er den Baumeister. „Er weiß es noch nicht", flüsterte jemand in der letzten Reihe.

*

„Der hellhäutige Mann wird wohl nicht mit euch zu den großen Wassern ziehen können", sagte Dekinawio, der Ratshäuptling des Clans besorgt. „Wollt ihr ihn in unseren Hütten lassen?" Der Earl seufzte. Nie und nimmer würde John mit ihnen den Weg zurück gehen. Als Krüppel, auf den alle Rücksicht nehmen müßten. Niemals, dazu war er viel zu stolz. Deswegen hatte er ihn gestern gebeten, hier bleiben zu dürfen.

„Ist denn John Leeword an euren Feuern willkommen?" fragte Harry schließlich und nahm einen tiefen Zug von seiner Pfeife. Tiefes Schweigen. Hiawatowa war die erste, die es brach: „Ein alter Bär braucht seine Höhle. Hier, an den Ufern des Tioto ist jetzt seine Höhle."

Der Earl nickte verwirrt. Das Ziehen an der Pfeife hatte ihn mächtig benebelt. Als er sah, daß das Langhaar mit ihrer Hand unter den Fellumhang griff, dachte er: „Gleich holt sie den Smaragden hervor." Nichts dergleichen geschah. Hiawatowa brachte nur einen kleinen Lederbeutel zum Vorschein, der Pfeifenkraut enthielt.

„Woher wußtet ihr, daß der Kristall ihn retten wird?" fragte Harry vorsichtig. „Der grüne Zauberstein hat gewaltige Kräfte", erklärte Dekinawio gewichtig. „Er ruft unsere Ahnen zu Hilfe, die ins Land der Geister gezogen sind." „Alle Kinder vom Volk der fünf Stämme kehren zurück zur großen gehörnten Schlange", ergänzte Hiawatowa."

Harry drehte sich zu dem Templer um. Diese einfachen Wilden sollten zum Volk der großen Schlange gehören? Niemals hatten die Orkneywikinger ihre Gastgeber in irgendwelchen Kulthandlungen eine Schlange beschwören sehen. Errol Eisenhand fuhr sich nachdenklich durch den Bart, aber er schwieg. Harry hatte das Gefühl, als wäre er wieder jung; als höre er die Erzählungen der schottischen Barden. Aber vor allem der alte Iain MacMhuireadhach drängte sich in sein Gedächtnis. Vieles, was der Barde einst auf Innis Chonnel Castle erzählte, hatte sich - wenn auch erst viele Jahre später - erstaunlicherweise bewahrheitet. Und so begann der Earl:

„Auch in meinem Lande kennt man Geschichten, die von der Kraft seltsamer Steine berichten. Ich selbst hörte aus dem Mund eines alten Mannes von einem Kristall, der das Sternenlicht um ein Vielfaches verstärken konnte. Er erwähnte vier weitere Edelsteine, alle von anderer Farbe und mit anderen Kräften ausgestattet."

Als Dekinawio sofort wieder von den Geistern sprach, lächelte der Schotte nur müde. Auch wenn er einige Ansätze der Sprache der Irinakhoiw gelernt hatte, verstand er nur jedes vierte Wort des energischen Skrälingers. Wiederum, wie so oft, stoppte die Herrin des Dorfes ihren Ratshäuptling.

„Nicht alles, was du weißt, spricht deine Zunge", sagte sie zu Harry, „denn wohl sah ich deine Augen, als ich den Stein hervorholte."

Nun erzählte der Earl die ganze Geschichte; auf welch seltsame Weise er in Besitz des Saphirs gelangte; wie ihn dessen Licht aus einer dunklen Höhle errettete und wie er ihn wieder im Meer verlor. Dann sprach er von der Grotte von Ork Skerry, dem Karfunkel und den Visionen, die er durch die Kraft des Edelsteins erlebte. Es war Harry, als fiele ihm in diesem Augenblick eine tiefe Last von der Seele.

Seine vier Zuhörer, Errol Eisenhand, William MacLarren und die beiden Mohawk kamen aus dem Staunen nicht mehr heraus. Will schrieb es der starken Wirkung der Pfeife zu, wie konnte sonst ein so gottesfürchtiger Mann soviel Unsinn von sich geben. Oder war es vielleicht doch wahr?! Der Templer schaute nicht weniger dumm drein. Als Harry geendet hatte, entstand eine lange Pause.

Hiawatowa sagte zuerst etwas. Sie bestätigte, daß die Steine ihre Eigenschaften verlieren, wenn man immerwährenden Besitz an ihnen geltend macht.

„Sie helfen uns nur, mehr tun sie nicht. Ihre Kraft verlischt, wenn jemand ihrer Hilfe nicht bedarf oder ihrer unwürdig ist" ,sagte sie. „Noch am gleichen Tag schafften meine Krieger den grünen Stein zurück an jenen Ort, der nur den Irinakhoiw bekannt ist. Dorthin, wo die gehörnte Schlange wohnt."

Der Earl wagte nicht zu fragen, ob er diesen Ort aufsuchen könne. Aber ehrlich gesagt, hatte er auch gar nicht mehr das Bedürfnis danach. Er wußte nun, welche Kraft sich hinter der gehörnten Schlange verbarg.

*

Weit, sehr weit konnten die vier alten Freunde auf den großen See Tioto hinausschauen. Die Gesichter, die unter den Kapuzen hervorlugten, waren durchfroren und Schneekristalle tanzten in den Bärten.

Irgendwo dort hinten, wo die Schollen zerbarsten, stand die Sonne wie ein roter Feuerball am Horizont. Am rosafarbenen Himmel zog gerade eine Schar Wildenten ihre Bahn. Dazwischen tummelten sich die Möwen und andere Seevögel. Sie spürten alle, daß das Land bald aus einem langen Schlaf erwachen würde. Es ging auf Ende Februar zu. „Es wird Zeit heimzukehren", wollte Harry sagen, doch er verkniff es sich.

John pfiff ein altes schottisches Seemannslied vor sich hin. Geoffrey hustete unterdrückt. Will schwieg, genau wie der Earl. Harry wandte den Blick nicht ab von der untergehenden Sonne. So bemerkte auch niemand die Träne, die ihm bei der Melodie über die Wange rann.

Fluch des Papyrus

Harald Eulenauge stand im Schatten eines Blockhauses. Er befestigte gerade eine Metallspitze an einem langen Stock aus Zedernholz. Der Geruch von wohlig riechenden Holzfeuer kroch ihm in die Nase.

Im Lager war es wie ausgestorben. Die Männer hockten in ihren Holzverschlägen. Nur für die wichtigsten Besorgungen verließen sie ihren Platz am Feuer. Der Boden war ohnehin durch die seit einer Woche anhaltende Schneeschmelze stark aufgeweicht.

Harald war einer der wenigen, die es nicht in diese verqualmten Hütten zog. Hier draußen blies ihm ein frischer Wind um die Nase. Hier hatte er den Blick zum Festland hinüber, dorthin, wo eines Tages Earl Henry wieder auftauchen würde.

Jedenfalls hoffte das Harald Eulenauge. Seit der Earl in den dunklen Wäldern, drüben am Ufer verschwunden war, hatte sich das Glück gegen sie gewendet. Zunächst lief bei der weiteren Erkundung der Küste eine Schnigge auf Grund. Dann verloren sie bei Gefechten mit den Skrälingern weiter im Süden an die vierzig Mann.

Der Tempelritter Robert Ruthven, dem Sir Henry den Oberbefehl gegeben hatte, war schon längst nicht mehr Herr der Lage. Immer wieder fesselte ihn ein Fieber für Tage ans Bett, so daß Angus Ork, Sveighir Wackerbart und Sir Philip sich die Entscheidungen teilten. Doch viel zu unterschiedlich waren ihre Ansichten, so daß es mehr Ärger und Verdruß gab.

Als es zu einem plötzlichen Wintereinbruch kam, spürten dies zuerst die Alten und Kranken. Und eine lang anhaltende große Kälte forderte nicht wenige Opfer. Nun hofften die verbliebenen neunzig Männer - über hundertfünfzig waren es noch im September - mit jeden Tag auf die Rückkehr des Earls.

Der junge Robbenjäger war gerade dabei, die Lederriemen festzuziehen, als er auf einmal Zeuge eines lauten Wortwechsels wurde. Vorsichtig lugte er zu einer der Blockhütten, die am oberen Palisadenzaun standen. Sein alter Kapitän, Sir Philip, unterhielt sich mit dem Lotsen der Red Rose, Dan Gray. Gray war dem jungen Robbenjäger schon immer zuwider gewesen. Gott sei Dank hatte er mit ihm, seit er auf dem Flaggschiff des Earl mitfuhr, nichts mehr zu tun. Da sie Englisch redeten, verstand Harald nur wenig von dem, was sie sagten. Leise schlich er sich näher.

„Der Westwind weht kräftig; die Gelegenheit ist mehr als günstig. Sagt, ist es wert, noch länger auszuharren, um auf Orkney zu warten?" sagte der Lotse mit schneidender Stimme.

„Und was ist, wenn er Nachricht bringt von Gold, von sagenhaften Schätzen", entgegnete ihm der schwarze Ritter. Gray winkte ab. „Das erzählt ihr uns schon seit letztem Jahr. Seht diese dunklen Wälder, vermutet ihr dort euer Gold?! Da warten nur die Speer- und Pfeilspitzen der Skrälinger auf uns. Ich hatte gleich so ein ungutes Gefühl, als ich bei euch die Heuer nahm. Lange müssen die Tage her sein, als ihr des alten Fuchses bester Mann wart."

Der alte Philip hob drohend den Finger. „Ich habe dich gewarnt, dein Maul im Zaum zu halten." Doch der Lotse lachte nur. „Was droht ihr mir? Wenn ich euch erinnern darf, hängt ihr am gleichen Faden, Sir."

„Willst du zurück ohne die Karte?", gab der Kapitän der Red Rose zornig zurück. „Dann geh dem Herzog künftig aus dem Weg, wenn dir dein Kopf noch lieb ist."

Dan Gray wiegte einen Augenblick den Kopf hin und her, so, als würde er überlegen. Der schwarze Ritter zog das lange Fell eines Bären, das ihm als Umhang diente, straffer zusammen. Das Gesicht Sir Philips konnte Harald wegen dessen Kapuze nicht sehen. Sir Philip wollte gerade seinem Lotsen den Rücken drehen, da hielt ihn dieser zurück.

„Seid ihr nicht wie alle Kapitäne im Besitz einer Kopie auf Pergament? Wenn auch die Hinweise auf Schätze wohlbegründet darin fehlen, so ist sie für den Seemann trotzdem ein vortrefflich Werk. Drum laßt das Fallbeil aus dem Spiel. Der Herzog wird den Lohn zwar mindern, doch braucht er gute Seeleute, die seine Schiffe künftig führen."

„Ich sehe, du hast viel gelernt, Dan Gray", erwiderte der schwarze Ritter müde. „Dann handelt, Sir", erklärte der Engländer scharf. „Wir werden für euch streiten."

„Was glaubst du denn? Von hier verschwinden bei Nacht und Nebel? Allein mit der Red Rose in Richtung Osten?! Im Gegensatz zu uns kennen die Orkneywikinger die Winde des großen Meeres besser."

„Was fürchtet ihr, Sir. Mußten wir letztes Jahr oft hart am Wind segeln, ist Zephyros nun mit uns verbündet."

Der schwarze Ritter überlegte. Es gab nur zwei Möglichkeiten. Mit der Red Rose nach England. Danach gelüstete ihm nicht im mindesten. Mit jenen Schurken vor John von Gaunt treten zu müssen ohne den Papyrus?! Ohne zu wissen, ob der Earl tatsächlich Schätze im Inneren des Landes gefunden hatte.

Doch wie wurde er seine fünfzehn Mitwisser los? Alle würde er sie nicht töten können.

„In einer Woche hörst du mein Urteil", sagte Philip schließlich. Damit gingen die beiden Männer auseinander.

Harald Eulenauge hatte zwar nicht viel verstanden. Aber er wußte nun zumindest, daß der alte Steuermann der Red Rose im Recht gewesen war. Was sollte er tun?! Sein Wissen für sich behalten?! Harald Eulenauge verschob seine Entscheidung auf den nächsten Morgen.

*

Es hingen dicke Nebelschwaden vor der Küste des Waldlandes. Die Dielen an Deck der St. Katherine knarrten unter den Tritten des jungen Robbenjägers. Harald Eulenauge wischte sich die feinen Nieseltropfen aus dem Gesicht. Vorsichtig klopfte er an die Kajütentür. Niemand antwortete. Er klopfte noch einmal. Harald glaubte, von drinnen nur ein unterdrücktes Husten zu vernehmen.

„Der Ordensritter ist krank, Edwood." Harald drehte sich um. Vor ihm stand Angus Ork, der Navigator. Bedrohlich leuchteten seine rotgeränderten Augen. Angus hatte wohl auf dem Vorderkastell gestanden, so daß ihn der Robbenjäger zunächst nicht bemerkte. Das lange Haupthaar des Navigators war verfilzt, das Gesicht eingefallen. Seine ganze Erscheinung machte einen abgerissenen und verwegenen Eindruck. „Was willst du von Sir Robert?" krächzte er.

„Das geht nur ihn etwas an", entgegnete der junge Mann bestimmt. Angus Ork blieb gelassen. „Sieht ganz so aus, als ob du Pech hast, Robbenjäger. Rudere ans Land zurück. Hier gibt es nichts mehr für dich zu tun."

Dem anderen schauderte. Er hatte den Navigator nie sonderlich gemocht, jetzt war er ihm regelrecht unheimlich. Harald Eulenauge merkte, daß es keinen Zweck hatte, noch länger hier Wurzeln zu schlagen. Aus dem Nebel war feiner Regen geworden.

Er wollte sich am Fallreep zum Boot hinablassen, da packte ihn eine Hand. „Robbenjäger, du bist ein verdammt sturer Hund. Ich weiß, daß ich nur wenig Freunde unter den Schiffsmännern habe. Lohnt es, daß du verschweigst, was dich bedrückt? Es ist doch ernst, Edwood?" Die Augen des Navigators schienen Harald zu durchbohren. Wild kreisten die Gedanken im Kopfe des jungen Mannes. Er hörte das laute Schreien eines Möwenschwarmes, der sich vom Ufer auf die Schiffe zu bewegte.

„Schau ans Land. Ein kümmerlicher Haufen ist's, der vor sich hin vegetiert", höhnte Angus Ork. „Die letzten Kreaturen der einst so ruhmreichen Flotte Orkneys." Harald Eulenauge schaute zum Land hinüber. Dort lag das im Nebel versunkene Lager der Seefahrer.

„Aber was ist, wenn der Earl zurückkommt?" „Ich habe es mir abgewöhnt zu glauben, Robbenjäger. Also, sprich. Gibt es Ärger drüben im Lager? Erzähl schon!"

Harald überlegte. „Nun ja, Sir", sagte er nach einer langen Pause, „mir bleibt wohl kaum eine andere Wahl."

*

Die Sonne schien über die Insel und sog die letzten Reste des Winters mit ihrer Wärme auf. Für die Männer im Lager und auf den Schiffen ein Zeichen, daß die schlimmste Zeit überstanden war. Das Leben schien nun wieder überall neu zu erwachen. Man ging jagen, fischen und bereitete die Schiffe für die Rückreise vor.

Sir Philip beaufsichtigte gerade, wie einige seiner Seeleute Holz in Boote verluden, das sie hinüber auf eines der Schiffe schaffen wollten. Da es in der Sonne bereits sehr warm war, trug der ritterliche Graubart nur sein Wams aus schwarzem Tuch. Den langen Fellumhang hatte er abgelegt. Es war Frühling.

„Ein wunderbarer Tag, Sir Philip, meint ihr nicht auch." „Ganz recht, Navigator. Das schlimmste ist überstanden. Jetzt heißt es, die leeren Bäuche füllen, damit wir wieder zu alter Kraft finden." „Welch Frevel, Herr Ritter", entgegnete Angus belustigt. „Gebietet uns Gott nicht zu entsagen. Vor allem Fleisch solltet ihr meiden, bis kommt der Tag des Herrn."

„Ich weiß, die Gicht wird mein Ende wohl beschleunigen", sagte der Ältere daraufhin. „Doch sprecht, wie ist's um unseren Admiral bestellt?" Philip meinte damit Sir Robert, den Templer. Als er sah, wie sich die Miene des Navigators verfinsterte, war ihm alles klar. „Er wird die Rückkehr des Earls nicht mehr erleben", antwortete Angus Ork düster Dann wurden seine Augen sonderbar groß und er trat ganz dicht an den schwarzen Ritter heran. „Vielleicht wir alle nicht mehr, oder was meint ihr, Sir Philip? Ihr seid doch ein vernünftiger Mann."

Der Graubart sah sich um. Das Boot war schon vom Ufer abgestoßen. Von seiner Mannschaft war weit und breit keiner in der Nähe. „Gehen wir doch ein Stück", bot er dem Jüngeren an.

„Hört zu, Navigator", sagte er schließlich, als sie sich unterhalb der Palisaden befanden. „Erspart mir euer Geschwätz. Bevor diese Bäume hier grün werden, kehrt er zurück. Und er wird nicht sehr erbaut sein, zu erfahren, daß wir viele Leute durch eure übereilten Angriffe verloren haben."

„Es ist nicht nur mein Verschulden. Ihr seid Soldat gewesen, nicht ich. Aber was quälen wir uns unnütz damit, denn seht, was sollte Sir Henry ohne seine Schiffe anfangen?" „Was wollt ihr damit andeuten?"

Angus Ork lächelte böse. „Warum diese Ausflüchte? Ihr wißt doch schon längst." „Spielt nicht mit solchen Gedanken, Navigator. Es steht euch nicht an."

„Aber euch, Sir Philip", fuhr Angus aufgebracht zurück. Der schwarze Ritter winkte ab. „Woher auf einmal das besondere Interesse?" „Glaubt ihr etwa, ich habe nicht bemerkt, was bei der Mannschaft der Red Rose vor sich geht?"

„Achtet nicht das Geschwätz englischer Seeleute", mahnte Philip. „Wenn ihr eure aufschlußreiche Unterhaltung mit Dan Gray Geschwätz nennt?!"

Philip hielt inne. Verflucht, dachte er. Jetzt wird es ernst. „Was wißt ihr?" herrschte er den Navigator an. „Mehr als euch lieb sein kann", erwiderte der andere und seine gierigen Augen leuchteten. „Kehrt der Earl zurück, dann ist der Strick euch sicher, Sir Philip." Das hatte gesessen, doch rein äußerlich schien es den schwarzen Ritter recht wenig zu beeindrucken.

„Nehmt das Maul nicht gar zu voll, Navigator", fuhr er zurück, „sonst verlaßt ihr diese Insel lebend nimmermehr." „Wo ist eure feine Art geblieben, Ritter. Wer sagt denn, daß ich euch dem Earl nicht vorziehe."

„Das hätte ich mir denken können. Eure feige Natur ist mir von Anfang an aufgefallen. Ihr seid eine giftige Natter, Angus Ork." „Bis jetzt habe ich aber - ganz im Gegensatz zu euch - nie doppeltes Spiel gespielt."

„Ich bin alt und eure Worte schrecken mich nicht mehr. Vor ein paar Jahren wäre dies noch anders gewesen."

Angus ging darüber hinweg. „Zahlt euer Auftraggeber gut, Sir Philip?" „Noch besser, als er zahlt, versteht er es, Männer wie euch auf den Block zu schicken." Der Navigator lachte. „Ihr droht mir? Zeigt der alte Fuchs mir seine stumpfen Krallen?!" Dann wurde er plötzlich ernst. „So sprecht, verbirgt sich gar die Krone hinter euch?"

„Laßt eure Frage. Sagt lieber, was ihr wollt." „Euer Lotse hatte da einen guten Vorschlag. Wir sollten ihn annehmen." „Und den Templer, den Sir Henry zurückließ? Oder Sveighir Wackerbart und seine Mannen? Was geschieht mit all den anderen, dem Earl treu ergebenen Orkneywikingern?"
„Der Admiral ist dem Himmel schon näher, als ihr denkt. Und wenn wir es klug anfangen..." „Ihr seid wahnwitzig, Navigator. Gerade einmal fünfzehn Mann zählt die Mannschaft der Red Rose noch. Wollt ihr mit diesem Haufen gegen den Rest kämpfen." „Kein Tropfen Blut wird fließen. Laß dies nur meine Sorge sein." Philip maß ihm mit einem niederschmetternden verachtenden Blick. „Das wird unser aller Ende sein", sagte er.
Noch in der gleichen Nacht starb Robert Ruthven, Ritter vom grünen Baum, Templer und Oberbefehlshaber des Lagers auf Weinland.

*

Ein junger Mann trat aus dem Dickicht des Waldes heraus. Der Bart war mäßig gepflegt, das blonde Haupthaar hing strubbelig in die Stirn hinab. Seine grauen Augen schauten auf die vor ihm liegende Bucht. Es war ein idealer Platz. Auf beiden Seiten von Felsen geschützt lagen im Wasser der Bucht sechs Schiffe vor Anker. Ganz deutlich konnte man die großen Koggen von den anderen unterscheiden. Dahinter sah man einen blaugrünen Streif am Horizont. Das Festland!
Der junge Mann ging weiter. Er trug ein Lederwams und an dem breiten Gürtel waren zwei Hasen befestigt. Seine Jagdbeute. Bogen und Köcher hatte er über die Schulter geworfen. Ein breiter Dolch steckte ebenfalls am Gürtel.
Irgend etwas schien ihn zu beunruhigen. Sicher war es der Aufruhr, der unten im Lager tobte. Bei allen Heiligen, was ist denn da los?! Er hörte die laute Stimme des Navigators. Sofort beschleunigte Harald Eulenauge seine Schritte.

*

„Wie lange warten wir nun schon auf die Rückkehr Sir Henrys? Seht euch doch an. Viele sind gestorben in diesem Winter. Können wir uns noch halten, wenn die Skrälinger uns angreifen?" „Aber wir haben geschworen, auf die Rückkehr des Earls zu warten", hielt Sveighir Wackerbart, der Kapitän der St. Magnus, ihm entgegen. „Ja, aber nicht bis zum Tag des jüngsten Gerichts", antwortete ihm Angus Ork, der auf dem schmalen Wehrgang des Palisadenzaunes thronte. „Wir werden sofort in Kirkinvaghe eine zweite Expedition ausrüsten, die mit neuen Seefahrern hierher zurückkehrt. Möglicherweise mit den ersten Kolonisten. Was ist dagegen einzuwenden, jetzt zu segeln."
Etliche Seeleute unterstützten lautstark die Forderungen des Navigators. „Laßt uns aufbrechen. Die Winde stehen günstig", riefen sie. Andere standen unschlüssig herum. Angus Ork sprach in höchsten Tönen von dem Earl der Orkneys und bedauerte dessen vermutlich gescheiterten Vorstoß ins Innere des Waldlandes. Er spielte seine Rolle hervorragend.

131

„Was sagt ihr dazu, Sir Philip", fragte er laut den schwarzen Ritter. „Entscheidet! Ihr seid einer der Vertrauten Sir Henrys." Der Angesprochene, der ganz vorne stand, wurde aschfahl im Gesicht. Doch er riß sich zusammen.

Als er sich umdrehte, musterten ihn Dan Gray und die übrigen Engländer argwöhnisch. „Wir sollten tun, was der Navigator sagt", preßte er mühsam hervor. „Es wäre auch im Sinne des Earls. Schon einmal erzählte er mir, hier eine Kolonie gründen zu wollen. Wir könnten noch dieses Jahr mit einer großen Flotte zurückkehren." Die warnenden Stimmen gingen im Gejohle der Befürworter unter.

„Ihr seid ein Lügner, Sir Philip", rief da einer aus den hinteren Reihen. „Mit der großen Flotte mögt ihr recht haben, doch weht vom Mast nicht Orkneys Fahne. Nein, drei Leoparden zieren sie."

Viele drehten sich verblüfft um. Der junge Harald Edwood war es, der laut zu ihnen gesprochen hatte. Dem schwarzen Ritter überzog ein ungutes Gefühl. Aber noch mehr ins Schwitzen geriet Sir Angus Ork, der Navigator. Wie konnte es der junge Robbenjäger wagen?! Wollte er nicht erst mit Anbruch der Nacht zurückkehren?

Angus Ork verwünschte Harald Eulenauge und sich selbst, daß er den jungen Mann nicht schon längst erledigt hatte. Die wenigen Engländer sammelten sich sofort und hielten versteckt ihre Waffen bereit.

Die anderen Seefahrer bemerkten es nicht einmal. Sie waren aufs höchste verwirrt, besonders diejenigen, die vorher lautstark den Vorschlag des Navigators unterstützten. Was ging hier vor? Hatte sie der Navigator belogen?

„Hört nicht auf dieses Geschwätz!", tobte Angus Ork. „Der lange Winter hat seinen Blick getrübt. So schreit ein Jäger, dem seine Fallen ans Herz gewachsen sind. Nur noch Feinde scheint es um ihn herum zu geben."

Dieser hinterhältige Hund, dachte Harald verbittert. Es war ein Fehler gewesen, ausgerechnet ihm von der Unterhaltung des Kapitäns der Red Rose mit seinem Lotsen zu erzählen. Ein Fehler, den Harald Eulenauge nun bereute. „Was sagt ihr dazu, Sir Philip", schmetterte er wütend nach vorn. „Ja, sprecht, Sir", riefen die anderen.

Es lag eine knisternde Spannung in der Luft. Philip griff zum Herzen. Er verspürte ein Stechen, das immer stärker zu werden schien. Sein Nachbar mußte ihn stützen. Als er den Kopf hob, blickte er genau in die funkelnden Augen Dan Grays.

Da raffte er sich noch einmal auf. „Ich kann den Robbenjäger gut verstehen. Er war Ausguckmann an Bord der Red Rose und hatte keinen leichten Stand bei der Mannschaft. So hat ein Haß sich ihm ins Herz gegraben, vermute ich..." „Und über was habt ihr mit Gray gesprochen, Sir?" unterbrach ihn Harald. Der junge Robbenjäger drängt nun nach vorn.

In just diesem Moment schrie hinter ihm jemand auf. Ein Pfeil hatte den Hals des Schiffsmanns durchbohrt. Harald Eulenauge wußte sofort: das hatte ihm gegolten. Tödlich getroffen sank der Orkneywikinger, ein alter Bootsmann auf der St. Magnus, darnieder.

Das war das Signal. Sofort bildeten sich zwei Lager vor dem Palisadenzaun. „Wer mit in die Heimat will, stellt sich zu uns", rief der Navigator und schwang sich vom Wehrgang auf den Boden hinab. Dan Gray und seine Männer hielten ihre Bogen im Anschlag. „Verräter", schrien die Schotten und Männer von den Inseln Angus Ork entgegen.

Aber nicht alle. Einige, die nicht mehr an eine Rückkehr Sir Henrys glaubten, stellten sich hinter den Navigator. Andererseits blieben vier Engländer bei dem schwarzen Ritter, der keinerlei Anstalten machte, auf die Seite der Meuterer überzutreten.

Harald Eulenauge wußte, daß der Blutzoll hoch sein würde. Aus diesem Grund wagte er es auch nicht nach seinem Bogen zu greifen. „Was ist mit euch, Sir Philip?" fragte der Angus Ork. „Wollt ihr uns nicht begleiten?"

„Ich stehe nicht mehr auf eurer Seite. Grüßt John von Gaunt von mir, wenn ihr ihn trefft!" Der Navigator schaute verdutzt. „Seid ihr lebensmüde. Das ist euer Ende, Sir Philip." „Mag sein. Aber ich beneide euch nicht im mindesten. Ohne den Papyrus braucht ihr gar nicht vor den Herzog zu treten."

„Fahrt zur Hölle!", donnerte Dan Gray und schoß. Doch Jim Spikher lenkte mit seinem Schild den Pfeil ab, daß er nur den Arm des schwarzen Ritters schrammte.

Langsam rückwärts gehend, bewegten sich die dreißig Männer auf das Tor des Lagers zu. Mit schußbereiten Waffen hielten sie die anderen in Schach.

Erst als sich die Meuterer auf dem Weg zum Ufer befanden, ging auf sie ein Pfeilregen der Verfolger hernieder. „Wir müssen verhindern, daß sie sich die Boote holen", rief Sveighir Wackerbart, der ab sofort die Getreuen des Earls führte.

*

Mit Entsetzen beobachtete man auf den schwach besetzten Schiffen, was sich an Land abspielte. Es schien eine Rebellion gegeben zu haben. Auf dem Flaggschiff Sir Henrys befanden sich nur zwei Männer, die Wache hatten. Der alte Geschützmeister Lachlan Dorschrippe und sein Gehilfe. Sie gewahrten, daß vier vollbesetzte Boote auf die St. Katherine zuruderten. „Es sind die Meuterer, soviel ist sicher", sagte Lachlan atemlos zu Ronald Randell. „Warte, wir knallen euch eine Kugel vor den Bug, dann wird euch das Lachen schon noch vergehen."

Lachlan Dorschrippe hatte vorsichtshalber das Schießpulver bereit gelegt. Die beiden Männer stürzten zu einer der vier Kanonen der St. Katherine. Während Lachlan das Rohr stopfte, nahm Ronald die Steinkugel auf. „Los, Ronald, leg die Kugel auf. Wir werden diesen Brüdern die Suppe gehörig versalzen."

Nun war Eile angesagt, denn die Männer in den Booten legten sich mächtig in die Riemen. Während Ronald Randell die Zundersteine aufeinander schlug, visierte der Geschützmeister das erste Boot an. „Los, Ronald, beeile dich. Und geh in Deckung, sonst treffen dich ihre Pfeile." „Verdammt, es will nicht gelingen, Lachlan." „Kannst du kein Feuer machen, Bursche", knurrte der Geschützmeister. Da brannte schon die Lunte.

*

133

Es gab einen ohrenbetäubenden Knall. Mit dem Schiffsgeschütz hatte Angus Ork nicht mehr gerechnet. „Der alte Lachlan. Verflucht", knirschte er. Die Kanonenkugel hatte das vorausfahrende Boot vor seinen Augen versenkt. „Schwimmt zum Schiff hinüber", rief er den Überlebenden zu.

Dann blickte der Navigator zum Land zurück. Die brauchen wir nicht mehr zu fürchten, dachte er zufrieden, denn Dan Gray und die anderen hatten die Riemen der restlichen Boote zerschlagen.

„Nun wohlan, alter Fuchs." Damit meinte er den Geschützmeister. „Wir werden dich schon aus deinem Bau vertreiben."

„Gebt ihnen eure Pfeile zu kosten, Männer", rief der Navigator den Bogenschützen zu. „He, entweder du oder wir", höhnte er lauthals zum Schiff hinüber. Da krachte der zweite Schuß. Allein Lachlan Dorschrippe hatte schlecht gezielt und verfehlte das Boot um etliche Längen. Die Bogenschützen antworteten mit einem Pfeilhagel. „Nun haben wir ihn", krähte Angus Ork.

Sie waren mittlerweile so dicht an die Kogge herangekommen, daß es Lachlan unmöglich war, sie zu treffen. Bald warf der erste der Meuterer eine Enterdragge.

*

„Was machen wir mit den anderen Schiffen, die wir nicht besetzen können? Wir sind insgesamt nur vierzig Männer, Sir." „Versenken, Gray, versenken. Doch dazu ist immer noch Zeit."

Angus Ork schritt auf die Kajüte zu. „Kommt, Gray. Ich will sehen, was wir in der alten Holzkiste des Earls so finden. Ihr doch sicherlich auch?" Der Lotse nickte.

Die Dielen knarrten, wie sie in den niedrigen Raum eintraten. Die beiden Männer schritten sofort in jene dunkle Ecke, in der die große Eichenholztruhe des Earls stand. Gray versuchte, den Riegel mit seinem Dolch zu öffnen. „Macht ihr Witze?! Mit diesem Spielzeug werden wir abends noch nicht fertig sein. Nehmt euer Beil, Gray." Gesagt, getan. Der Lotse schlug auf das Holz rund um das Schloß ein. Doch auch dies ging schwerer als gedacht. Nach einer Weile stand er auf und wischte sich den Schweiß von der Stirn. „Verdammt massiv, die Kiste. Habt ihr keinen Schlüssel?"

„Robert Ruthven muß ihn wohl mit ins Grab genommen haben. Ansonsten besitzt nur noch der Prinz selbst einen Schlüssel." „Schöne Aussichten. Der Earl wußte schon, warum er euch nicht ins Vertrauen zog." „Er, diese beiden Templer und die vier anderen müssen sich schon sehr lange kennen. Ich weiß nicht, ob es nur dieser alte Papyrus ist, der sie verbindet." „Habt ihr ihn schon einmal gesehen?", fragte Dan Gray mit leuchtenden Augen. „Ich?!" lachte der Navigator. „Du kennst den Earl nicht, Engländer. Pergamente lagen zuhauf auf seinem Kartentisch. Doch den Papyrus hütete er wie seinen Augapfel. Ich habe ihn nie zu Gesicht bekommen, doch bin ich mir sicher, daß er weit mehr Informationen enthält als alle anderen Seekarten des Westens zusammen."

„Glaubt ihr, daß der Papyrus dann in dieser Truhe ist?" fragte der Lotse verwundert. „Keine Ahnung. Aber wir sollten es versuchen." „Na gut, wartet einen Augenblick." Dan

Gray verschwand und kehrte bald mit einer gewaltigen Streitaxt zurück. Wie ein Besinnungsloser drosch er mit dieser auf die Truhe ein. Krachend flogen die Eichensplitter zur Seite. Als er es endlich geschafft hatte, klopfte es an der Tür. Jack trat ein. „Wir können kein Schießpulver finden, Sir. Der alte Geschützmeister muß es über Bord geworfen haben." „Hätte ich mir eigentlich denken können", murmelte Angus Ork durch seine Zähne.

In diesem Augenblick fing es draußen auf Deck an zu rumoren. „Was ist denn da draußen los?" fluchte Dan Gray. „Wartet einen Augenblick, Sir", sagte er zu dem Navigator und verließ mit Jack die Kajüte.

Den Lotsen der Red Rose traf der Schlag, als er auf das Deck der St. Katherine trat. Oben auf dem Vorderkastell stand ein Mann, der ihm den Rücken zuwandte. Aber er erkannte ihn sofort. Sein Kapitän war trotz seines Alters immer noch eine stattliche Erscheinung. Er brauchte gar nicht zu fragen, wie es ihm gelingen konnte, an Bord zu kommen. Jeden anderen hätten die Männer mit einem Pfeilhagel empfangen. Nicht so ihn, den Alten. Vor ihm, dem schwarzen Ritter, zitterten sie alle, auch die anwesenden Orkneywikinger. Nur einer bot ihm die Stirn - er, Dan Gray. Darum hatte er auch vorhin im Lager auf ihn geschossen.

„Habt ihr es euch überlegt, Sir?" höhnte er hinauf. „Was glaubst du?" erscholl die Antwort. Sir Philip drehte sich herum. Der Engländer erschrak. Hinter seinem Kapitän begann eine dunkle Wolke die Sonne zu verdecken. Es sah verteufelt nach schlechtem Wetter aus.

Der schwarze Ritter hielt ein langes, scharfes Schwert in der Hand. Unter seinem Wams trug er ein Kettenhemd mit Brünne. Er war gerüstet - gerüstet für seinen letzten Kampf. „Ich habe mich noch gar nicht für euren vortrefflichen Pfeilschuß revanchiert, Gray." „Ihr müßt verstehen, Sir. Was wäre, wenn ihr geplaudert hättet." „So kommt ihr mir nicht davon." Dann rief er den auf Deck Versammelten zu. „Tretet zur Seite, Männer. Diese Angelegenheit geht nur Gray und mich etwas an."

Der Lotse hielt immer noch die gewaltige Streitaxt in der Hand. „Ein guter Tag zum Sterben", scherzte er laut. „Das will ich meinen", entgegnete Philip, „und bete zu Gott, Gray, daß dich ein schneller Tod ereilt." „Genug geschwätzt, Kapitän. Laßt uns kämpfen." „Wohlan", sagte der schwarze Ritter und schritt die Holzstufen des Vorderkastells hinab.

Wie gebannt starrten die Meuterer auf die beiden Männer und vergaßen die Welt um sie herum. Der eine stand in der Blüte seiner Manneskraft. Er war groß und stark und wußte wohl die Axt zu führen. Der andere war zwar alt und oft zwang ihn die Gicht hernieder. Doch hatte er wie kein Zweiter Erfahrung im Kampf und galt immer noch als ein gefährlicher Gegner. Er kannte genügend Schliche, um seine Kräfte nicht sinnlos zu vergeuden, wie es der Jüngere tun würde.

Schon prallten sie aufeinander. Dan Gray hieb mit der Streitaxt auf seinen Kapitän los, so daß dieser nur dessen Schläge parieren konnte. Immer mehr wurde Sir Philip zurückgedrängt, bis er schließlich auf der Treppe zum Vorderkastell stand.

„Nicht schlecht, für den Anfang", witzelte er im Angesicht seiner drohenden Niederlage. Dan Gray war etwas irritiert und hielt einen Augenblick inne. Genau dies nutzte der schwarze Ritter aus und verpaßte seinem Gegner einen kurzen, aber gezielten Hieb.

Hätte der Lotse auch ein Kettenhemd getragen, wäre der Treffer unbedeutend gewesen. So aber verwundete er ihn an der ungeschützten Brust. Dan Gray wich zurück. „Ich hätte es wissen sollen", keuchte er. „Ihr seid ein Teufel, Sir." „Dann bist du sein erster Geselle, Bursche", höhnte der schwarze Ritter.

Ungeachtet, daß das Blut durch sein Wams drang, griff der Lotse erneut an. Doch war er nun nicht mehr so schnell, so daß Sir Philip einen nächsten Schlag landen konnte. Krachend splitterte der Schaft der Streitaxt. Nun stand Gray ungeschützt vor seinem Gegner. Doch dieser stieß nicht zu.

„Gebt ihm ein Schwert", rief er in die Runde. Seine Augen blitzten Gray listig an. „Nun, enttäuscht, Engländer? Man soll mir nicht nachsagen, ich hätte einen Unbewaffneten erschlagen."

Der Lotse ließ sich ein Schwert geben. Der Kampf begann von Neuem. Trotz seinem Vorteil geriet der schwarze Ritter wieder in arge Bedrängnis. Es war der Tribut, den das Alter forderte.

Wohl ein Dutzendmal hätte er seinen Lotsen niederstrecken können, denn er war ein guter Krieger. Jedoch er tat es nicht. Statt dessen wich er dem anderen immer wieder aus, so als wolle er ihn hinhalten, so als wolle er Zeit gewinnen. Aber warum?

Die umstehenden Meuterer sollten bald wissen warum, denn oben auf dem Achterkastell tauchten auf einmal unvermutete Gesichter auf. Bei allen Heiligen, sie hatten vergessen, das Ufer im Auge zu behalten. Harald Eulenauge schoß mit seiner Armbrust in die Menge. Neben ihm standen Jim Spikher, einer der englischen Schiffsmänner, die zu dem schwarzen Ritter gehalten hatten und Fitzroy MacQuadder, ein Schotte aus Lothian. Schnell gesellten sich weitere der Getreuen Orkneys dazu.

Das wilde Durcheinander, das daraufhin auf Deck der St. Katherine entbrannte, war kaum zu beschreiben. Dan Gray, der Lotse der Red Rose wollte erneut zuhauen, als sein Kapitän - scheinbar mühelos - ihm einen schönen Striemen über die linke Schulter setzte. Er schien zu begreifen, daß er dem Ritter wohl in keinem Augenblick des Gefechtes gewachsen gewesen wäre. Sir Philip wollte nicht nach England, er hatte sie, die Meuterer, nur hingehalten. Und ausgerechnet er, Dan Gray, war ihm in die Falle gegangen.

„Ihr habt ein falsches Spiel mit uns gespielt; von Anfang an, Sir Philip", preßte er wütend hervor. „Tut mir leid, Gray. Ich stehe nicht mehr auf der Seite des Herzogs."

„Was hat euch Orkney bezahlt, daß ihr mit fliegenden Fahnen zu ihm überlauft?"

„Geschwätz eines nimmersatten Gierhalses, wie du einer bist. Vorbei sind die Zeiten, da mir dies etwas bedeutet hat."

„Wenn man sich auf jemanden verlassen kann, dann seid ihr es, sagte John von Gaunt einst zu mir", entgegnete der Lotse. „Da glaubte ich noch, daß auch die schwarze Seele Frieden findet. Doch zu sehr drückt mich ihre Last, daß ich kaum noch atmen kann, Gray. Ich weiß, du kannst es nicht verstehen. Sei froh, ich werde dir ein Leben ersparen, wie ich es geführt habe."

Nach diesen Worten kreuzten sich ihre Klingen erneut, so daß der Lotse gar keine Zeit hatte, weiter über die Worte seines Kapitäns nachzudenken. Nur wenige Augenblicke später nutzte der schwarze Ritter einen sich bietenden Vorteil und durchbohrte Dan Gray unterhalb des Herzens.

Tödlich getroffen ging dieser in die Knie. „Warum?" fragte der Engländer. Der alte Mann legte seine zitternde Hand auf das Haupt des anderen und schlug das Kreuz. „Ich habe dir schon einmal gesagt: es tut mir leid. Du hättest dir ein ehrliches Handwerk suchen sollen. Möge Gott deiner Seele gnädig sein. Lebewohl Gray."

Der Lotse sackte weg. Der schwarze Ritter hatte keine Zeit, länger zu verweilen, denn er wurde sofort von drei Meuterern attackiert.

Wild tobte der Kampf zwischen beiden Seiten hin und her. Er wurde mit äußerster Grausamkeit geführt, da einerseits die Meuterer keine Gnade erwarten konnten und andererseits die Getreuen des Earls voller Haß und Bitternis waren. Keiner der Männer, die es gewagt hatten, sie in dieser Wildnis zurückzulassen, sollte davonkommen. Schließlich hatte sich ein Häufchen von acht Meuterern auf dem Vorderkastell verschanzt und hielt ein weißes, blutbeflecktes Leinenhemd nach oben.

*

Aus vielen Wunden blutend trat der schwarze Ritter in die Kajüte des Earls. Erschreckt fuhr Angus Ork hoch. „So sehen wir uns also wieder, Navigator. Habt ihr gefunden, wonach ihr gesucht habt?"

„Ich..., ich kann es euch erklären, Sir Philip." „Was gibt es da zu erklären?!" sagte der schwarze Ritter zornig. „Aber ich habe sie, ich habe sie gefunden." „Ihr meint den Papyrus?" „Ja, natürlich. Der Earl hat ihn hier zurückgelassen." „Das glaube ich nicht", entgegnete der schwarze Ritter und trat näher an den Tisch heran. Angus Ork redete unbeirrt weiter. „Er ist sehr genau und doch enthält er viele verborgene Rätsel." „Ihr habt die Truhe aufgebrochen?" „War ein mächtiges Stück Arbeit, Sir Philip."

Nie und nimmer hatte der schwarze Ritter vermutet, daß der Earl die geheimnisvolle Karte so leichtfertig zurückließ. Ihm kam ein schrecklicher Gedanke, den er jedoch schnell wieder verscheuchte. Schließlich hatte er sich entschieden. Die Brücken zum Herzog von Lancaster waren abgebrochen. Der Navigator bemerkte wie der andere mit sich rang. Er wußte, daß die Sache für ihn verloren war. Oder bot sich doch noch eine Möglichkeit?

Er langte mit seinen Fingern nach der trüben Tranfunzel, die den Papyrus beleuchtete. „Das Schiff ist in eurer Hand, Sir Philip", flüsterte er, „aber diese tausend Jahre alte Karte ist mehr wert als all diese morschen Kähne, die in dieser Bucht liegen. Wollt ihr, daß sie ein Raub der Flammen wird?"
„Handelt nicht unüberlegt, Navigator", entgegnete der Ritter scharf. Angus lachte. „Ich bin bei klarstem Verstand, Sir. Mein Leben für das der Karte, mehr verlange ich nicht." Doch Philip blieb hart. „Das liegt nicht in meiner Hand."
Der Navigator wirkte ratlos. Die linke Hand hielt immer noch die Tranfunzel während die rechte langsam den Papyrus zusammenrollte. Wieso lag es nicht in seiner Hand? Die anderen würden bestimmt seinen Kopf fordern. Freunde hatte er nicht.
Philip schien zu bemerken, was in dem Navigator vorging. „Also gut, ich werde sehen, was ich tun kann. Aber ihr vergeßt, daß nicht ich, sondern Sveighir Wackerbart jetzt Admiral ist."
„Ihr wart es doch, der das Schiff zurückerobert hat. Soll es da außerhalb eurer Macht stehen, mir das Leben zu schenken? Das kann doch nicht euer Ernst sein, Sir."
Angus Ork wollte noch weiterreden; doch er kam nicht dazu. Es klopfte an der Kajütentür. Der Navigator wurde leichenblaß, dicke Schweißperlen glänzten auf seiner Stirn. Er erhob sich vorsichtig vom Tisch und bewegte sich langsam in Richtung des Fensters. Der schwarze Ritter wirkte ruhig und gelassen. Noch verdrängte er den Schmerz der vielen Wunden, die er in dem Kampf um das Schiff davongetragen hatte.
Die Tür öffnete sich und herein traten Sveighir Wackerbart, Harald Eulenauge und Jim Spikher. Als die drei an den Navigator Hand anlegen wollten, hielt sie Sir Philip zurück. „Haltet ein in eurem Zorn", sagte er, „seht hin; er hat eine wichtige Seekarte in den Händen." Sveighir verstand nichts. Allein der Robbenjäger ahnte um was es ging und sandte dem Navigator einen vernichten Blick zu.
„Sollen wir ihn etwa laufenlassen?" murrte der neue Admiral und Kapitän der St. Magnus. „Er hat doch alles heraufbeschworen. Der Prinz hat dutzende Seekarten; verzichten wir auf die eine", rief er stürmisch. Harald fiel ihn in den Arm. „Wir sollten auf Sir Philip hören, Sveighir."
Da geschah das Mißgeschick. Angus Ork, der verängstigt auf der anderen Seite stand, zitterte. Ja, er zitterte am ganzen Körper, zitterte um sein Leben. Groß war er immer mit Worten gewesen, oft schwach in seinem Handeln. Der Earl bemerkte zu spät - erst an den Küsten der neuen Welt - wie sehr er sich in dem Schotten von den westlichen Inseln getäuscht hatte. Nun, wie Angus Ork so zitterte, verschüttete er ein paar Tropfen aus der Tranfunzel auf den Papyrus.
Sveighir wollte mißgelaunt die Kajüte verlassen, als Harald Eulenauge rief: „Navigator, die Karte." Angus machte eine fahrige Bewegung, die alles nur noch verschlimmerte, denn die Flamme erfaßte den Papyrus. Schreiend ließ er die Tranfunzel fallen. Sofort eilten die anderen hinzu und traten die Flammen aus.

Sir Philip riß dem Navigator den verbliebenen angekohlten Fetzen aus der Hand. Obwohl sich Angus Ork mit Händen und Füßen wehrte, ergriffen ihn die beiden jungen Männer und zerrten ihn hinaus. Nur der schwarze Ritter blieb zurück. Er betrachtete die Reste des Papyrus. Dies war also jenes berühmte Etwas, das er John von Gaunt versprochen hatte. Fein gezeichnet war sie ja. Die Eintragungen und Markierungen waren für Philip unverständlich, wohl eine alte Keilschrift. Die kleinen lustigen Tierbilder verstand er ebenfalls nicht.

Doch anhand der Küstenlinien erkannte er die britischen Inseln, ja Teile des Abendlandes. Das würde er wohl nie mehr wiedersehen. Von der neuen Welt war nichts geblieben; der Teil war verbrannt. Den Herzog würde er sowieso nicht wiedersehen. Er spürte jetzt die Schmerzen und wußte, daß ihm nicht mehr viel Zeit bleiben würde. Draußen auf Deck hörte er den Navigator aus vollem Halse brüllen. Wahrscheinlich legte man ihm gerade den Strick um den Hals. Es berührte ihn wenig. Angus Ork hatte sein Schicksal selbst zu verantworten. Seine zügellose Gier war ihm zum Verhängnis geworden.

Sorgsam riß der schwarze Ritter die verkohlten Fetzen ab. Dann rollte er den versehrten Teil zusammen. Er sah zur Truhe hinüber. Auf dem zertrümmerten Deckel lag das Metallrohr. Draußen war es mittlerweile ruhig geworden. Philip stopfte die Rolle in das Metallrohr zurück und versenkte sie im Innern der Truhe. Damit war die Mission des schwarzen Ritters erfüllt.

Mit schwerem Schritt trat er aufs Deck hinaus, ohne die über ihm im Wind baumelnden Meuterer zu beachten. Mühsam stützte er sich an einer Kanone ab. „Jim", keuchte er. „Jim, hilf mir. Ich will auf mein Schiff hinüber." Jim Spikher, aber auch Harald Eulenauge liefen herbei, um den verwundeten Alten bei seinem letzten Gang zu unterstützen.

Das Boot hatte die Red Rose noch nicht erreicht, als das Positionshorn der Wild Orcadia, der Barke, die unmittelbar am Ausgang der Bucht vor Anker lag, ertönte. Dort konnte man zuerst eine Rauchsäule ausmachen, die drüben am Festland aufstieg. Und obwohl nur wenige Männer den Rauch sahen, wußte jeder, was geschehen war. Denn sie alle kannten diesen Ruf. Endlich, endlich kehrte der Prinz von den Inseln des großen Orc zurück.

*

„Ihr habt es gewußt?!" „Ich habe es nur geahnt, Philip. Aber, regt euch jetzt nicht auf." Der schwarze Ritter lag auf einer Strohmatratze an Deck seiner Barke. Er hatte es sich gewünscht, nicht in der finsteren Kajüte zu sterben. So sah er den Himmel; konnte die dahinziehenden Wolken verfolgen. Um ihn herum standen Sir Henry, die Ritter, Kapitäne und Unterführer des Earls, sowie die wenigen Schiffsmänner, die von der Mannschaft der Red Rose noch geblieben waren.

„Es ist alles meine Schuld", sagte er. „Die vielen Seelen, die auf meinem Gewissen lasten. Gott sei Dank ist es zu Ende und ich bin bereit für die Hölle." „Es ist gut möglich, daß ihr einmal ein schlechter Mensch wart, Sir Philip. Doch immerhin verdanke ich euch mein Leben. Und später auf den Orkneys; ihr wart einer meiner besten Ritter."

„Alles Berechnung, Sir, alles Berechnung. Ich hatte ständig euch im Auge bei Otterburn, die Gelegenheit war mehr als günstig. So gewann ich eure Schuld und schließlich das Vertrauen eines Earls. Vertrauen gewinnen war schon immer meine Stärke. Doch was ihr saht, war eine glänzende Maske, hinter der sich der abgefeimteste Schurke verbarg, den ihr euch denken könnt.

Meine Auftraggeber schätzten die Präzision, die Gewissenhaftigkeit und gute Vorbereitung, mit der ich zu Werke ging. Früher habe ich mit gutem Erfolg Zwietracht und Händel zwischen die Clans auf beiden Seiten der Grenze gelegt. Northumberland und Douglas sind auf mich hereingefallen und viele andere mehr. Mein Lohn war reichlich, doch verstand ich's nie, ihn lange zu halten, Sir.

Selten fiel die Spur eines Verdachtes auf mich, wenn denn je einer aufkam. Nie war ich lange an einem Ort, ruhelos war mein Leben und fragt mich nicht nach jenen Tagen, an denen ich im Dunkel verschwand, um an anderem Orte wieder aufzutauchen. Ich war ein Schurke, sehr lange Zeit. Und jetzt ist es vorbei. Ich erwarte keine Vergebung von euch, Mylord. Es ruft die Hölle schon lange nach mir."

„Aber, warum habt ihr euch nicht auf die Seite der Meuterer geschlagen? Sagt nicht, daß euch das schlechte Gewissen plagte." „Vielleicht, weil ich nicht sterben wollte wie sie. Mit einem Strick um den Hals, aufgehängt an der Rah einer Kogge. Vielleicht auch, weil ich sah, was ihr für die Menschen tut, die unter eurem Siegel leben; ihr nicht über sie herrscht, sondern eher ihnen dient. Vielleicht aber auch, weil mich ein kristallener Stein", Sir Henry erschrak, „verzaubert hat."

Bis auf Will und Errol begriff niemand so richtig, was Philip zuletzt gesagt hatte. Sie schrieben es den dunklen Nebeln zu, die sich seiner Sinne zu bemächtigen schienen. Der Earl merkte, daß Philip noch ein Geheimnis lüften wollte, das ihm sicher schwer auf der Brust lag. Das Geheimnis seiner Herkunft.

„Wer seid ihr, schwarzer Ritter?" fragte er ihn. „Es ist euer gutes Recht, die ganze Wahrheit zu erfahren. Bis jetzt habe ich die Vergangenheit gut gehütet, ja, wenn ihr so wollt, verdrängt. Wohl tat ich es, weil ich das ganze Leben damit beschäftigt war, meine Spuren zu verwischen. Bis ich zum Schluß ein Mann mit hundert fremden Gesichtern war und doch keinem eigenen." Philip atmete schwer und begann leise weiterzusprechen.

„Es geschah in jenen Tagen, als Edward Balliol dem Sohn des Bruce den Thron rauben wollte. Balliol errang damals große Erfolge, dank englischer Truppenübermacht.

Auf ihrem Heerzug kamen sie auch durch die Stadt Carlisle. Meine Mutter gehörte dem mächtigen Geschlecht der Earls von Cumberland an. Doch sicherlich hätte ihr rechtmäßiger Mann den Bastard erschlagen und so flüchtete sich meine Mutter in ein

Kloster. Als ich geboren wurde, taufte man mich auf den Namen Matthew. Meine Mutter starb noch im Kindbett.

So wurde ich von Nonnen aufgezogen, die als einzige mein Geheimnis kannten. Doch wie das so ist, suchte ich mein Heil in der großen Welt. Schon mit siebzehn Jahren stand ich das erste Mal auf dem Schlachtfeld gegen die Franzosen. Ich lernte das Grauen und den Tod kennen, doch schlug ich mich wacker. Am Ende des Tages war mein Schwert mit Scharten übersät und rot vom Blut der Feinde. Durch meinen Kampfesmut fiel ich dem schwarzen Prinzen und seinen Brüdern auf.

So kam es zu meinem ersten Treffen mit John von Gaunt, der schon damals der klügste und listigste unter den Söhnen des alten Plantagenets war. Ich verschwieg dem edlen Herren Name und Herkunft und behauptete, ich hieße George. Da ich offensichtlich kein Ritter mit tadelloser Herkunft war, konnte ich im Heer des schwarzen Prinzen nicht zu Ruhm und Ehren kommen. Doch John fand bald eine andere Verwendung für mich. So lernte ich das Handwerk der Intrige, in der ich später ein Meister werden sollte. Immer schwärzer und verdorbener wurde meine Seele, so daß selbst der Herzog mich den schwarzen George nannte.

Er sandte mich bisweilen auch nach Schottland. Dahinter stand vor allem die Absicht, die schottischen Clans mit eigenen Zwistigkeiten zu beschäftigen oder gar gegen die eigene Krone aufzuhetzen. Verständlich, der Herzog von Lancaster hatte kein Interesse an einem übermächtigen Nachbarn. Aber ich war auch in England; dort legte ich Fallen aus für die Widersacher der Plantagenets. Rundum, ich war mein Geld wert, so fand ich es jedenfalls damals. Bis ich dann jenen seltsamen Auftrag bekam.

Der Herzog muß es wohl über einen Portugiesen erfahren haben." „Was erfahren haben?", fragte Harry. „Nun ja, von dem Papyrus. Hinterher kam mir zu Ohren, daß auch ein weitläufiger Verwandter von mir, namens MacWquire einmal hinter der Sache her gewesen ist. Aber er ist in Spanien verschollen."

„Randolf MacWquire fiel von meiner Hand", entgegnete der Earl. „Ich habe so etwas geahnt. Er hatte einen zu großen Haß auf den alten Morlay, einem Tempelritter, der wohl als erster den Papyrus aus der Versenkung holte. 'Blindwütiger Haß ist nicht gut fürs Geschäft', sagte ich ihm. Aber MacWquire war nicht aus meinem Holz. Ein Mann, der mit dem Kopf durch die Wand wollte.

Na, jedenfalls war ich viele Jahre später auf MacWquires Spuren, die mich zuerst nach Balantrodoch und zu Morlay führten. Bis auf einen Ritter - den ich gefangennahm - konnte ich John von Gaunt nichts vorwerfen. Viel war aus ihm wohl nicht herauszubringen, aber er brachte den Herzog auf euch, Mylord.

Den Rest kennt ihr ja. So, jetzt könnt ihr mich in die See werfen oder tun, was euch sonst noch beliebt. Meine Schuld wiegt so schwer, daß ihr sie nie vergeben könnt. Ich verlange es auch nicht von euch."

„Was ihr getan habt, ist schlimm, Matthew, sehr schlimm. Wenigstens habt ihr ein kleinen Teil des Papyrus retten können, den ihr einst stehlen wolltet. Ich muß gestehen, daß ich sehr wütend war. Aber wohl mehr über meine eigene Schuld, da ich die Karte hier sicherer wähnte als auf unserem Marsch.

Doch was soll ich tun. Damals war der Tod MacWquires ein schwerer Schlag für mich. Und ihr?! Ich habe den schwarzen George nie kennengelernt, für mich bleibt ihr weiterhin Sir Philip. Was wäre mit meiner Flotte geschehen, hättet ihr Angus Ork nicht das Handwerk gelegt. Das war Philip und nicht der schwarze George. Ein solcher Handstreich wäre nicht einen von meinen Männern eingefallen.

Sicher, es war vielleicht eure Furcht vor Gott, die euch wieder auf den rechten Pfad zurückgeführt hat. Aber ihr seid zurückgekehrt, das ist entscheidend. Meine Vergebung braucht ihr wirklich nicht, Matthew. Dort oben, dort wird über euch befunden, und es wird vergeben werden."

„Aber die Hölle, Sir." „Die Hölle?!" Harry lachte. „Vergeßt die Märchen. In den Tiefen der Erde wohnen die Urgeister. Dort", und er zeigte nach oben in von Wolken umtürmten Himmel, „ist die Heimstatt unserer Seelen!"

„Ihr macht mir den Abschied schwer, Mylord", seufzte Matthew. „Grüßt die Inseln von mir." „Da müssen wir erst einmal wieder heil zurückkommen." „Das schafft ihr schon. Über eurem Kopf schwebt doch ein Schutzengel." Breites Lachen unter den Umstehenden. „Ich sehe keinen, Matthew. Aber ihr mögt recht haben." „Es ist gut, mit einem Witz auf den Lippen zu sterben", sagte der schwarze Ritter und sein Kopf nickte zur Seite.

„Er ist tot", sagte Errol Eisenhand. „Jawohl, er ist tot", antworte der Earl.

*

Eine Barke trieb von der Küste der Insel aufs offene Meer hinaus. Als sie gerade noch in Reichweite eines Langbogens vom Ufer entfernt war, flog eine Schar Brandpfeile dem Schiff hinterher. Bald stand die Red Rose in Flammen, doch solange das Segel noch nicht erfaßt war, bewegte sie sich mit unvermindertem Kurs nach Osten weiter, der aufgehenden Sonne entgegen. Dorthin, wo die Heimat ihres Kapitäns, des toten Matthew von Cumberland lag.

*

Nur wenige Tage vor dem Osterfest des Jahres 1396 brach Orkneys Flotte zur Rückkehr auf. Nur noch fünf Schiffe waren es, die mit kräftigem Westwind in den Segeln über das Meer dahintrieben. Die Mannschaften waren im Verlaufe des einen Jahres zusammengeschmolzen. Nur jeder zweite Schiffsmann hatte das Unternehmen bis jetzt überlebt. Fast jeder hatte einen oder mehrere Kameraden verloren.

Sir Henry mußte seine beiden Freunde Geoffrey und John in der Fremde zurückgelassen. Der alte Freibauer war bei dem Volk am großen See geblieben und MacLoyd vor Ende des Winters an einer Lungenentzündung gestorben.

Die alte Gemeinschaft zählte nur noch drei Männer, den Earl, Will und Errol, den Templer. An den langen Abenden saßen sie immer zusammen in der Kajüte der St. Katherine. Ihre Gespräche verliefen oft einsilbig und beschränkten sich auf wenige

Worte. Es war, als wollten sie den Blick zurück nach Drogeo scheuen. Nicht so am letzten Tage des Ostermondes.

Draußen blies Zephyros, der Westwind, kräftig in die Segel, so daß den Seefahrern nicht bange war, in einigen Wochen Irland oder Schottland zu erreichen. Errol Eisenhand kritzelte auf einem Pergament herum, während die beiden anderen Schach spielten.

Das Licht der Tranfunzel wurde schwächer. Plötzlich hielt der Templer inne. Er rieb sich die Augen. „Ich glaube, meine Sehkraft läßt langsam nach", sagte er. „Mach Schluß für heute", entgegnete ihm der Earl. „Es ist ohnehin schon spät." „Dann werde ich noch einmal nach den Sternen sehen." „Kein Glück, Errol. Ither hat mir vorhin erzählt, daß sich der Himmel bedeckt hat. Der Kurs stimmt, aber ansonsten werden wir wohl auf Gott vertrauen müssen."

„Bis jetzt haben alle Schutzpatrone ihre schützende Hand über Orkneys Flotte gehalten. Wenn der Wind weiterhin günstig bleibt, können wir die Auferstehung Christi in Kirkinvaghe feiern."

„Ich werde nicht lange bleiben können." „Die Königin?" Harry nickte. „Gewiß. Und ich werde nicht mit leeren Händen kommen." „Hoffentlich weiß es Margarethe zu schätzen", seufzte Errol Eisenhand.

„Ich ahne, worauf du anspielst, Errol. Sie kann es sich nicht leisten, mit der Kirche zu brechen." „Oh, nein. Mit Gold und Edelsteinen hätte sie dies sehr wohl gekonnt! Doch denkt nur an die Abenteuer, die hinter uns liegen. Und an die Opfer, Harry. Sie wird dich abweisen wie den Norweger Knudson."

„Der Papst ist weit im fernen Rom. Schon in drei Jahren könnten wir mit einer noch größeren Flotte aufbrechen. Ich werde in Drogeo Siedlungen errichten." Der Templer hob warnend den Finger. Über sein Gesicht huschte der trübe Lichtschein der Tranfunzel. „Denk an die Häscher der Inquisition", sagte er „Was wird mit John von Gaunt?" „...und die Skrälinger?" ergänzte Will. „Wir werden mit ihnen Handel treiben", erwiderte der Earl gelassen.

Errol schüttelte den Kopf. „Ich fürchte, das wird nicht lange gutgehen. Denke daran, wie viele Kämpfe unsere Leute allein in deiner Abwesenheit ausfochten."

„Ja, ich gebe zu, daß ich mich in Angus getäuscht habe. Wir werden zunächst nur auf den Inseln Heughland und Weinland Kolonien gründen. Schließlich habe ich mit den dort in Nachbarschaft lebenden Wapanaki Frieden ausgehandelt."

„Werden sich deine rauhen Landsleute immer daran halten?" mahnte der Ordensmann abermals. „Du magst ja recht haben mit deinen Bedenken. Aber ist es nicht der nächste Schritt, die Küsten Drogeos zu besiedeln? Ihr wißt, welche Landnot auf den Orkneys herrscht." „Gewiß, es wird wohl eines Tages dazu kommen, wenn wir über bessere Schiffe und Segeltechnik verfügen. Allerdings fürchte ich dann um die Zerstörung jenes Paradieses, wie wir es erschauen durften."

„Was sprichst du da? Glaubst du das Unheil zu sehen?" „Du weißt, daß selbst der Tempel auf Blut und Unrecht gebaut wurde. Es wird erneut das Schwert regieren, glaube mir."

In Drogeo sind wir fern von allen Eingriffen des Papstes. Wir könnten ein Reich nach Hirams Geist errichten. Den heiligen Bernhard aufleben lassen."

Errol blickte sehr ernst drein. „Was ist, wenn ihr sterbt, Mylord?" Welten liegen zwischen uns und den Skrälingern. Was ist, wenn die heilige Kirche Roms ihre Dämonen sendet - die Wilden werden dann wissen, daß unser Gott gut zu töten versteht."

„Dem sollten wir vorbeugen, Errol. Ich würde mich dafür einsetzen, daß die noch verbliebenen Templer Schottlands und die Maurer die Kolonien Drogeos aufbauen. Was hältst du davon?"

„Wir werden den Untergang der Paradieses aufhalten können, verhindern können wir ihn gewiß nicht. Ich habe dir von einigen Kolonien der Templer berichtet und wie lange sie bestanden. Sehr wohl gilt für uns nach wie vor der Grundsatz, daß wir, wenn wir durch die Gnade Gottes die Herrschaft über ein fremdes Volk erringen, ihm zu seinen Rechten verhelfen sollten.

Jedoch bedenke: Immer mehr Leute werden in die neue Welt drängen und die Zahl derer, die mit unseren Ideen nichts anzufangen wissen, wird steigen. Das Ende lautet Verrat, Gier und Mord an den Skrälingern, bis schließlich der Untergang des Paradieses besiegelt ist."

„Du malst ein düsteres Bild und es gefällt mir nicht, Templer", erwiderte Harry. Es ärgerte ihn etwas, daß Errol nun schon vom Ende redete, obwohl doch alles erst begonnen hatte. Ob David Morlay ihm recht gegeben hätte. Harry sah zu der großen Eichentruhe hinüber?! Dort lag er; der Papyrus oder besser, der Fetzen, der von ihm übriggeblieben war. Mit ihm hatte alles angefangen. Er dachte an seine Suche nach den Geheimnissen der alten Karte."

„Nun ja", seufzte er, „die Karte des alten Morlay hat uns zwar Waldland finden lassen, aber hat auch viel Unheil gebracht." Will nickte. „Angus' Mißgeschick ist ein böses Zeichen." „Ja, es sieht so aus", entgegnete Harry leise, „nicht einmal ein Viertel des Papyrus ist uns geblieben." Er sah zu Errol hinüber. Des Templers Blick war ruhig und bestimmt. „Er hat seine Aufgabe erfüllt", sagte er, „besitzen wir nicht genug Kopien der alten Karte."

„Können die vielen Pergamente Antworten auf meine Fragen geben, Errol? Was ist mit den vielen ungelösten Rätseln, die nach einer Antwort suchen? Haben wir das irdische Paradies gefunden?" „Wohl nicht, Mylord. Doch denke zurück an das Volk am Ufer des großen Sees. Ich glaube, daß diese Menschen ihm zumindest sehr viel näher sind als wir, die Ritter des Abendlandes."

„Verbirgt sich dahinter die kleine Schlange?" Errol lächelte vieldeutig. „Sicher", sagte er, „sie gehört doch zum Paradies. Das listigste und weiseste aller Tiere verkündet uns

144

das Verhängnis aber auch die Einsicht in die Welt. Sie steckt in jedem von uns, wie Gut und Böse, wie Licht und Schatten."
Der Earl schob das Schachspiel beiseite. Er würde sich später einen geeigneten Zug überlegen. „Laßt uns rauchen", sagte er zu den anderen.

*

Zwischen den Wolken schauten bereits hier und da die Sterne hindurch. Mit dem Jakobsstab kann ich nicht viel anfangen, dachte Harry. An den Planken der Kogge rauschten die Wellen des Meeres vorüber. Der Earl beugte sich über das Schanzkleid des Vorderkastells und blickte auf das Wasser hinab. Gleichmäßig tauchte der Bug in die Gischt hinab, um sich im nächsten Augenblick wieder zu erheben. Das Schiff machte eine gute Fahrt, dank des immer noch anhaltenden Westwindes. Trotz der tiefen Dunkelheit dieser Nacht war es Harry, als sähe er in den Tiefen des Meeres ein schwaches silbernes Leuchten. Wie das Funkeln eines Edelsteines.

Ende einer Odyssee

Majestätisch glitt sein Körper dahin - hoch oben, über einer schier endlosen blauen Fläche. Er war der einzige, der noch die Umrisse eines verschwindenden Eilandes sehen konnte - die südlichste Spitze der Frislandinseln. Doch das interessierte den Sturmvogel in diesem Augenblick nicht weiter. Er kannte dort alle Felsen wie die Schwungfedern an seinen Flügeln. Nein, heute wollte er einen von den fetten Aalen erbeuten, die um diese Jahreszeit recht zahlreich in diesen Gewässern erschienen. Warum wußte er nicht. Aber wenn er daran dachte, lechzten Herz und Magen nach der köstlichen Mahlzeit. Noch hielt sich der Sturmvogel hier in großer Höhe, die aufsteigende Luft nutzend. Hier war er der Sonne so nah und vergeudete keine unnötige Kraft, die er beim Erbeuten der Fische bitter benötigte. So segelte er weiter dahin und blickte mit seinen scharfen Augen auf die Welt, die ihm zu Füßen lag. Dort unten gab es nämlich etwas, das seine Neugier fesselte. Nicht, das es die großen Wale waren, die ab und zu in Gruppen hier vorbei zogen. Die kleinen dunklen Flecken konnten keine Wale sein. Aber am meisten verblüffte ihn, welch quirliges und für ihn unverständliches Leben sich darauf abspielte.

*

An Bord der St. Katherine döste die Besatzung herum. Erik Sveighirson schüttete Wasser über das Deck, damit die Planken unter der Hitze nicht schrumpften. Einige der Männer kontrollierten die Taue auf zerfaserte und gerissene Stellen. Es war lebensnotwendig, alle dem Verschleiß unterliegenden Teile der Kogge von Zeit zu Zeit auf ihre Funktions- und Einsatzfähigkeit zu überprüfen. Gunne, der Koch, stand an seinem Herd und briet gerade Fisch, den die Schiffsmänner in ihren Freiwachen gefangen hatten.

Der Earl und Errol Eisenhand standen auf dem Vorderkastell und bestimmten die Nord-Süd- Position mit Hilfe einer Holzscheibe. Den Kompaß hatte Sir Henry schon vor zwei Stunden abgelesen. Ostnordost war ihr Kurs.

Doch wenn der Earl auf die flache Bugwelle schaute, quälten ihn Sorgen. Über drei Wochen waren die fünf Schiffe nun schon auf offenem Meer und die Orkneys waren immer noch weit. Noch hielten die Vorräte, doch bald würde er die Rationen kürzen müssen. Er dankte Gott, daß die Männer im Winterlager reichlich viele Fässer mit Wein gefüllt hatten. Dies war nur möglich, weil sie in den Wäldern der Insel wilde Weinstöcke gefunden hatten. Jetzt konnte man den Wein dem brackigen Trinkwasser beimischen, um es so wieder genießbar zu machen.

Genau wie der Sturm der Fluch eines jeden Seemanns ist, so ist es auch die Windstille. Seit einigen Tagen hatte der Westwind spürbar nachgelassen und wehte schließlich so schwach, daß so mancher die Befürchtung hegte, ewig auf dem Weltenmeer festgebannt zu werden. Schon begannen die ersten, den Tag zu verfluchen, an dem sie vor einem Jahr aufgebrochen waren.

Schlaff hing das Segeltuch an den Rahen herunter. Wenigstens die Strömung des Meeres trieb sie der Heimat entgegen. Doch mit vierzig Seemeilen am Tag? So rückten die Orkneyinseln in weite Ferne. Nahrungsvorräte hatten sie nur noch für einen knappen Monat.

Laut den Berechnungen des Earls befanden sie sich dreihundert Meilen südwestlich der Frislandinseln. Allerdings waren diese Messungen mit großen Fehlern behaftet, denn nach so langer Zeit auf offener See war es schwer, die wirkliche Position der Schiffe genau zu bestimmen.

Die mißlaunige Stimmung, die sich langsam bei den Mannschaften ausbreitete, wich erst, als der Wind wieder aufzuflauen begann. Nun schöpften die meisten neue Hoffnungen. Viele blickten während der Arbeit oder auch während der Freiwache nach Osten, in der Erwartung, daß vor ihnen das Land auftauchen würde. Doch statt der steilen Klippen der Orkneyinseln oder der Hebriden zeigte sich ihnen nur der weite Ozean.

*

Nur zwei Tage darauf tauchten am nördlichen Horizont Wolken auf. Erst waren es nur schwache Wolkenbänder, doch bald schon verdeckten graue Dunstschleier die Sonne. Es kommt ein Sturm auf sagten die alten Seeleute, wie Björn Wahlzahn oder Iain Flachsnase.

Und tatsächlich! Über Nacht - der Earl ließ die Schiffe nur mit halber Kraft segeln - verschlechterte sich das Wetter zunehmend und die See zeigte ihnen, daß sie ihren rauhen bedrohlichen Charakter noch nicht verloren hatte. Dicke Regenwolken verhängten den Himmel und widrige Winde trieben die Flotte immer mehr nach Süden ab. Es war unmöglich, so hart am Wind zu segeln, so daß der Earl den Kurs nach Irland einschlug. Jedenfalls gedachte er, in dieser Richtung die gälische Insel zu finden.

Schnell zogen die dunklen Wolken heran und bald hatten sie die Schiffe eingeholt. Starke Sturmböen erfaßten die Segel und machten jegliches Steuern an Schoten und Brassen zunichte. Mit der Abenddämmerung gaben die Kapitäne Order, die Segel zu reffen, da die Belastung für Tauwerk und Masten zu groß werden würde. Die Schiffe verringerten - wie jeden Abend - ihre Abstände zueinander, um im Dunkel der Nacht die Positionslichter der anderen zu sehen.

War die Nacht klar und der Mond leuchtete weit über das Meer, war es nicht schwierig, den Kontakt zu halten. Doch diese Nacht war das anders. Obendrein hatte, nachdem die ersten Sturmspitzen über sie hinweggefegt waren, es stark zu regnen begonnen - ja, aus dem grauen Wolkenhimmel ergossen sich wahre Ströme auf die fünf Schiffe herab. Dadurch nahm die ohnehin schwache Sicht noch mehr ab. Zwar beruhigte sich die See wieder etwas, doch kurz nach Mitternacht verlor die St. Katherine den Sichtkontakt zu zwei Barken. Nur noch schwach funzelten die Positionslichter der St. Magnus und der Wild Orcadia.

*

Am nächsten Tag kehrte der Sturm mit voller Stärke zurück, so daß alle verfügbaren Kräfte an Bord auf der St. Katherine mit anpacken mußten. Bis spät in die Nacht hinein gingen die gefürchteten Brecher über Deck. Unermüdlich wurde von den Seeleuten geschöpft, um ein vollaufen des Rumpfes zu verhindern. Erst als die Morgendämmerung heraufzog, flaute der Sturm langsam ab und der verzweifelte Kampf gegen die Naturgewalten schien sein Ende zu finden. Sir Henry schätzte, daß sie sich etwa hundert bis zweihundert Meilen vor der irischen Küste befanden.

Vollkommen ermattet zogen sich die meisten Schiffsmänner in ihre Butzen zurück, obwohl nur die wenigsten richtig fest schlafen konnten, denn wenn auch dieses Unwetter nicht zu den stärksten seiner Art zählte, so ging doch die begründete Furcht um, daß auf dem letzten Abschnitt der Reise eine andere Tücke des Schicksals lauerte. Der Tod auf einem Felsenriff. Einige unter ihnen hatten bereits ihren ersten Schiffbruch auf spitzen Klippen erlebt und kannten gut die Gefahren, die in der Nähe der Küste bei solchem Wetter bestanden. Aus diesem Grund blieben die Segel weiterhin gerefft, doch allein die Strömung des Meeres trieb sie unaufhaltsam nach Osten.

Gott sei Dank tauchte eine der verschollenen Barken wieder auf, doch von der anderen fehlte weiterhin jede Spur. Der Earl hatte kein gutes Gefühl.

„Wie weit sind wir noch von der irischen Küste entfernt, Sir?" fragte ihn Harald Eulenauge, der am Bugspriet neben ihm stand. „Es können hundert, aber vielleicht auch nur noch zehn Seemeilen sein", lautete die Antwort des Earls.

„Dann laßt loten, Sir", entgegnete der Robbenjäger. Sir Henry blieb gelassen. „Gewässer vor der irischen Westküste sind sehr tief. Oftmals fallen die Felsen steil ins Meer hinab. Selbst wenn ich Meister Flachsnase loten ließe, es würde uns nicht retten. Findet sein Senklot im einen Augenblick keinen Grund, so kann schon im nächsten eine riesige Felswand vor uns auftauchen, die unser aller Verderben bedeutet."

„Ihr laßt uns also seelenruhig in den sicheren Tod treiben, Sir?" fragte Harald entsetzt. „Was schwätzt du, Robbenjäger", entgegnete der Earl ärgerlich. „Noch ist der Schrei der Möwe nicht zu hören. Wenn es soweit ist, wird der Lotse sein Werk verrichten. Bis dahin liegt unser Schicksal in der Hand des Himmels. Und diese Kraft", er blickte nach oben und schlug ein Kreuz, „wird uns beschützen." „Verzeiht, mein Prinz, daß ich euch nicht verstehen kann. Ich werde jetzt wieder an meinen Platz gehen." Damit ging Harald zurück zum Glattdeck, um zusammen mit Erik Brennholz für den Koch zu holen. Andrew MacWebber schlug gerade die Schiffsglocke, ein Zeichen, daß der Wachwechsel unmittelbar bevorstand.

Als Iain Flachsnase auf Deck erschien, gebot ihm der Earl, seinen Platz einzunehmen. Wohl mehr aus dem Grund, um seine Mannschaft zu beruhigen.

Da tauchte plötzlich William MacLarren vorn am Bug auf. „He Harry. Ich höre zwar nicht mehr so gut wie früher, aber ich will verflucht sein, wenn das keine Möwe war, die soeben ihren Ruf ausstieß." Der Earl schaute ungläubig. „Da ist es wieder", sagte Will. Und wirklich. Man konnte das Geschrei der Möwen hören; sehen konnte man in der grauen Wolkensuppe allerdings nichts. An Bord der St. Katherine reckte man die Hälse und spitzte die Ohren.

„Du hast recht", sagte Harry zu seinem Freund, „Irland kann nicht mehr weit sein." Iain warf erneut sein Lot aus. „Haltet die Riemen bereit", rief der Earl seinen Männern zu, die sofort durcheinander eilten, um die Riemen und weitere lange Stangen aus ihrer Verankerung zu ketten. „Wenn der Nebel nur nicht so dicht wäre", fluchte Will. „Wir werden noch den Kontakt zu den anderen Schiffen verlieren." Tatsächlich, Will hatte Recht. Drüben sah man nur noch die Umrisse der St. Magnus. „Andrew entzünde noch eine Tranfunzel", rief der Earl nach Achtern. Gerade jetzt dürften sie sich nicht verlieren. Zwar hatte sich der Sturm und somit die gepeitschte See beruhigt. Doch die grauen, undurchsichtigen Regenschwaden schienen kein Ende zu kennen. Es war ein feiner, gleichbleibender Nieselregen, so einer, der gut und gerne mehrere Tage anhalten konnte. Man hatte bald das Gefühl, mitten durch die Wolken zu fahren und bald verschwand zum Entsetzen aller ein Schiff nach dem anderen in einer hellen, grauen Nebelwand. Es sollte kein gutes Zeichen sein.

Angesichts dieser Nebelwände, die die St. Katherine umgaben, war auch die Funktion eines mit ranzigem Öl brennenden Positionslichtes vollkommen sinnlos. Wie gebannt starrten einige Schiffsmänner, die sich auf Deck befanden, ganz gleich, ob sie zu tun hatten oder nicht, vor den Bug ins Nichts in der Hoffnung, ein auftauchendes Riff oder irgendwas anderes als diese einheitliche blaugraue Masse zu erkennen. Noch fand das Lot von Iain Flachsnase keinen Grund. Aber was besagte das schon. So mancher schlug ein Kreuz oder richtete ein Stoßgebet hinauf in die dicken grauen Wolken. Geb's Gott, daß es die Kogge nicht an rauhen Klippen zerschellt. Zu dieser Stunde konnte niemand ahnen, wie nah sie tatsächlich den ersten Felsen der grünen Insel waren. Bald sollte es schreckliche Gewißheit werden.

Zunächst gab es erst einmal ein hörbares Aufatmen unter der Besatzung, denn der Nieselregen schien leicht nachzulassen. Die Sicht nahm mit jedem Augenblick wieder zu, so als wären ihre Hilferufe erhört wurden. Auch glätteten sich die Wogen der See. Gespannt blickten alle nach vorn und lauschten dem Ruf des Lotsen. Noch war kein Felsenriff zu sehen. Aber das Schicksal ließ nicht mehr lange auf sich warten.

In der zweiten Stunde des Morgens tauchte bei zunehmender Sicht die zerklüftete Küste von Irland vor ihnen auf. Es war ungeheuer schwer zu sagen, an welchem Küstenabschnitt sie sich befanden. Im Norden schien eine große Bucht ins Innere des Landes zu führen. Dorthin mußten sie das Schiff steuern.

Schräg hinter ihnen brach die Barke Gwendolf Hellebrogges aus dem Nebel hervor. Sie trieb ruhig im Fahrwasser der St. Katherine. Nur eine viertel Meile weiter nördlich die „Sturmrobbe", die zweite Barke. Wo aber war die Kogge Sveighir Wackerbarts abgeblieben? Der Earl ließ die Positionshörner ertönen. Leise, nur sehr leise gab die St. Magnus Antwort. „Das kommt von da", rief Errol Eisenhand und zeigte über Steuerbord nach Süden.

Tatsächlich. Die Kogge entstieg ungefähr drei Meilen südlich von ihnen der grauen Nebelwand. Sveighirs Kogge war beträchtlich weit abgetrieben, aber das war es nicht, was der Besatzung der St. Katherine das Blut in den Adern gefrieren ließ. So schnell konnte man gar nicht diese Tragödie begreifen, die sich binnen weniger Augenblicke da drüben abspielen würde. Es war ein bedrohlicher, ja schrecklicher Anblick, der sich der Mannschaft des Flaggschiffes darbot.

Unmittelbar vor der St. Magnus türmten sich die gewaltigen Klippen von Moher gleich einer Mauer aus Erz auf. Wohl hatte der Lotse zu spät Grund gefunden. Nun war die Kogge in den Fängen der Brandung und ihr Schicksal offensichtlich besiegelt. Was mußte es erst für ein gewaltiger und erschauernder Anblick für Sveighir Wackerbart und seine Männer sein. Würden sie einen von ihnen noch jemals lebend wiedersehen?

Doch auf der St. Katherine hatte man kaum Zeit, derartigen Überlegungen weiter nachzugehen. Jetzt mußten sie erst einmal ihr eigenes Schiff sicher vor Anker bringen. Sofort wurden die Segel gehißt. Die Schiffsmänner zogen an den Brassen und Schoten, um die Wende der Kogge zu unterstützen. Björn Wahlzahn drehte sein Steuer auf nördlichen Kurs.

Damit lag der Weg in die Bucht von Gaillimh offen. Noch war der Wellengang zu stark, um ein Beiboot zu Wasser zu lassen. Sir Henry strebte auf die Landspitze Black Head zu. Dahinter war die See gewiß ruhiger, um an Land zu gehen. Die St. Magnus hatte er zwar unwiederbringlich verloren, aber er wollte wenigstens Sveighir und seine Männer retten, soweit das möglich wäre. Er glaubte noch zu sehen, wie die Sveighirs Schiff Schlagseite bekam, dann verschwand die zweite Kogge hinter den Berghängen.

Jetzt galt es, keine Zeit zu verlieren. Nicht lange darauf verkündete Iain Flachsnase lauthals, daß sein Senklot den Grund berührt habe. Von da arbeitete er wie ein Besessener, denn er wußte schließlich, was davon abhing. Mit gutem Wind in den

Segeln und einem reibungslosen Zusammenspiel des Lotsen und des Steuermanns hielten sie direkt in die Bucht und damit auf den größten Hafen der irischen Westküste zu. An der Küste sahen sie die Fischerhütten von Doolin, doch die Brandung war noch viel zu stark, um sicher an Land zu gelangen. So segelten sie weiter Black Head entgegen.

Als die schwarze Landspitze hinter ihnen lag, gab der Earl neuen Kurs vor. Die St. Katherine drehte nach Steuerbord ab und hielt aufs südliche Ufer zu, um im ruhigen Wasser vor Anker zu gehen. Damit verließen sie die tiefe Fahrrinne, die sie in der Mitte der Bucht bis nach Gaillimh geführt hätte. Iain Flachsnase wußte, was das bedeutete. Nach einer Weile - der Regen hatte fast gänzlich aufgehört - vermeldete er stark abnehmende Fadentiefen. Als er Björn „Zwei Faden achtzig" zurief, befahl der Earl die Segel zu reffen. „Macht das Schiff klar zum Ankern", rief er seiner Mannschaft zu. Krachend rasselte die Kette am Gangspill hinunter.

Die beiden Barken gingen längsseits des Flaggschiffes vor Anker. „Laßt uns zum Ort des Unglücks eilen, Sir", tönte Gwendolf Hellebrogge von Bord der Wild Orcadia herüber. „Sveighir und seine Männer brauchen uns jetzt." Doch der Earl hatte schon längst seine Maßnahmen getroffen.

*

Wenig später hielten drei Boote auf das Ufer zu. Dort brannten im nebligen Grau ein paar Lichter und dicker Qualm von den so lange vermißten Torffeuern stieg aus den Rauchabzügen der Hütten empor. Kein Zweifel - da drüben lag ein Fischerdorf. Von hier war es nicht weit bis Doolin und den südlich davon gelegenen Felsen. In Sir Henry stiegen längst versunkene Erinnerungen hoch an die Zeit, in der er noch ein jugendlicher Heißsporn war und mit David Morlay in Doolin übernachtet hatte.

„Wenn wir zu Fuß gehen, müßten wir vor Abend an den Klippen von Moher sein", sagte er zu Will, der neben ihm saß. „Vielleicht gelingt es uns sogar, Pferde aufzutreiben", entgegnete Will. „Möglich!" meinte Harald Eulenauge, der sich zu ihnen herumdrehte. „Aber ob die Iren uns mit offenen Armen empfangen, wenn wir ihre Pferde wollen? Ich bezweifle es stark." „Da kann ich ihm nur Recht geben", bestätigte Niall. „Die Iren können verdammt stur sein. Seid froh, daß wir unsere Waffen dabei haben."

William MacLarren sah verdutzt zu Harry hinüber. Der Earl winkte gelassen ab. „Keine Sorge, alter Freund", sagte er und wies auf eines der nachfolgenden Boote. „Ellis und Joe werden mit den Fischern sprechen. Sie kennen die Insel." Ellis O'Glannad und Joe Brody, die beiden Schiffsmänner von der Sturmrobbe, deren Vorfahren aus Ulster stammten, sprachen das beste Gälisch unter dem Schiffsvolk.

Über zwanzig Männer stiegen aus den Booten, als diese im Uferschlick strandeten. Die Flut ging gerade zurück. Natürlich trugen sie Waffen, im Falle, daß die Fischer sie nicht freundlich empfangen würden. Die Boote ließ Sir Henry sofort zurückrudern.

An der erst besten Hütte ließ Joe sogleich einen lauten irischen Seemannsgruß erschallen. Zunächst vernahm man nichts, doch dann antwortete ihnen eine dünne

Stimme „Wer da?" „Wir sind Schiffbrüchige, die deiner Hilfe bedürfen", erwiderte Joe Brody. Nun folgte ein lautes Schlurfen und schließlich wurde die Tür von einem kleinen faltigen Mann geöffnet. Er glich einem alten Wurzelgnom. Sein von Narben entstelltes Gesicht ließ die Umstehenden ein wenig erschauern. Der Gnom war ebenfalls zurückgewichen, denn sein seltsamer Besuch erschien ihm nicht geheuer. Argwöhnisch beäugte er die langen Kettenhemden, die großen Streitäxte und Schwerter. Wie Schiffbrüchige sahen sie nicht aus. Der Earl trat vor und stellte sich neben Joe.

„Sei gegrüßt, alter Fischer. Es geht nicht um uns. Aber unten," er zeigte zum Meer hinüber, „ bei den Klippen von Moher haben wir ein Schiff verloren. Falls einer der Besatzung überlebt hat, dürfen wir keine Zeit verlieren. Es ist gut einige Wegstunden bis zu den Klippen. Deshalb sprich, habt ihr Pferde im Ort?"

Das Herz des Gnoms machte einen Hupfer. Von ihm wollten sie also nichts. Seine Miene hellte sich ein wenig auf. „Der alte O'Neilly - unten an der Straße - hat vielleicht ein paar", sagte er. „Ich glaube drei Gäule. Eines von denen ist ein bißchen lahm. Aber ob er seine Pferde euch überlassen wird?!" Der alte Wurzelgnom sah auf die dicken grauen Wolken, die über sie hinweg zogen und spuckte aus. „Kein gutes Wetter, was ihr euch da ausgesucht habt. Wo sagt ihr, sind eure Leute gestrandet?"

„An den Klippen von Moher." Alle blickten sich um. Es war Gwendolfs brummiger Baß gewesen. Das Männlein schielte argwöhnisch zu dem Riesen, der etwas abseits stand. Allein der Anblick der Gestalt des Orkneywikingers und seines grimmigen Ausdrucks bewogen den Gnom, das Gespräch zu beenden. „Ihr Herren", begann er vorsichtig. „Hätte mich ja gern mit euch noch weiter unterhalten. Aber schätze mal, ihr geht jetzt besser zu O'Neilly, wenn ihr noch jemanden lebend von den Klippen holen wollt. Also, es ist unten an der Straße von Doolin nach Baile an Vaghaun. Ihr könnt sein Haus gar nicht verfehlen." Danach bekam der Kleine einen Hustenanfall, der ihn eilig wieder in seiner stickigen Hütte verschwinden ließ.

Die Seefahrer stapften über die aufgeweichten Wege hinunter zur Straße. Nicht, daß das Dorf ausgestorben war, aber wegen des schlechten Wetters vermieden es die Bauern, vor die Tür zu gehen. Vielleicht saßen sie auch hinter ihren Fenstern und beobachten die Fremden.

Unten an der Straße befand sich tatsächlich ein kleines Gehöft, umzäunt von einer Steinmauer. Das Wohnhaus war vollkommen aus Stein erbaut. Daneben befand sich der Stall. Bei den ärmeren Leuten war es üblich, daß das Vieh mit den Menschen unter einem Dache lebte. Nicht so bei O'Neilly.

Gwendolf Hellebrogge klopfte laut gegen das Hoftor. Drinnen hörten sie eine Tür knarren. Bald darauf schob jemand am großen Holztor die schweren Riegel zurück und öffnete es.

O'Neilly war ein kräftiger Mann, vierschrötig und mit hochrotem Gesicht. „Was wollt Ihr hier?" fuhr er die Männer an, völlig unbeeindruckt, im Gegensatz zu dem Narbenmännlein. Unmittelbar hinter ihm lehnte eine schwere Streitaxt an der Mauer.

„In Not kommen wir zu dir, O'Neilly", sagte Joe Brody zu ihm. „Unten an den Klippen ist eins unserer Schiffe gestrandet. Wir wollen uns deine Pferde leihen, um schnell dorthin zu gelangen." Der Bauer starrte auf Joe, dann auf Gwendolf und schließlich auf den Earl. Er überlegte eine Weile. Der Mann sprach einen Dialekt, wie ihn die Leute aus Ulster gebrauchten. Wenn er von mehreren Schiffen sprach, dann war der dort hinten gewiß ein hoher Herr. Außerdem schienen diese Männer keine Pferdediebe zu sein. Ihr ganzes Äußeres deutete nicht auf irische Strolche aus Gailimh hin. Vielleicht englische Strauchritter? Nun ja, gegen eine so große Überzahl war er machtlos.

„Ich habe aber nur drei Pferde. Ihr seid gut zwanzig." sagte er mürrisch. „Kümmere dich nicht darum. Du erhältst einen guten Lohn", gab ihm der Earl zur Antwort. Er griff in den Mantel, den er über den Kettenhemd trug. Zum Vorschein kam ein kleiner Lederbeutel. O'Neilly glaubte zu träumen. Der andere hielt zwei Goldmünzen in den Händen. „Hier, es wird wohl genug sein." Der Bauer beeilte sich zu nicken. „Wir haben unseren Teil erfüllt. Nun erfülle du deinen und sattele uns die Pferde." Mit diesen Worten gab der Earl der Orkneys dem vierschrötigen Kerl das Geld, worauf jener sie in den Hof herein bat. Bevor er im Pferdestall verschwand, riß er die Tür zum Wohnhaus auf, um nach seinem Weibe zu schreien. „Gib den Herren ein Stück Brot und einen Krug Bier, Weib." So wurden die Männer noch verköstigt. Nach einer endlos langen Zeit floß ihnen wieder der alte gute Gerstensaft durch die Kehlen. O'Neilly hatte alle Pferde inzwischen aus dem Stall herausgeführt, so daß die ihm so seltsamen Fremden jetzt aufbrechen konnten. „Hab Dank, O'Neilly. Der Himmel wird es dir nicht vergessen." Der Earl und William MacLarren saßen auf. Der rote Niall sollte die beiden Ritter begleiten. „Du führst die anderen", sagte Harry zu Gwendolf Hellebrogge. Wißt ihr den Weg zu den Klippen?" Ellis O'Glannad und Joe Brody nickten. „Nach Doolin, dann immer an der Küste. Wir werden den Spuren der Pferde folgen, Sir" „Nun denn", erwiderte der Earl und gab seinem schwarzen Pony die Sporen. Sie galoppierten davon - die Straße nach Doolin. Die anderen folgten ihnen in zügigem und eiligem Schritt.

Lange noch standen O'Neilly und sein Weib an der Hoftüre und schauten den Männern nach, bis sie schließlich in den grauen wolkenverhangenen Bergen verschwanden. Woher kamen diese geheimnisvollen Fremden, die da so aus dem Nichts auftauchten, fragten sie sich. Aber eine Antwort darauf sollten sie wohl niemals bekommen.

*

Unterdessen befanden sich die Fünf bereits südlich von Doolin. Sie verließen die aufgeweichte Landstraße nach Luimneach und bogen auf einen kleinen Pfad, der auf direkten Wege zu den Steilfelsen führte. Schnaufend keuchten die ansonsten so robusten Ponys den Weg zu den Klippen hoch. Immer stärker sammelten sich in der Luft die feinen Wassertröpfchen an. „Dort vorne muß es sein", rief der rote Niall.

Tatsächlich, sie hatten den Rand der Hügel erreicht. Deutlich spürbar war das auch immer mehr an dem kalten Wind, der jetzt unerbittlich blies. „Bleibe du bei den Ponys, Niall", sagte Harry zu dem jungen Mann und stieg ab. Er und Will stiegen aus dem

Sattel und reichten Niall die Zügel. Dann schritten sie zu der Stelle hinauf, an der der Abhang in die Tiefe stürzte. An den Rand der Klippe.

Es war ein gewaltiger Anblick, der sich vor ihnen auftat. Schwere, graue Wolken hingen über dem großen Meer. Hier draußen war es immer noch sehr aufgewühlt. Ziemlich weit nach Norden abgetrieben lag zu ihrer Rechten, direkt an den Felsen, das Wrack der St. Magnus. Die Gischt der Brandung sprühte über die geborstenen Planken des Schiffes. Auf die Entfernung war es unmöglich zu erkennen, ob sich noch eine lebende Seele an Bord befand. Nur die Möwen schrien und das Meer brüllte. Will erspähte als erster, daß hinter dem Wrack in Richtung Doolin ein kleiner Pfad zwischen den Felsen hinauf in die Höhe führte. „Dort müssen wir hin", sagte Harry.

Sie gingen zurück zu den Ponys. Die tapferen Kerlchen dampften noch von der gewaltigen Anstrengung, die ihnen an diesem Tag zugemutet wurde. Die Männer nahmen die Pferde an den Zügeln und zogen über die Wiesen auf der Höhe zurück Richtung Doolin. Kalte feuchte Luft drang durch ihre Bärte, durch ihre Mäntel, aber das konnte sie nicht aufhalten. Sie spürten es nicht. Ihre Gedanken hingen nur noch bei dem unter ihnen liegenden Wrack - bei Sveighir Wackerbart und seiner Mannschaft.

Nach einer Weile machte der Felsen eine kleine Biegung, so daß sie gut den sich am gegenüberliegenden Steilhang hinaufwindenden Pfad erkennen konnten. „Harry, sieh doch. Ist das nicht ein Mensch." Will zeigte mit seiner Hand genau auf die obere Mitte des Weges. Ein paar hervortretende Steine machten wahrscheinlich einen weiteren Aufstieg an dieser Stelle für den geschwächten Körper geradezu unmöglich. „Los schnell. Wir müssen ihm helfen." sagte Harry. Bei einem aufgeschütteten Steinwall, der auf einer erhöhten Kuppe stand, banden sie die Zügel der Ponys um einen besonders großen Stein und gingen zu dem Pfad, der in die Tiefe führte. Es war steiler, als sie sich das gedacht hatten.

Noch vor einigen Augenblicken wäre ihnen nicht eingefallen, daß sie beim Betreten des Weges in die Tiefe zaudern würden. „Wir müssen zuerst den Mann holen, der auf dem Weg liegt. Will und Niall, ihr schafft ihn dann nach oben, während ich versuche, zum Wrack zu gelangen."

Die beiden nickten. Der Earl von Orkney begann als erster, in die Tiefe hinabzusteigen. Als nächstes ging Will. Unter ihm bröckelten einige Steine, so daß er etwas ins Rutschen geriet. Geistesgegenwärtig hielt sich MacLarren an einer scharfen hervorstehenden Felskante fest. „Vorsicht!" mahnte Harry. „Die Steine sind furchtbar glitschig. Achtet immer darauf, daß ihr mit einer Hand einen sicheren Griff erwischt." Seine Miene war sehr ernst dabei. Schließlich wollten sie bei der Rettungsaktion nicht noch ihr eigenes Leben aufs Spiel setzen. Ganz behutsam kletterten die Männer nun den Weg hinab. Ein falscher Schritt hätte den sicheren Tod bedeuten können.

Über die Gruppierung größerer Felsbrocken sicher hinweggekommen, lag er dann vor ihnen. Der Schiffbrüchige von der St. Magnus war Donald, ein Walfänger von der Orkneyinsel Pomona. Sein Körper war mit Wunden bedeckt. Total erschöpft hatte er sich bis hierher geschleppt und nun lag er da - ohne Bewußtsein. Will und Niall schauten mit besorgter Miene zu Harry hinüber. Es würde schwierig werden, den Verletzten über den gefährlichen Grat zurückzutragen. Aber sie hatten keine andere Wahl.

Vorsichtig trugen Will und Niall den Schiffsmann zurück. Indes kletterte der Earl vorsichtig weiter. Der Pfad wurde zunehmend flacher, die anfänglichen Gefahren schienen überwunden. Bald war er am Fuße des Felsens angelangt. Harry wandte sich zurück. Seine beiden Begleiter hatten den Bootsmann der St. Magnus sicher hinter die Klippen gebracht. Will ging zuerst, ihm folgte in einigem Abstand Niall.

„Es wird nicht einfach sein, bis zum Wrack zu gelangen", rief er laut zu Will. Seine Worte gingen im lauten Getöse der Meeres unter. Aber William MacLarren wußte nur zu gut, was der Earl meinte.

Springend - von Stein zu Stein - bewegten sich die drei auf das Wrack zu. Diesmal mußten sie höllisch auf die stürmische Brandung achten, die in regelmäßigen Abständen nach ihnen griff. Zwischen den einzelnen Steinen erkannten sie jetzt schon die ersten Leichen im Wasser. Sie waren bereits blau vor Kälte. Ihr letzter Kampf muß grauenhaft gewesen sein. Dazwischen lagen überall zertrümmerte Holzreste.

Mittlerweile waren sie an der sich vor ihnen auftürmenden Kogge angekommen. Das Heck des Schiffes hatte es an den Felsen gedrückt. Das Ruder war geborsten. Die Außenplanken zerschlagen. Die drei Männer erklommen das hölzerne Riesenskelett. Im Gegenteil zum hinteren Achterkastell war vom Vorderdeck nicht mehr allzuviel übrig. Außerdem ging ein großer Bruch durch die Mitte des Schiffes.

An dem zerbrochenen Geländer lehnte ein lebloser Körper. Der umgeknickte Mast hatte gleich drei Männer unter sich begraben. Weit und breit war kein Überlebender zu entdecken. Während Harry und Will die schräg in den Angeln baumelnde Tür zur Kajüte öffneten, stieg Niall in den Laderaum hinunter. William MacLarren mußte zunächst den großen Tisch beiseite räumen, der den Eingang versperrte. Die beiden traten in den Raum. Ein kurzer Rundblick bestätigte ihren Verdacht, daß hier niemand zu finden war. Harry sammelte aus einer Truhe die Seekarten und Eintragungen Sveighirs zusammen. Niemand sollte etwas finden, was darauf hindeutete, daß sie von der anderen Seite des Meeres gekommen waren. Schließlich verließen sie wieder die Kajüte. Auch Niall kehrte ergebnislos aus den Laderäumen zurück. „Sie sind alle tot", sagte der junge Mann bleich. Harry trat an die Kante des Schiffes und glitt mit seinen Augen über den südlich vom Wrack liegenden Strand, der mit großen Steinen übersät war. Doch so sehr er sich auch anstrengte, er konnte nichts entdecken außer ein paar kreischenden Möwen.

Über ihnen rissen die Wolken auf und die Sonne brach hervor. Zunächst nur ganz schwach. Weiter unten - wo die Klippen noch viel gewaltiger waren - stand ein Turm auf hohen Felsen. Dieses Bauwerk stach deshalb so deutlich ins Auge, weil ein gleißender Lichtstrahl genau auf seine alten Zinnen herabfiel. Wie ein Leuchtfeuer weckte das Licht den steinernen Turm aus tiefem Schlaf. Immer breiter wurde der Streifen, den die Sonne sich eroberte und in ihren Vormarsch mischte sich ein Schrei, der laut in den Felsen widerhallte und die Brandung übertönte.

Das war kein Schrei einer Möwe oder sonst eines Tieres. Nein, es klang wie der verzweifelte Hilferuf eines Menschen. Fieberhaft schauten die drei in die Richtung. Da war es wieder. Und plötzlich...

„Seht doch! Dort." Will knuffte Harry in die Seite. Tatsächlich. Für einen Moment winkte ihnen aus der Ferne eine Gestalt zu. Dann schleppte sie sich wieder schwerfällig von Stein zu Stein. Hell glitzerte die Gischt der Brandung in der Sonne, die den Mann immer wieder zum Anhalten zwang.

Die drei Schotten an Bord der gestrandeten Kogge kletterten eilig an den gesplitterten Holzplanken hinab. Auf dem Wrack hatten sie nun nichts mehr verloren. Da draußen kam ihnen einer entgegen, der ihrer Hilfe bedurfte. Wieder rief die Gestalt, die nun um ein ganzes Stück näher war. Es klang so wie „hierher".

Nun gab es für den Earl und die beiden anderen keinen Zweifel mehr. Es war Sveighir. Sveighir Wackerbart, einer der besten Kapitäne der Orkneys und Admiral Sir Henrys. Dicke Beulen, an denen geronnenes Blut klebte, zeichneten Arme und Kopf. Wahrscheinlich war er gleich beim ersten Aufprall des Schiffes über Bord gegangen.

Mühsam versuchte Sveighir, der so viel in diesen letzten Stunden erlebt hatte, seinem geschwollenen Gesicht ein Lächeln abzuringen. Überglücklich fiel er den anderen in die Arme. Der Kapitän der St. Magnus versuchte zu sprechen, jedoch der Earl, der sah, wie sehr er sich damit quälte, verbot es ihm. „Erst bringen wir dich einmal hier raus."

Langsam schleppten sich die vier bis zu der Stelle, wo der kleine Pfad in die Höhe führte. Unterweges warfen sie einen letzten Blick auf die toten Orkneywikinger, die jetzt nur noch ein Fraß für Möwen und Fische waren.

Oben, am Rande der Klippen tauchten indes Gwendolf Hellebrogge, Harald Eulenauge und die anderen auf. Sicher hatten sie die Ponys entdeckt. „Wie viele sind noch da unten, Sir?", fragte Gwendolf den Earl, als dieser mit Will und Niall, die Sveighir eingehakt hatten, den Gipfel der Klippen betrat. „Sieh selbst", antwortete Harry. „Aber viel Hoffnung habe ich nicht mehr. Außer Donald und Sveighir wird wohl kaum einer den Schiffbruch überlebt haben." „Laßt es uns noch mal versuchen", entgegnete Harald Eulenauge.

Drei, drei Schiffsmänner waren es, die das Unglück an den Klippen überlebt hatten. Müde und zerschlagen kehrten der Earl und seine Getreuen am frühen Abend nach Black Head zurück. Von der dritten Barke, dem „blauen Drachen", fehlte weiterhin jede Spur. Anscheinend hatten sie den kleinen Segler für immer in den Fluten des großen abendländischen Ozeans verloren.

*

Ruhig glitten eine Kogge und zwei Barken durch die Bucht dem Hafen von Gailimh entgegen. Ihre Bugwellen verrieten, daß sie gute Fahrt machten, denn ein Südwestwind blies ihnen kräftig in die Segel. Tiefrot leuchtete die Abendsonne über den grünen

Hügeln von Connemara. Dieser rötliche Schimmer spiegelte sich auf den Wellen der Bucht, den Holzplanken der Schiffe, den Segeln und auf den wettergegerbten Gesichtern der Schiffsmänner wieder.

Die Kapitäne wußten, daß es unmöglich war, die Stadt noch vor Einbruch der Nacht zu betreten. Doch morgen, morgen am 6. Mai des Jahres 1396 würden sie die Bohlen der Hafendocks unter ihren Füßen spüren. Dann war es endlich geschafft. Allerdings war der Preis hoch gewesen. Viele waren in der Fremde geblieben, etliche Leben forderte das Meer. Von den sieben Schiffen, die der Earl seit der Trennung von Antonio Zeno noch besaß, kehrten nur drei ins Abendland zurück.

*

Laut ging es zu an den Tischen. Fionn O' Cannons Schenke war wie immer brechend voll. Aus jeder Ecke riefen durstige Kehlen erneut nach einer Kanne und das gute Doppelbier war schon seit Stunden ausgegangen.

Hinten, in den Nischen rechts von der Tür und am Kamin saßen Seeleute, die allesamt zusammenzugehören schienen. Wilde, rauhe und struppige Gesellen waren es und anscheinend schon wochenlang auf hoher See gewesen. Seltsam kamen sie O' Cannon vor. Sie kamen weder vom Wal- oder Fischfang zurück, noch stammten sie von einem Handelsschiff.

Es war durchaus normal, daß Seefahrer aus allen Richtungen des Abendlandes über seine Schwelle traten, aber nicht unbedingt am selben Tische saßen. Doch hier unterhielten sich Isländer, Norweger, Schotten, Iren und Engländer quer durcheinander. So ein buntes Sprachengewirr hatte der Wirt selten vernommen. Nur wunderlich, daß die Kerle sich einander bestens zu verstehen schienen.

Aus einigen gälischen Wortfetzen entnahm er, daß sie zwei Schiffe verloren hatten. Eins an den Klippen von Moher, das andere im Sturm auf hoher See. Ihnen war wohl das schlechte und stürmische Wetter zum Verhängnis geworden, das die irische Westküste tagelang in Schach gehalten hatte. Erst gestern mittag hatte der Himmel aufgeklart.

Fionn strich den Schaum von der Bierkanne, da krähte ein junger Seemann bereits nach derselben. Der Wirt eilte zu dem Tische. Der junge Mann trug verfilztes feuerrotes Haar. Es war niemand anderes als der rote Niall. „Bringt einen zweiten Teller Brot und Speck, Wirt. Wir haben noch Hunger." Die anderen nickten.

„Beim heiligen Patrick", Fionn O' Cannon faßte sich an die Stirn, „ihr habt ja alles aufgegessen. So schnell?! Damit habe ich nicht gerechnet." Fassungslos ließ er sich von Niall die Kanne aus den Händen nehmen. Als der Wirt zurück zur Theke stürzte, schrie er sofort nach seiner Tochter, um sie in die Speisekammer zu jagen.

Niall füllte indessen die Krüge an dem langen Eichentisch. Hier, im äußersten Winkel der Schankstube saßen der Earl, seine Kapitäne, Ritter und Unterführer. Die Männer hatten sich herausgeputzt und jeder sein bestes Wams angezogen. Es fehlte nur Errol Eisenhand, der Templer, der die Nacht auf der St. Katherine wachte. Zur Rechten Sir Henrys, der an der Stirnseite Platz genommen hatte, Sir William MacLarren, Sir Ither

156

Wobblestone, Björn Walzahn, Harald Eulenauge und der rote Niall; zu seiner Linken Haakon Tordelalk, der Kapitän der Sturmmöwe, der immer noch sichtlich mitgenommene Sveighir Wackerbart und Gwendolfs Navigator, Gillean Scharfblick.

Der Kapitän der Wild Orcadia selbst hatte auf dem Eckhocker, dem Earl gegenüber, Platz genommen. Der große Kerl wirkte etwas verlegen und sagte nur wenig, was sonst rein gar nicht seine Art war. Schuld war Gwendolfs entsetzliche Freßsucht, derer er sich ein bißchen schämte. Einzig und allein er hatte dafür gesorgt, daß der erste Teller innerhalb kürzester Zeit geleert wurde.

Die anderen unterhielten sich angeregt. „Wie lange wollt ihr noch warten, Sir?" fragte gerade Haakon Tordelalk den Earl. Er meinte damit die auf dem Meer verschollene dritte Barke, die Sir Henry noch längst nicht verloren gab.

Da der Earl zu überlegen schien, antwortete Will für ihn. „Wenn sie Irland erreichen, Haakon, finden sie auch den Weg nach Kirkinvaghe." Sveighir wußte allerdings besser, wie klein ihre Chance war. „Wer weiß, ob wir sie je lebend wiedersehen, Sir William?" sagte er, „Wen das Meer erst einmal in seinen Klauen hält, den läßt es nie mehr los."

„In zwei Tagen segeln wir", entschied der Earl gelassen, so als hätte er Sveighirs Worte gar nicht bemerkt. Sofort herrschte Schweigen am Tisch; ja, selbst Niall und Harald sahen auf. Die beiden interessierten sich nämlich mehr für die Tochter des Wirtes als für das Gerede der Alten. Björn Walzahn durchbrach als erster die Stille.

„Wir täten gut daran, lieber heute als morgen zu verschwinden, mein Prinz. Ich habe heute an den Docks einen alten Lotsen gesprochen. In diesem Frühling müssen englische Kriegsschiffe sehr oft Gailimh angelaufen sein."

„Verfluchte Bande. Da ist man mal ein Jahr nicht da und gleich steht die Welt Kopf", murrte Gwendolf Hellebrogge. Sir Henry winkte ab. „Nun malt den Teufel nicht gleich an die Wand. Das bestätigt doch nur die Worte des toten Matthew von Cumberland. Allerdings bezweifle ich, daß John von Gaunt uns immer noch auf den Fersen ist. Wer weiß, was dahinter steckt."

„Wenn es Krieg gibt, Sir, werden wir kein zweites Mal nach Waldland segeln können", warnte ihn Ither Wobblestone. Der Earl langte zum Bierkrug. Was wollten sie nur alle? Bevor er trank, schüttelte er noch einmal den Kopf. „Dummes Geschwätz, Ither. Solange Richard lebt, wird er Frieden mit uns halten und ich bin fest entschlossen, noch einmal mit einer Flotte übers Meer zu fahren. Hast du vergessen, daß wir Siedlungen errichten wollten."

„Die Engländer fürchten wir nicht, Mylord", schaltete sich Gillean Scharfblick ein. „Doch habt was anderes ihr nicht bedacht. Wir haben gute Schiffe und einen Haufen brauchbare Schiffsmänner verloren." „Da hat er recht", pflichtete ihm Sveighir bei. „Die Liste der Toten ist lang. Allein gestern meine ganze Mannschaft. So erfahrene Seeleute findet man so schnell nicht wieder. Wir kehren mit nichts zurück, mit was wir einen Seemann locken könnten."

„Du vergißt, daß so manchen Bauern auf den Orkneys die Scholle nur noch schlecht ernährt. Die Kunde von dem Land, dem Land selbst, wird sie in Scharen in den Hafen von Kirkinvaghe ziehen lassen. Denkt an den Holzreichtum der Wälder Drogeos."
„Und die Skrälinger, Sir?" fragte Haakon Tordelalk. „Sie sind verdammt gute Kämpfer und nicht jeder unserer Bauern und Fischer ist ein Krieger." Doch der Earl hielt dagegen: „Wenn wir Festungen und Burgen auf Wein- und Heughland errichten, gelingt es uns vielleicht, Fuß auf diesen beiden Inseln zu fassen. Wir müssen mit den Ureinwohnern Frieden schließen."

William MacLarren unterstützte den alten Freund. „Hat die See euren Mut gebrochen", fuhr er Haakon an. „Was seid ihr für Krämerseelen geworden. Bei der Heiligen Mutter, wir hatten einen Traum. Und? Wir haben ihn verwirklicht. Dies Land ist frei, und ihr könntet dort ohne die drückende Last des Klerus leben."
„Ihr redet gleich diesem ketzerischen Templer, Sir William. Wohl hat denen zu recht der Papst ewige Verdammnis auferlegt."
„Schweig, Sveighir", wies ihn der Earl scharf zurecht. „Der Orden ist's, dem wir die Karte und den Einfall haben zu verdanken. Du würdest anders reden, hättest du den alten Morlay gekannt. Noch sehen wir auf den Orkneys den Rauch der Scheiterhaufen nicht. Doch Rom ist näher, als ihr denkt; der Bluthund wächst.
Nur in Drogeo, wo sturmgepeitschtes Meer uns trennt vom Abendland, braucht der Tempel weder Großinquisitor noch Papst zu fürchten."
„Dann überlaßt es doch dem Orden, das Waldland zu besiedeln", rief Haakon Tordelalk verärgert. „Sollen sie ihr Königreich des Glücks erbauen. Mir ist nur schleierhaft, wie ihr auf Dauer eure Entdeckung vor dem Papst verborgen halten wollt?" setzte er hinzu. „Glaubt ihr, Margarethe stärkt euch den Rücken?"
Der Earl schwieg. Der Kapitän der Sturmmöwe hatte den wunden Punkt getroffen. Wenn er den Anweisungen der Krone zuwider handelte, konnte er alles verlieren. Die Inseln, sein Lehen, seine Schiffe. Dann hätten weder er noch die Templer etwas davon. Alle am Tisch kannten den Erlaß von Königin Margarethe, Grönland und alles Land, das dahinter liegt, nicht mehr anzulaufen.
Ja, freilich wäre alles ganz einfach gewesen, hätte er Gold und Edelsteine mitgebracht. Aber das konnte er nicht.
„Schaut in die Laderäume unsere Schiffe", sagte Sveighir, „Schätze sind es nicht, die sie füllen." Die Rede seines Admirals beeindruckte Sir Henry nicht im mindesten. „Der Reichtum an Wald, Wild und Fisch. Sind es etwa keine Schätze? Ich weiß selbst, daß wir ohne den Halt der Krone einen sehr schweren Stand haben."

„Sei's, wie es sei. Sicher, wir haben gute Seekarten, die uns den Weg nach Westen weisen. Doch die Hinfahrt ist schwierig, weil der Wind stetig von vorne weht. Natürlich unterstützten euch die Templer. Sie sind wohl der ewigen Flucht müde und planen in jenen paradiesischen Gefilden eine Wiederauferstehung ihres Ordens. Aber dem zum Trotz muß ich euch vor zu übereilten Entscheidungen warnen.

Seht mich an, mein Prinz. Knapp und nur durch Zufall bin ich gestern im Morgengrauen dem Tod entgangen. Aber ich habe sie gesehen, ihr habt sie gesehen: kalte leblose Kadaver, die nur noch Fraß für die Fische waren. Das war einst meine stolze Mannschaft", sagte er zornig. „Man wird auf den Orkneys nicht begeistert sein von den vielen Toten. Die besten Seefahrer standen euch, Sir Henry, zur Seite. Und nur für euch, mein Prinz, für keinen Tempel, für niemanden sonst haben sie ihre Knochen hingehalten."

Der Kapitän der St. Magnus nahm einen großen Schluck Dünnbier. Als er den Krug wieder absetzte, wischte er sich fahrig den Schaum aus dem Bart. Man schwieg ringsum, denn nach dem gestrigen Tag nahm jedermann Rücksicht auf Sveighir. Nicht so Sir Henry.

„Sveighir, du hast dem Tod ins Auge gesehen", wies er den Kapitän zurecht, „und ich fürchte, er hat deinen Sinn getrübt. Mir mißfällt, wie du über den sprichst, der nicht in unserer Mitte weilt. Drum laß dein Gewäsch, da ich es leid bin, deine Worte zu hören."

„Das mein ich auch", stimmte Gwendolf Hellebrogge dem Earl zu. „Wenden wir uns dem Essen zu." Rhiannon, die Wirtstochter, schob nämlich just in diesem Augenblick einen großen Teller mit Brot und Speck auf den Tisch.

„Ihr eßt und sauft für drei, meine Herren", bemerkte sie schnippisch in die Runde. Gwendolf errötete sofort. „Wir haben ein lange Reise hinter uns, Mädchen", brummte Will.

„So..." sagte sie gedehnt. „Wo kommt ihr denn her?" Keine Antwort. Die Älteren blieben stumm. Allein Ither Wobblestone fühlte sich befleißigt zu antworten. „Äh... wir kommen von Schottland, Mylady." „Ah ja, Schottland", entgegnete sie etwas belustigt. „da geht es ja im Moment heiß her." „Was?" riefen die anderen wie aus einem Munde. „Sprecht, was geht dort vor?"

„Dacht ich's mir doch", sagte Rhiannon und stemmte die Arme in die Seite. „Ihr kommt gar nicht aus Schottland."

Die Männer schwiegen betreten, außer Harald Eulenauge, der sich ein verschmitztes Zwinkern nicht verkneifen konnte. Sie, die alten verwegenen Seebären, waren auf die List der kleinen rothaarigen Teufelin hereingefallen. „Merkwürdig seid ihr", spottete die junge Frau. „Sonst prahlen immer alle mit ihren Seeabenteuern, erzählen von Riesenschlangen, Walen und Seeungeheuern; doch ihr übt euch in Geheimnistuerei. So etwas bedeutet nur Ärger."

Gwendolf wollte schon sagen, 'halt das Maul und hole Bier, Weib'. Doch dazu kam er nicht mehr. Fionn O' Cannon stand hinter ihm.

„Belästigst du die Gäste", fuhr der Wirt seine Tochter an und schwappte dabei mit der vollen Bierkanne. „Du siehst doch, daß adlige Herren darunter sind."

„Verzeiht, Mylord", sagte er zu Sir Henry. „Wenn euer Hunger so groß ist, dann gäbe es noch Fisch oder Hammel gebraten. Ihr seid ein Mann, der es doch wohl bezahlen kann." „Wieviel ist's denn Wirt, was wir dir schuldig sind." „Zehn Schilling, Mylord, und ich zapfe geschwind euch eine Kanne Bier." „Dann zähl ihm das Geld ab, Ither und", der Earl blickte dem Wirt fest ins Auge, „wir nehmen Schaffleisch, Wirt."
Der Klang der Münzen wärmte O' Cannon das Herz. Der Hammel hing auf dem Vorratsboden, aber es war noch früh am Abend. Er trabte ab, um seinen Knecht zu rufen.
Der Earl beachtete ihn längst nicht mehr. Er war weg, weit weg mit seinen Gedanken - an jenem Abend mit David Morlay und Francesco Beranelli. Damals hatte alles mit einer Seekarte begonnen. Heute war von dem alten Papyrus nur noch ein kümmerlicher Rest geblieben. Er langte nach dem Bierkrug, wobei er unwillkürlich über den Tisch sah. Gwendolf wollte gerade einen Riesenkanten Brot mit seinem Dolch abschneiden.
„He Gwendolf", rief Sir Henry, „ich glaube, es ist an der Zeit, dir das Essen zu verdienen. An den anderen Tischen habe ich ein paar Instrumente liegen sehen. Spielt uns ein Lied."
Tatsächlich brachte Gwendolf ein paar Männer zusammen. Ja, sogar Seeleute, die nicht zur Flotte des Earls gehörten - Bretonen und Engländer. Zwei Harfen, ein Dudelsack, drei Lauten, eine Flöte und Gwendolfs Horn. Laut sang Douglas das Lied, das die Fischer der Orkneys über die Suche nach jener sagenhaften Küste im Westen kennen.

Wild sprüht die Gischt,
Laut lacht der Wal,
So treibt unser Schiff
durch Wellenkamm und Tal.

Es schlagen die Brecher
mit Macht über Bord;
Des Sturmes Gewalten
Sie tragen uns fort.

Doch steht felsenfest
in brüllender Nacht,
am unruhigen Ruder
hält der Steuermann Wacht.

Er kennt seinen Kurs,
der Weg scheint noch weit.
Das Schiff treibt nach Westen
bis ans Ende der Zeit.

Daheim in den Schenken
hat man sie gewarnt;
dort wartet die Hölle,
ihr werdet verdammt.

Doch ihr Traum erzählt anders,
malt fruchtbares Land,
das hervor wird tauchen
aus der nebligen Wand.

Wälder und Flüsse
voll von Getier,
berichtet der Nordmann
beim dritten Krug Bier.

So segeln die Männer,
trotzen Sturm, Wind und Meer
ihr Ziel ist das Waldland,
der Wikinger Mär.

Es hagelte großen Beifall für Douglas und mehr als einer der fremden Seeleute wollte wissen, ob sie denn wirklich Waldland gefunden hätten. Doch der Earl hatte sie angewiesen, sich bedeckt zu halten. Nach diesem Lied spielten die Musikanten ein schnelleres Stück und die ersten Schiffsmänner tanzten dazu. Wohl von der Musik angelockt, öffnete sich die Tür in einem fort und die Schenke füllte sich zunehmend. Nicht nur Seeleute, sondern auch Einheimische - Frauen und Männer traten ein.
Längst hatten die Jüngeren die Alten an den Tischen zurückgelassen und sammelten sich auf der Tanzfläche. Während Niall mit einer kessen Schwarzhaarigen über die Bohlen sauste, hatte sich Harald Eulenauge Rhiannon, die Wirtstochter, gegriffen. Andrew MacWebber wirbelte mit einem blonden Langhaar herum.
Es war schon spät als der Earl und seine Männer die Schenke verließen. Am Morgen des zweiten Tages lichteten sie die Anker.

*

In Kirkinvaghe bereitete man dem Prinz der Orkneys einen glänzenden Empfang. Der Venezianer Antonio Zeno hatte der Familie des Earls bereits von der Entdeckung Drogeos, des sagenhaften Waldlandes, berichtet. Von allen Inseln kamen sie in die Stadt, um den Geschichten zu lauschen, die die Seefahrer von ihrer Meerfahrt erzählten.

Es war wohl die glücklichste Zeit, die je über die Inseln des großen Orc gekommen war. Den Menschen ging es so gut wie nie zuvor. Durch jahrelangen Frieden blühte der Handel und verhalf den einfachen Menschen zu einem bescheidenen Wohlstand.

Trotz seines Erfolges stand Sir Henry noch einen schweren Gang bevor. Ende September des Jahres 1396 segelte er nach Dänemark zu seiner Lehnsherrin. Dort zeigte man nur wenig Interesse für den alten Seefahrer und Entdecker, kämpfte man hier doch mit handfesten Problemen einer politischen Großmacht. Erst im Jahr zuvor hatte man sich darauf verständigt, die Ostsee für alle Zeit von Seeräubern zu befreien.

Der Schock aus dem Jahre 1393, wo eine riesige Seeräuberflotte die große norwegische Stadt Bergen verwüstet hatte, saß immer noch allen in den Gliedern.

Jetzt, wo Margarethe endlich Stockholm, die Perle Schwedens, kampflos in die Hände gefallen war, kannte sie nur noch ein Ziel - das nordische Großreich. Da sie es sich in dieser Situation nicht mit Papst und Klerus verscherzen wollte, kam ihr der Mann aus Kirkinvaghe mehr als ungelegen. Es trat ein, was alle Sir Henry Sinclair vorausgesagt hatten, die Königin verweigerte ihm ihre Unterstützung.

Stavanger
ORKNEYS
Kirkinvaghe
Schottische See
West see
Inverness
SCHOTTLAND
Perth
Edinburgh
Carlisle
York
Boston
Nottingham
ENGLAND
Oxford
IRLAND
Irische See
Gailimh
Dublin
Kilkenny
Luimneach
Bristol
Southampton
Corkh
Normannische See
Brest
Grosser Abendländischer Ozean

Das Torffeuer warf eine große Hitze. Von den Holzscheiten im Kamin war nichts mehr zu sehen, nur noch die Torfstücke hielten die Glut. Sims und Wand waren aufgeheizt und schenkten dem kleinen Zimmer eine wohltuende Wärme. Auf Stühlen, deren Lehnen und Sitze mit Schafsfellen gepolstert waren, saßen eine Frau und drei Männer. Die Frau hielt einen kleinen Jungen auf dem Arm, der den Schlaf der Gerechten schlief. Janet war alt geworden, graue Strähnen durchzogen ihr blondes Haar.

Die vier beobachteten die funkelnde Glut und unterhielten sich. Plötzlich hustete der Earl. Es lag wohl an der Luft, denn durch den schlechten Abzug des Kamins war sie verbraucht und stickig. „Wir sollten das Fenster öffnen, Sir William", sagte Janet zu dem Mann, der ein grünes Wollwams trug. Will erhob sich. Ein angenehm kühler Wind schlug ihm entgegen. Draußen breitete sich die abendliche Stadt aus. Die Docks, die Gewerbe und Kontore am Hafen, die Türme des Bischofspalastes und der Kathedrale St. Magnus. Wenn man die Nasenspitze zum Fenster hinaus streckte, wurde sie noch von den roten Strahlen der tief stehenden Sonne berührt. William MacLarren sog die würzige Seeluft ein.

„Es wird kalt werden", sagte er. „Der Himmel ist klar." „Gutes Wetter, um ruhig über die See zu treiben", antwortete es von drinnen. Das Meer glitzerte hell in der Abendsonne. Leise summte MacLarren vor sich hin. „Was hat sie gesagt, Harry?" fragte er schließlich.

„Ihr habt recht gehabt. Eine Reise zum Rand der Welt verträgt sich nicht gut mit ihren Zielen. Sie braucht das Wohlwollen des Klerus, schon allein im Kampf gegen die Deutschen. Was interessieren Margarethe dabei einige Fischer, Inselbauern und Waljäger. Nehmt ihren unbarmherzigen Erlaß, der verbietet, alles Land, westlich von Thule anzulaufen. Sie übergibt die Grönländer dem Tod. Sie achtet die Isländer mit Geringschätzung.

Sie sieht nur Schweden als fette Beute und das um jeden Preis. In der Ostsee tun sich große Dinge. Und Drogeo, ach... Verspottet hat sie mich, wie damals schon König Haakon den Seefahrer Paul Knudson. Nein, wir brauchen in Zukunft nicht mehr auf Margarethe zu zählen. Es ist ab jetzt gefährlich, unter den Augen der Welt eine Flotte auszurüsten. Der königliche Erlaß besteht nicht erst seit gestern."

„Vor zehn Jahren hast du noch ganz anders über die Königin geredet, Harry", sagte Will. „Ja, vor zehn Jahren, Will. Damals lebte der alte Morlay noch. Die Jahre auf dem Thron haben Margarethe hart gemacht. Ich kannte sie schon, als sie noch ein junges Ding bei Hofe war. Froh und lebenslustig. Aber lassen wir das."

Der dritte Mann war gerade dabei, aus einem Lederbeutel etwas in eine lange Holzpfeife zu stopfen. Das Geschenk, das der Earl einst von jenem Häuptling der Wapanaki bekam. Errol Eisenhand, denn niemand anderes war es, erhob sich, ging zum Kamin und entzündete die Pfeife mit einem Span.

Er zog, aber es dauerte eine ganze Weile, bis der erste Rauchring zur Decke aufstieg. „Also ich habe dieses Kraut damals nicht genossen." bemerkte Will. Das schien jedoch den anderen nicht weiter zu stören. „Man kann wunderschöne Rauchringe damit machen", hielt der Templer dagegen. „Außerdem beruhigt es Geist und Sinne."

Dann reichte er sie weiter an Harry. Nachdem dieser einen Zug gemacht hatte, fragte es vom Fenster her. „Was ist mit der Karte?" „Dem Papyrus? Das, was von ihm übrig geblieben ist, habe ich Errol gegeben. Wir haben genügend Seekarten des nördlichen Meeres." „Dann gibst du dich geschlagen?" erwiderte Will entsetzt. „Was heißt hier geschlagen? Wir werden eine zweite Reise vorbereiten. Aber ob mein Sohn vollenden kann, was ich begonnen?! Ich wage es zu bezweifeln. Er liebt eher das höfische Leben, hält sich die Hälfte des Jahres in Rosslyn auf."

Stille. Nur im Kamin grummelte es leise. Harry ließ bereits den fünften Rauchring aufsteigen. Dann zog er die Felldecke ein wenig höher. „Du kannst deinem Laster noch genug frönen", wies ihn Janet zurecht. „Ich habe MacLarren nicht das Fenster öffnen lassen, damit du hier die Luft verpestest. Oder wollt ihr den kleinen William aufwecken?" Wortlos reichte der Earl die Pfeife Errol, der sie daraufhin ausklopfte.

Harrys alter Freund schloß das Fenster und kehrte auf seinen Platz zurück. „Du kannst ihn nicht für etwas strafen, das du selbst scheust. Oder hast du Morlays Worte am Paß des grauen Wolfes vergessen."

Doch Harry wich Will aus. „Du kennst die Last nicht, die ich trage. Die Karte und der Gedanke an eine große Meerfahrt, dies alles war das Werk von David de Morlay. Ich habe ihm geholfen, so gut ich konnte. Wir haben seinen Traum wahr gemacht, wenn auch erst nach seinem Tode. Ganz im Gegenteil zu den Behauptungen der Kirche liegt dort ein irdisches Paradies. Ja, schon die alten Phönizier kannten seine Gestade, wie der Papyrus beweist. Was sie allerdings nicht vermochten... es scheint, es soll uns auch nicht gelingen.

Verzeih, Errol. Der Orden hat sicher große Hoffnungen in mich gesetzt. Aber es dünkt mir unmöglich, sie zu erfüllen. Als Lehnsmann Margarethes bin ich zu schwach, um dem ganzen Abendland die Stirn zu bieten."

„Es war auch dein Traum, Harry", entgegnete der Templer. „Oder habe ich dich falsch verstanden?" „Nichts wünschte ich mehr. Doch fragt ihr mich, ob ich mich für Kirkinvaghe oder für ein Leben als Geächteter auf den Weiten des Ozeans entscheide, so ist die Antwort klar. Zu spät. Vor dreißig Jahren hätte ich mich vielleicht anders entschieden."

Will wiegte seinen Kopf. „Wir sind alt geworden", murmelte er. „nicht mehr lange und unsere Gebeine werden in zugewachsenen Gräbern vermodern. Zwänge engen unsere Gedanken ein, sperren die Träume hinter Mauern. Vielleicht ist es besser, Errol und seinem Orden das Feld zu überlassen. Soll das Geheimnis dorthin zurückkehren, woher es einst gekommen. Es ist wohl das beste."

Der Earl stimmte dem schweren Herzens zu. „Gott hat es so gewollt. Es paßt die Mär von Finsternis und Hölle so wunderbar ins Spiel der Mächtigen der Welt. Daß hinter Grönland nur der Teufel hat sein Hort. Kann man Vertrauen zu solch geweihten Häuptern noch erhalten? Schaut doch nach Alban, unser Ahnen Land. Ein finsterer Krüppel wacht als König auf dem Thron, von seinem Bruder, dem Earl of Fife in Glanz und Licht gesetzt. Es ist viel gutes nicht, daß wir den Stuarts zu verdanken haben. Und Sorge faßt mein Herz, denk ich an Orkneys braves Volk. Wie lange noch wird Perth und Dänemark dies Glücksland dulden?“

Harry hatte noch nicht geendet, als der Junge auf Janets Arm erwachte. Neugierig betrachte der kleine William seine Umgebung.

„Er soll von euch lernen, Errol. Lehrt ihm das Lied des heiligen Bernhard und erzählt ihm vom Haus des Hiram.“ „Makbenach“, antwortete der Ordensritter.

So verging das Jahrhundert, ohne daß die Welt Anteil an der Entdeckung Sir Henry Sinclairs nahm. Statt dessen brachen längst geschlossene Wunden wieder auf. Alles begann mit dem Tod eines großen Mannes, der im westlichen Abendland bis zu diesem Zeitpunkt das Geschehen der Politik bestimmte - John von Gaunt. Der Herzog von Lancaster starb im Jahre 1399.

Richard II. verlor damit seinen loyalsten Diener. Statt dessen stand ihm nun der eitle Sohn des Lancaster, Heinrich Bolingbroke, gegenüber, nur darauf bedacht, ihm die Krone zu entreißen.

Als der König noch im selben Jahr von einem Feldzug aus Irland heimkehrte, gelang es diesem tatsächlich. Schon vorher hatte Bolingbroke Adel und Parlament auf seine Seite gezogen. Nur ein Jahr später wurde König Richard, der letzte wahre Plantagenet, im Tower umgebracht.

Seine Macht demonstrierte der Usurpator sogleich auf eindrucksvolle Weise, als er mit Heer und Flotte in Schottland einfiel. Einem Großteil seiner Schiffe gab Lancaster jedoch einen anderen Auftrag.

Der Prinz von den Inseln des großen Ork konnte es nicht glauben, als im August 1400 nach Christus englische Koggen und Schniggen in der Bucht von Scapa Flow auftauchten. So mußte Sir Henry ein letztes Mal zum Schwert greifen.

*

Die kleine Schnigge schaukelte ruhig auf den Wellen der Bucht. Dahinter erhoben sich die Felsen von Ork Skerry, jener kleinen Insel am Ausgang des Sundes zwischen Hoy und Pomona. Der Earl war mit einem kleinen Boot allein hinüber gerudert. Er zeigte sich seltsam befangen, als er von Bord ging, war er doch der einzige, der wußte, warum Ork Skerry langsam in den Fluten des Meeres versank.

Nach drei Sanduhren lag die Insel immer noch ruhig und verlassen. Längst war die Sonne aufgegangen und müßte mit jedem Augenblick hinter den Felsen hervortreten. Im Schatten war es noch bitterkalt. Doch wo blieb der Earl?!

166

Janet machte sich Sorgen. Sie beschloß, nicht mehr länger zu warten und gab Sir Ither Order, sie an Land zu bringen.

Das zweite Beiboot der Schnigge wurde zu Wasser gelassen. Ruhig und gleichmäßig glitt es über die Wellen. Die Frau des Earls musterte die Küste. Aber es gab nichts zu entdecken. Kein Lebenszeichen. Nur die Ruine, die einst auf einem hohen Felsvorsprung stand, wurde von der Brandung umspült.

Arne Gaethelred und Ither Wobbelstone ruderten das Boot bereits durch die Brandung, da traten, rötlichgolden, die ersten Strahlen der Sonne hinter den Klippen hervor. Geblendet von ihrem Licht schlug Janet den Kragen des Mantels zurück. Die Morgenkälte fuhr ihr durch die Glieder, doch sie merkte es nicht. Über dem Wasser tanzten die eisigen Kristalle in der Luft. Es war ein frostiger Märztag des Jahres 1404.

*

„Hier ist er nicht", sagte Janet zu Arne. Sie trat ans Tor der Ruine. „Gehen wir diesen Pfad weiter", antwortete der Ritter. „Er führt auf das Plateau, Mylady." Die Frau blickte nach oben. Die Felsen schimmerten rot in der Sonne. Sie hörte den Schrei eines Seeadlers, der in den Wänden kreiste. „Gehen wir", sagte sie. Die drei schritten weiter bergan.

Endlich erreichten sie das Plateau. Man konnte nicht bis zum anderen Ende schauen, da sanfte Hügel es durchzogen. Der Rauhreif, der die Grasbüschel überzog, erweckte einen bizarren Eindruck. Der gefrorene Boden knirschte unter den Tritten ihrer Füße.

„Laßt uns keine Zeit verlieren", mahnte Janet. Der Atem entstieg ihrem Mund gleich einem Nebelschwaden in der kalten Luft. Auf ihrem Weg fanden Janet und die beiden Männer schließlich eine Schlucht, in der ein Bergsee lag.

Dort am felsigen Ufer saß er; auf einem Stein. 'Wie hält er es nur in dieser Kälte aus?' fragte sich Janet. Den Fellmantel hatte er zusammengerollt, um nicht auf dem nackten Stein sitzen zu müssen. Die aus Goldfäden gestickte Kogge auf seinem blauen Seidenwams glitzerte in der Sonne. Auf seiner Schulter saß, ohne jegliche Scheu zu zeigen, eine große Elster. So wie der Earl, bewegte sie sich nicht. Erst als die drei näher kamen, flog sie davon.

Die wärmende Sonne verursachte ein angenehmes Kribbeln im Rücken. Ither legte seinen Wollmantel um die Schultern des Earls und trat wieder zurück.

Janet setzte sich an die Seite ihres Mannes. Langsam tastete sie nach seiner Hand. „Janet, sieh doch", sagte er zu ihr und wies auf den zu ihren Füßen liegenden Bergsee. Die Frau blickte hinab. Es war als würden dort am Grunde fünf Edelsteine funkeln. Ein schwacher silberner Schein, ein blasses Grün, ein leichtes Blau und ein helles Orange. Am stärksten jedoch zog sie das funkelnde Rot des letzten Steines in Bann - das Feuer des Rubins. „Was ist das?" fragte sie. „Die Mutter des Lichts ruft", erwiderte er. „Harry, geh nicht", sagte sie verzweifelt. „Gib William, wenn er zehn ist, die aus Walroßzahn geschnitzte Kogge. Sie liegt in meiner Truhe, du weißt. Und", er hielt einen Augenblick inne. „Hab Dank für alles." Janet merkte, wie Harrys Hand schlaff wurde und langsam aus der ihren glitt.

Der Prinz der Inseln des großen Orc war tot. Wie versprochen, nahm sich der greise Errol Eisenhand seines Enkels an. Von William MacLarren erzählt man, daß er noch sehr alt wurde und zuletzt als Einsiedler in der Nähe des Ordenshauses von Balantrodoch lebte.

Es ist nicht bekannt, daß Sir Henrys Sohn oder sein Enkel noch einmal eine Meerfahrt nach dem sagenhaften Waldland unternahmen. Jedenfalls wurde William Sinclair Großadmiral und später auch Schatzkanzler Schottlands. Aber wohl bedeutender war, daß König Jakob II. 1441 ihn zum Schirmherr der schottischen Maurer ernannte. Längst hatten diese das Erbe des Tempels angetreten.

Im Jahre 1450 begann der Sir William mit dem Bau einer gotische Kapelle zu Rosslyn, der alten Stammburg des Clans. Es sollte ein Werk mit höchsten Ansprüchen an Geometrie, Architektur und Formschönheit werden. Viele Steinmetzen und andere Handwerker holte er dazu ins Land.

Nichtsdestotrotz erlebte das alte Alban immer wieder Rückschläge. Schlimme Tage suchten Schottland heim, die oft in kurzer Zeit zunichte machten, was über Jahre aufgebaut war. Auch aus dem Geschlecht der Sinclairs entwuchsen Sprößlinge, die nicht immer die Worte ihres Ahnherren bedachten. Immer wieder überschatteten blutige Fehden der Clans das wilde rauhe Königreich nördlich des übermächtigen Nachbarn England.

Das Schicksal der Orkneys wurde im Jahre 1468 besiegelt. Die Dänen verpfändeten die Inseln an Schottland. Es sollte für immer sein. Damit hatte jenes Glücksland aufgehört zu existieren, denn schon lange hatten die Stuarts ihr Argusauge nach Kirkinvaghe geworfen.

So ging Harrys Urenkel als letzter Earl der Orkneys in die Geschichte ein. Nach ihm fielen die Inseln in das Reich der Düsternis und des Seeräubertums zurück. Es kam nicht mehr vor, daß ein Mann des Adels sich dazu herabließ, die Bauern und Fischer in ihren Hütten aufzusuchen, um sie nach ihren Sorgen zu fragen oder ihnen Geschichten von fernen Küsten zu erzählen. Die Welt war eine andere geworden, so wie es Bill Wilson vorausgesehen hatte, als er Harry vor dem Verschwinden des Karfunkels warnte.

Zu jener Zeit war das kleine Eiland am Ausgang des Sundes längst im Reich der Sage verschwunden. Wenn man von den Klippen Hoys nach Pomona hinüberblickte, sah man nur noch eine breite Wasserfläche.

In den Tagen, als die Sonne der Sinclairs über Orkney unterging, verirrte sich ein Genuese nach Gailimh. Ihm soll - so munkelt man - ein Gastwirt die Geschichte von Sinclairs Meerfahrt erzählt haben. Der Wirt hörte sie einst mit eigenen Ohren von seinem Großvater Harald Eulenauge, einem Wal- und Robbenjäger der Orkneys.

Keine zwanzig Jahre später segelte der Genuese unter dem Siegel Spaniens auf der legendären Südroute zu dem neuen Kontinent. Berühmt wurde er, weil er jenes Edelmetall mitbrachte, das die Wikinger im hohen Norden, in Waldland niemals fanden. Sein Name war Christoph Kolumbus.

*

Der alte Mann saß friedlich da. Wenn man ihn nicht aus der Nähe betrachtete, mochte man meinen, er raste nur. Rast von einem langen und sehr anstrengenden Wege. Seine Augen waren geschlossen, doch das Gesicht starrte unverwandt in Richtung Westen, dorthin, wo der gewaltige Ozean sich über den gesamten Horizont erstreckte.

Janet, die neben ihm saß, hatte das Gefühl, als würde sie noch einmal in seine Pupillen schauen. Pupillen, die von so tiefem Grünblau waren, daß man meinen könnte, daß sich hinter dem Meer das grüne Sommerlaub der Eichen des Waldlandes darin widerspiegelt.

Bibliografie

Pohl, Frederick Julius;   Prince Henry Sinclair; London 1974

Macaulay Trevelyan, George   Geschichte Englands, 3.Auflage,
                                           Leibnitz Verlag München 1947 (Gedicht aus
                                           Bruce Testament siehe Seite 330)

Chronicle Communications Ltd.,   Chronicle of Britain, Hampshire 1992

Baigent, Michael; Leigh, Richard;   Der Tempel und die Loge; Bastei-Lübbe 1989

Kinder, Hermann; Hilgemann Werner;   dtv-Atlas zur Weltgeschichte; dtv 1964
Zimmerling, Dieter;   Störtebecker & Co.; Bechtermünz 1996
Schreiber, Hermann;   Die Geschichte Schottlands; Augsburg 1996
Sippel, Hartwig;   Die Templer; Amalthea, Wien 1996
Major, R. H.;   The Voyages of the Venetian brothers Zeno to the
                                           Northern Seas in the Fourtheenth Century;
                                                     Boston 1875
Maclean, Fitzroy   Schottische Clangeschichten; Augsburg 1996
Rackwitz, Erich;   Fremde Pfade, ferne Gestade; Leipzig, Jena, Berlin:
                                                     Urania Verlag 1986
Hulpach, Vladimìr;   Das Geschenk der Totems; ARTIA Prag 1972
Lips, Eva   Sie alle heißen Indianer; Berlin 1975
Kühnel Harry;   Alltag im Spätmittelalter; Verlag Styria, Graz 1984
Fritze, Konrad;   Seekriege der Hanse; Berlin 1989
Malcom, Goodwin   Der heilige Gral; München 1994
John Dyson   Kolumbus, die Entdeckung seiner geheimen Route in
                                           die neue Welt, (aus dem Amerik.); München 1991

Dudszus, A.; Henriot, E.; Köpcke, A.; Krumrey, F.;
                                           Das große Buch der Schiffstypen; Augsburg 1995
Tryckare, Tre;   Seefahrt, nautisches Lexikon in Bildern; Augsburg 1997